不知集

沉河 著

中国致公出版社

图书在版编目（CIP）数据

不知集 / 沉河著. -- 北京 ：中国致公出版社，
2023

ISBN 978-7-5145-2042-2

Ⅰ．①不… Ⅱ．①沉… Ⅲ．①散文集－中国－当代
Ⅳ．①I267

中国版本图书馆 CIP 数据核字(2022)第 203330 号

不知集 / 沉河 著
BU ZHI JI

出　　版	中国致公出版社	
	（北京市朝阳区八里庄西里 100 号住邦 2000 大厦 1 号楼西区 21 层）	
出　　品	湖北知音动漫有限公司	
	（武汉市东湖路 179 号）	
发　　行	中国致公出版社(010-66121708)	
责任编辑	丁琪德	
责任校对	魏志军	
封面设计	江逸思	
责任印制	程　磊	
印　　刷	湖北新华印务有限公司	
版　　次	2023 年 4 月第 1 版	
印　　次	2023 年 4 月第 1 次印刷	
开　　本	880mmx1230mm 1/32	
印　　张	12.125	
字　　数	223 千字	
书　　号	ISBN 978-7-5145-2042-2	
定　　价	89.00 元	

不知有汉，无论魏晋。

——陶渊明

目　录

代序：凡思想者都孤独地思想

——我和张志扬老师的师生缘

…………

我的生命在1990年的前后是不存在的。我全部的生命就在1990年。

我对公心易这样说时，他说，可能是这样吧。一个人的童年在到达，一个人的老年在返回。到达的到达哪里，返回的就返回哪里。你所说的就只是一个点而已。它甚至不是一条线段，不是一个圆。但它最终也不是一个点。在它的外部无限小时，它的内部正无限大，当一个个体呈现出他的本体时，他就不再是一个个体了。他比群体更具有代表性。你所说的一个人的生命放在时间的立场上而言，它的存在也是可疑的。正是在某一个所谓的时间中，生命正展示着它的无穷可能性。因为一个人的思想的无时不在，时间已变得多余；因而一个人的生命活在他的事实中，即在他的"在"中。不是他活着，而是他在活着，他的在是他的有，他的不在是他的无，他的在同时又是他的不在。他的不在同时也是他的在的不在的在。呵呵！我就是你，你就是我，一就是一切，一切就是一。1990年就是1989年，1990年就是1991年。1990年就是你的也是我的一生。

公心易是我的老师。

…………

1998年，还在中学教书的我更热衷于写作，想写一个长篇小说，题目是"1990"。想学习自己非常喜欢的一部小说，黑塞的《玻璃珠游戏》，讲一个青年的精神之旅。而这个青年有一个人生导师就是"公心易"。导师的原型就是张志扬先生。"公心易"之名取了张老师名字的一半而成，"公"谐音"弓"。

2018年的今天，张老师马上八十大寿了；我也受教于张老师近三十年。特写下此文以作纪念。

一

1989年的秋天，热闹的校园逐渐冷寂起来。不过于我而言也不是件坏事：多了些读书思考的时间，也交了些真正的同道朋友。譬如钱文亮兄，他正好在那个秋天来我的大学读研。而我已经大四了，基本上没有什么功课要上，自由的时间比以往多很多。第一次去见张志扬老师就是钱文亮的一个同学带我们去拜访的。在此之前，我一直只是和中文系的老师有交往，他们给我上课，传道授业；我也爱好文学写作，和几个我比较喜欢的青年教师如李俊国老师、冯黎明老师、余艳波老师等有所接触。对于张志扬老师却并没有多少了解，只知道我的大学里有个德国哲学研究所，而我从大二开始接触到西方现代文学后，几乎不可避免地对西方现代哲学产生了兴趣。叔本华、尼采、海德格尔等在八十年代"西学东渐"的风潮中深受我们这些所谓写现代诗的年轻人喜爱。于是，德国哲学研究所也一下子吸引了我这个中文系的学生。当时湖北大学的中文楼是比较古老的木质结构，两三层的样子，外面刷着深红的油漆，我们都叫它"红楼"。红楼斜对面不远就是一座两层的水泥建筑，长长的一排，一个侧面也开着一个门，门两边挂着一些牌子，其中一块上就写着"德国哲学研究所《德国哲学》编辑部"的字样。红楼于我不神秘，我经常去那儿上课、考试、查资料，但每每从红楼出去，不经意中就会看到斜对面那个黑黑的少有人进出的门洞，心里总是充满着好奇。后来便知，张老师就是在那上班。

第一次到张老师家拜访的情景我忘得一干二净了。主角是钱文亮的同学，我估计我一句话都没有说。但第二次见张老师的情景我终生难忘，并且把所有去张老师家拜访的情景全部压缩进这记忆中。仿佛所有的拜访都是同一的拜访。事实上也大同小异。我一直留在记忆中的便是这样的情景：我独自一人穿越一个大大的篮球场，拿着我的一个厚厚的日记本爬上七楼，敲响老师家的门。一般总是张老师亲自开门，这样让我有个误解，以为老师家里总是只有他一个人在。我去向张老师请教一些问题，却不是什么知识问题。它们并不具体、清晰，现在想来都和人生的一些终极问题有关，有关一个青年人的忧郁苦闷迷茫之类。倾诉的意义大于请教。所幸张老师就是一个不喜言谈的人（后来，读到赵越胜写张老师的一篇文章《渎神与缺席》，赵先生对张老师也是这印象），所以，我得以自得其乐地在那儿一待近一个小时。直到把自己想说的话都说完了，张老师也听完了，我才起身告辞。

记忆中最有印象的有三点。一是张老师有一间很大的书房。书房一面是满墙的书，书房中间是像乒乓球台样大的书桌，桌上堆满了书、艺术杂志和电影画报，以及一摞摞的唱片。后来我还注意到有一摞摞的读书卡本。它们不太整齐，也不散乱，是一种很自然的摆放态势，估计都是张老师随用随取的。进门左手墙边是一排短沙发，正对着书桌的一端。我一进门便被张老师引坐到上面。张老师便坐在书墙与书桌间的椅子上与客人交谈。二是张老师喜欢听音乐，大致是一些西方的古典音乐。后来我知道，他更喜欢看电影，写观影笔记。我进去后，他会把音乐音量调得极低。三是张老师住在顶楼，一面窗子正对着沙湖（也许是我想象的，因为我并没有去窗边看过）。张老师读书写作累了，应该是经常点着一支烟，站在窗边，听着音乐，望着窗外的湖水蓝天的。这三点印象是我理想中的知识分子的生活状态和形象定格。以至于我一生都想有这样的一个顶楼靠湖的大大书房。处高，临水，宽阔。多么适合读书思考写作啊！

张老师个子高大，坐姿严正，但声音却温和淳厚，第一次单独和他在一起向他请教，竟没有一点拘束感。也许还是因为自己太年轻，把他当成正教我课的老师看待了。师生关系真的是这世界上最纯洁的关系，为着对知识和真理的获得而交往的两个人真正是忘怀了自己的身份、地位、年龄。亦因此，有了第一次的请教，以后大半年间几乎十天半个月我会在晚餐后的傍晚跑到张老师那间书房去和张老师说话。我现在不用请教、拜访、打扰之类的词表达我当时的这种行为，纯粹是因为我的年轻，一个才二十二岁的喜欢诗歌与哲学的年轻人，完全把张老师作为一个父亲样的长者向他倾诉；甚至于把自己厚厚的日记本——那里记载着一些极其幼稚的思考和情感以及诗歌习作，放在张老师处请他看了"提意见"。下一次去张老师家，张老师交还我日记本时，似乎有羞赧的表情，说，这都是你的日记，我不方便多看的。我接过后，也就不再提其他要求了。

某一次，张老师显得比较兴奋，和我聊了很多，还拿起他正在写作的手稿给我看。原来他正在写《渎神的节日》，我看到的手稿是《墙》这一章。那天我才第一次听张老师讲他坐牢喂猪的个人经历。也许是写作勾起了他埋葬在心中很久的记忆，现在面对一个不经世事的年轻人，他也有了倾诉的欲望。那次，我足足听了半个多小时，听张老师讲他如何在牢里学德语，如何在劳动群众的监督下喂猪，喂猪的同时如何学习，写哲学笔记，不久平反后，如何去准备考研究生等等。第一次听张老师讲他的个人经历，我有点惊慌失措的感觉。当时，张老师在国内哲学界已经很有名气，我们一些青年学子私下都自豪地称"北有李泽厚，南有张志扬"。我真没有想到张老师四十岁才开始做学问，而且还坐过近十年牢。当时喜欢和张老师聊天，是因为看他的文章很亲切，没有读学术书的感觉，每篇文章都是以文学的笔法写自己的思考，而一些所谓的概念在张老师笔下都很形象化，很诗意，很情绪，这吸引了很多如我一样爱好诗歌喜欢思考的年轻人。而他坎坷的人生经历是我们无意中忽略了的。只有在认知之后，才在以后对他的阅读中新增了一种背景：所谓生命哲学，有温度的学术，大抵是指张老师这样的思想吧。

又有一次，张老师送我出门时，楼梯间正上来一位气质优雅高贵的中年女士。她给张老师打声招呼后，便把一双明媚娟秀的眼睛看向我。张老师给我介绍：这是萌萌老师，曾卓的女儿。我叫了声"老师好"，便匆匆离去。后来也便得知，张老师和萌萌老师、陈家琪老师、邓晓芒老师等是武汉在全国很有影响的一个思想圈子，他们和国内一些思想新锐的青年学者如刘小枫、赵越胜等交往密切。多年后，我看到尤西林先生的一篇文章《作为精神团契灵魂的萌萌——追忆1983—2006》，不禁对萌萌老师更生敬慕。萌萌老师不幸英年早逝，这对于张老师也是一个很大的打击。

二

一晃大半年过去了。1990年的春天已经到来。我去实习，写毕业论文，还承受着一次失恋带来的痛苦。但那时仿佛自认为已经和张老师很熟悉了，也跑到他那去向他咨询如何从失恋的痛苦中解脱出来的问题。张老师对这一类太小儿科的问题从来都是不置可否的，他也知道对于一个失恋者而言，没有任何道理可讲。好在我慢慢地解脱了出来，在写作毕业论文的间隙还写了两个小中篇：《语言游戏》和《现实主义》。从小说题目上也可以看出当时西方哲学对我的影响。这些东西也都拿给张老师过目。张老师肯定是不怎么看的。他有太多他自己的东西要写。他随手记一些思考的片段；读到喜欢的小说、看到喜欢的电影也会写一些书评和影评，这些书评和影评只是他自己思考的一个引子或本事，他总是在这些文章中清理出一些独到的思想线索；对于个人的经历，他也已经开始着笔，比如上面提到的《渎神的节日》，他说香港要先出版。现在我重新看他那个时期写的文章，发现，这些东西还算是生逢其时了。现在已没有多少人能写，写了怕也难面世。所幸，他的这些文章在1994年至1999年间陆陆续续都出版了。它们就是《渎神的节日》《缺席的权利》《禁止与引诱》《创伤记忆》等。这些书中，他提出来很多问题，每每提出来，就给我们一番惊喜。在我们看来，问题的提出就是解决。可惜，我的年轻让我当时并没有觉得它们的重要。"我们"就是我和钱文亮、黄斌、夏宏这一直交往到现在三十年了还在交往的几个好朋友。

我毕业那一届是不兴考研的，研究生只有保送的指标。我自然是一个学习的不务正业者，毕业后还有幸留在武汉一个很一般的中学教书，先教初中（教了五年）。钱文亮还在读研，黄斌和我同年毕业，他被分到湖北大学附近的河运专科学校办校报。夏宏也在湖北大学，正读大二。这个小圈子有个共同的趣味就是喜欢诗和哲学，认张志扬先生作老师。

因为有张老师还在湖北大学，我毕业后竟没有认为我已经毕业，经常在周末从我工作的汉口古田二路，转很多次车再坐轮渡再转车到湖北大学会朋友，见张老师。那时没有电话，行程都得先提前写信告知。我把信寄给黄斌，黄斌再通知文亮、夏宏我要过来。过去后，一般要在黄斌宿舍或湖北大学找地方住一晚上。

也有我不写信直接过去找他们的时候，但偏偏是那一次，我起很早去湖北大学，居然在湖北大学前门那条小路上遇见了张老师，张老师正到菜场买菜回去。我大吃一惊，以前从来没有想到过张老师也会去菜市场买菜。由此也可见，我真是一个太不经世事的人。那天早上我正要去见张老师，想跟他谈我想考他的研究生的事。想听听他的意见。我是中文系的，对西哲没有任何基础，会不会有很大的难度？张老师这次很认真地听，并给出意见：先准备英语，再准备专业。听到张老师的意见后，我感觉到他是很严肃地对待这事的，他还说，不是他一个人招，是德国哲学研究所招。大约在他心里，我还是个可塑之材吧，既然我有了这心愿，我也是个成人了，说话也不会是不经考虑的，他当然就把这当作我和他之间一年来很重要的事了。

从张老师处回去后，我充满了活力和决心。1990 年 10 月 1 日，我在自己的一个写作笔记本上写上了这样几句话：

> 力量的源泉。精神的支柱。一起获得。
> 年龄是我的财富。
> 抛弃，抛弃，再抛弃，新的一切便会到来。
> 重新保护自己。
> 一个月一本书，一份读书报告，一天三小时英语。
> 吃饭以及穿衣，运动以及想入非非。

到书店去买了一套当时考研流行的英语教材《新概念英语》，每天订下自学英语的计划。想到自己高三时一年时间把英语从三十几分提高到高考八十五分，我还是对学英语有信心的。可惜，一场重新降临的爱情到来了，我又沉浸在一个青春期的激情萌动中，英语学了一个月后自动放弃，学英语的时间用来写情书。回头一看，一年多竟写了二三十万字的情书，这些情书里倒没有多少谈情说爱，更多的也还是自己对人生、对世界的思考和一些诗歌散文的写作。做学问的念头自然消失得无影无踪。

但我和文亮、黄斌、夏宏这四人的友谊在持续，我们几乎每个月都要聚一次，聚在一起时谈得最多的都是张老师的新文章以及与张老师有关联的当时哲学上的动态。我们和张老师的交往，最可贵的并不是盲从张老师，张老师也从来不把自己当作老师或真理的掌握者；而是因为他的倾听以及提问，恰恰激发了我们对问题的展开与深入思考。

我每每会把写在笔记本上的新诗及一些小文章给文亮他们传阅。尽管我只比钱文亮小一点，但自我感觉是四人中最脆弱的：初恋失败，工作不如意，身体不好，有胃病和肾结石。无形中，我成为受关心和保护的对象。这有个好处，这些善良的朋友在任何时候都没有放下我，而成为我情感的一个有力依托。我也有个优势，就是更主动地和张老师联系，于是，每每去见张老师的活动，大多由我提议，他们附议而成，这种习惯也不知不觉延续到现在，近三十年！

三

毕业近一年时，我终于觉察到自己已经不是一个正在求学的大学生，而是一个成年人，一个管理几十个初中孩子的中学老师。工作还是很积极认真的，当年学校领导就把我作为一个教师人才培养，我工作第一年结束便被评为"区德育先进"。同事们说这是有史以来第一次把这个荣誉给一个刚参加工作的人。但我内心却有着迷茫和不安。1991年5月底，我给张老师写了封信，述说我的苦闷，信里也表达了我的愧疚，因为我没有去准备考研究生了。过了几个月，收到张老师的一封回信。这应该是近三十年来我和张老师少有的通信。张老师的回信被我珍藏着，并且还抄记在我的笔记本上。他回信道：

> 你五月三十日的信，我早收到了，但我没有及时答复你。读你的信，我有一种近乎内疚的感觉。我可能在"最后一次"谈话中，对你的表达（或依你的叫作"习惯"），做了纯属我个人的反应和判断。我们经历不一样，我不习惯倾诉，也不习惯申述，除了承受之中的无语，不到我的行为足够地显明了它存在的理由，我是不会在想象中诉说愿望的、苦闷的，要知道，没有人要听我的，即使是他们出于同情也并不重要，就像同情不能替代你牙疼一样。我犹豫了许久，最后决定把这一个纯属个人的经验事实，用一种尖锐的方式传达给你，我想让它也成为你的经验。既然你说你要真实地对待诗神。

我的用意，不是教诲，到我这儿来的人，都是同样的交谈者，我在上海有一个远比你年龄小的交谈者。我们的交谈中同样不乏尖锐的东西，特别是当他靠了他的天分，那么轻易地说出了人们需要经历无数的困惑才能谨慎地说出的某些听之战栗的词语时，他不太懂得词语本身的原始禁忌了，但这说不定也正是他富有充沛的灵性（的表现），我说他也说不定是出乎年龄业已贫乏的嫉妒，所有这些都没有什么关系，重要的是行，谁能行到最后的不困乏时他才说了他真正要说的一切，因为行是说的唯一真正的语境。

我注意到你的《还原集》。

祝好！

这封信给我很大的教益。特别是"行是说的唯一真正的语境"，引发着我的思考。几乎有一年时间我都在思考"行"的问题，并且在1993年12月30日还专门在笔记本上写了篇文章《行与不行》。这个问题甚至到1998年我还重新整理了下思路，写了封给张老师的信——《思·说·行》。现在已经忘了是否给张老师看过。

思·说·行

一个苍白的下午，我待在安静的办公室里，给您写信。但脑中一片空白。这种情形出现过多次。它让我不能不相信，语言有它自己出现的时间。而更多的时间里，我说不出话。这从何时开始的，我不能确定，也不愿确定。与生俱来也未必不是。语言正如您所说的，"不到非说不可"的时候不会出现。我知道自己永没做到这一点。当虚无占据心灵的一隅时，什么时候又是"非说不可"的时候呢？于是"说"是不存在的，只存在"表达"。我称之为"表面的到达""到表面为止的达"。当我有时把自己的涂鸦给您过目时，我是以为我没有说，只是表达而已。不知不觉，有了这些表达，我都不知它们都说了些什么。

说这些，是因为我永远在思考您所说的那个"行是说的唯一的真正的语境"的问题。

其实，语言没有出现，"说"没有到来，其原因不仅仅是时机的不成熟，深究实为两者：一为无话可说，一为不说也罢。前者关乎生活，后者关乎生存；前者是一切感觉的迟钝化，后者是一切思想的归宿地。我是介乎这二者之间：欲说不能，不说不甘。而且迄今为止，我不明白何为"行"。传统意义上的"行"与"知"相对，这个"行"肯定不是与"说"相对的"行"。当"行"是"说"的真正的语境时，我只能把"行"理解成"求真"，继而它演变成"思"。但这是值得怀疑的。"思到非说不可的地步才说"与"行到非说不可的地步才说"显然有区别。"行"必定在"思"的前面，"行"才是"思"的必然处境。有怎样的"行"才有怎样的"思"，才有怎样的"说"。于是"行"突出来。什么才是真正的"行"呢？

当我检视生活，我不得不把苏格拉底、把孔子、把耶稣、把佛陀、把一切思想先哲拿出来观察。他们肯定是真正的"行者"。他们生活着，思考着，说着。这一切构成了他们的"行"。而这句话还可以说成，他们生活着，思考着；

思考着，生活着。最终甚至于在其中也"说"着。于是没有思与说的"行"，也不能算作真正的"行"。特别在没有思时。这样，思又出现在行的前面。苏格拉底说，不加检点的生活是不值得过的。这是说行后思考。孔子说，三思而后行，这是说思考后再行。这都不无道理。

那么行即思，思即行？"说"要么变成"非说不可"，要么变成"不说不甘"，它涉及说者的生活背景与其心绪。这正好把我引到您所说的"要么走出来，要么过平凡的生活"的问题。

平凡的生活是我现今幸福得不得了的生活。贤妻娇儿是生活的快乐的源泉。比较安稳的职业让我至少衣食无忧。但这幸福是建立在精神的基础之上的。而平凡的生活一旦失去高贵精神的支撑，必然变成平庸而不可忍耐。而高贵精神的坚持必然带来不可名状的痛苦。它已不甘心于平凡。它要求立功立言。所以平凡生活的幸福是假象，是一触即破的纸面，是惶恐不安的。它不是一个人所不愿意过的，而是一个人所不可能过的。在平凡的生活中，写作也是多余或奢侈的。

那么"走出来"意味着什么？走到哪里去？

我只感到个人无路可逃。于是我的职业成了苦役，我的办公室成了牢房，我的夜晚是我的放风时间，我的写作是我清新的呼吸。我说，我愿意无所事事，在自由的时空里思想。这就是一个脱离躯壳的灵魂所做的事。

有时虚荣地想，我像那个站在两堆青草间无所适从的驴子，那只著名的哲学驴子。这边嗅嗅，那边嗅嗅，终至饿死。而我如果能把诗歌与哲学完美地统一起来该多好。可惜这不是荷尔德林的时代。这是一个破败的神的时代，一个张狂的人的时代，是我的天真的愿望与懒得一动的行为构成一体的时代。

一晃近十年过去了。我想说，结识您，是我一生的幸运与改变。

因为"行是说的唯一真正的语境"，一个喜欢哲学的写诗者，我几乎在后来的写作中除了写诗，很少谈及诗歌本体的问题。诗是写的，不是拿来说的。与之相对比，在大学毕业那年，是认认真真地写了一篇四五万字的论诗长文《诗歌的意义》的。

四

1994 年的某一天，听说张老师要和萌萌老师、陈家琪老师一起离开武汉到海南大学去。我们四人对这消息都反应不及。还是已毕业到湖北省新闻出版局上班的钱文亮更有社会经验，认为张老师非万不得已是不会作此背井离乡之举的。我读书时的湖北大学，其文科如中文系和德国哲学研究所的很多老师在全国都是有很高学术地位的，但九十年代后，一些我熟悉的优秀老师都陆续离开了湖北大学，比如冯天瑜老师、王兆鹏老师、冯黎明老师都去了武汉大学。这可能与其后的高校改革有关。但张老师却没有去更好的学校，怎么会选择去海南这个学术沙漠呢？我们这帮"小孩"只能是"大人的事管不了，也理解不了"。多年后，我才发现，天命之年的老师把自我放逐到天涯海角有被动的因素，更是他的主动选择。他从来就不在学术的中心，甚至不在一个学术的话语体系中，更和权威性的评价体系不沾边。这样，他到海南去，安安静静地不太引人关注，也许更符合他的心态。所以后来和他一起去海南的一批学者如陈家琪等又离开了海南，张老师却如磐石般扎在了海南的事也就可以被人理解了。《幽僻处可有人行》是他前几年出的一套随笔文集的书名。"幽僻处"的确是张老师最喜爱的。

我已忘记去湖北大学送别张老师的情景了。那应该是一个春天，我在那年写的一组《伤春》里的第二首诗便是记载这件事：

思 想 者

在这个世上，凡思想者都孤独地
思想，像新芽露出了土地各不纠缠
它看到了自己，是时间的一粒
在它出生之前没有生
在它死之后没有死亡
走在灯火辉煌的街道，在风中
人影黯淡，隐蔽着，显露着
我想起，一个著名的老人
他从北方到达了南方

记得当时送别时也给张老师写过一首诗，我一句也记不得，他却记得一句："你要走了……"在他给我的诗集《碧玉》写的一篇小文《老茶：读沉河的诗有感》中，他写道："他走后，我读着，泪滂沱……"我相信，老师肯定不是因为我的诗而有感，是因为他自己的命运选择让他无语凝噎。

这样的"泪滂沱",我也有过。应该是 1997 年的某一天晚上,我特别思念张老师,跑到楼下一个公用电话亭给张老师打了近半小时的电话。说的还是一直与他说的话,一种情绪,某些思考。那是我已到而立之年的一次情绪大宣泄。我对自己工作以来的状况极不满意,每天做一些重复的没有任何创造性的工作,没有多少时间去读书、思考,写作也没有多少进步,我想改变。这些情绪一股脑地向张老师倾诉。挂了电话,我也无声地在小巷子阴暗的角落里哭了好久。

离开了武汉的张老师已经成了我和朋友们最大的挂念。他一有新著和文章发表,都会成为我和朋友们的喜事,大家总是会相聚一下,学习交流体会。

1996 年到 2000 年间,是张老师著作大量出版的时期,《缺席的权利》《渎神的节日》《禁止与引诱》《创伤记忆》到《现代性的检测与防御》等一系列书让我们追随不及。读张老师的著作是工作之余最大的享受,因为张老师总是提出一些问题引发我的一些思考冲动。所以我在那段时间记在笔记本上的文字无疑纯属受张老师的影响,那些带有诗性的思想性的小文字后来都编在我的散文集《在细草间》里,我记得扉页上有"献给一个十年:1990—2000"的句子。我没有写"献给张志扬先生",是因为觉得那些文字担当不起这个重任。而这个十年就是我读张老师的书或与张老师交往的十年。其中《从未来回到过去》《远和近的片面思考》《悟与疑》等实际上都是直接写的张老师的著作对我的影响。而里面的"草言"一辑很显然是模仿了张老师《禁止与引诱》的写作。《从未来回到过去》的副题是"给张志扬老师",实际上是没有给张老师寄出的一封长信。另两篇就是读张老师的著作的读书笔记。

而张老师每次回武汉也成为我和朋友们的节日，首先要提前几天通知，然后再定下具体见面地点和时间。大家没有非常重要的事都会把工作安排好来出席一场思想的盛宴。而张老师每次回武汉也的确如我们所愿，会告诉我们他最近的工作和最新的思考。

　　最初的几次聚会都安排在武汉大学钱文亮的小家中——文亮在武汉大学工作的新婚妻子分的一个小套间。房子在珞珈山坡上，是一个二十世纪二三十年代给当时的学术大家们住的建筑，两层，木质结构，那些厚实的木质地板新的红油漆还是我和文亮一起刷的。小小客厅也是书房，坐不了几个人，所以人多的话，每次都是张老师以他一贯的姿势坐在一个硬沙发上，我们多数都是席地而坐，听张老师讲他的"偶在论"。那已经是九十年代末期了。曾经在我们心中有着诗意印象的张老师慢慢地形成了他自己的一套相对规范的理论体系，他和他的朋友们也早组织了一个现象学学会，他也是那个学会的核心成员，每年还有个年会便于他和他的朋友们共同讨论问题。"偶在论"后，又一次相见中，他给我们谈到了一批更年轻的学者形成了一个概念帮，简称"概帮"，我们都戏听成了"丐帮"。他谈到了机器人对人类未来的影响。这些现在最热门的话题，二十多年前，张老师已经敏感到了并开始进行思考研究。

　　二十世纪的最后十年，尽管席卷中国大陆的思想浪潮已经到了尾声，但还是有一些兴致与情趣相投的年轻人围在一起组成一些小圈子，以某位老师为核心进行纯思辨性的精神生活。钱文亮古老的小楼房就是我们四人经常接待朋友和自己聚会的场所。

　　有一个有趣的聚会至今记忆深刻。朦胧诗时期被纳入朦胧诗人又处于边缘地位的梁小斌先生在九十年代中后期写了很多思想随笔性文章，他的安徽弟子青年诗人叶匡政（他当时在《诗歌报》做编辑，不久后到北京去做书商，如今亦是有影响力的自由撰稿人）对梁先生非常崇敬，带着梁先生到处讲学，来到武汉后，我们便在文亮的小楼聚会。当时在场的还有现在已失踪的女诗人鲁西西、在武汉大学读博士的夏可君等。我们大都是张志扬老师的粉丝，所以对梁小斌先生尽管尊敬，但情感上没有什么认同感，特别是急性子夏可君，在某些方面可能表现出了对梁先生的不屑，结果惹怒了叶匡政，两个人在文亮的小客厅里差点动起手来。幸好房间拥挤，大多席地而坐，他们二人又坐得比较开，手脚实在无法施展，在大家的哄笑和劝解下才作罢。

五

1999 年，继续处在精神困顿中的我又一次给张老师打电话，说非常想去见他，听他讲课，他告诉我十月份可能在杭州大学有一次讲学，我可以去听听。后来地点改变了，变成了北京大学。于是我有了第一次北京之行。

我请了一个星期的假，通过哑石联系到蒋浩（蒋浩当时在北大附近租了一个房子过他的北漂生活，很多诗友到北京后都落脚在他处），到北京后晚上住他那儿，白天便去北大听张老师讲座。其实并不是张老师一个人的讲座。印象中好像是一个现象学的年会，在哲学院的一个小会议室里，大家围坐在很多课桌拼成的大会议桌旁发言。会上有很多研究西方哲学的大腕，陈嘉映、刘小枫等都在会。张老师明显是一个小中心。但他们半中文半德文的交流我根本听不懂。只能装一个听的样子。会后，我随张老师到他住的宾馆交流，他把他的讲稿复印了一份给我，这份讲稿就是后来好长时间他一直做研究的"现代性的防御与检测"的提纲，提纲也有二三万字，当时好像还有一个副题："偶在论"什么的。我如获至宝。记得回武汉后，我第一时间就把它与文亮、黄斌、夏宏分享。

会好像开了三天，我在北京待了五天，会之余就是和北京的诗友们相聚。留下一本自己打印的散文集在蒋浩处，后来被姜涛、周瓒他们用了几篇到北大研究生的一个自办刊物上。后来又被《人民文学》的陈永春先生发现刊在了第二年的《人民文学》上。（这真是我的第一次北京之行的一个意外收获，它也或多或少改变了我的命运。后来我因为这些文学成绩被长江文艺出版社特招进去做了一个文学编辑。另，我在会议室门外还结识了两位大四学生，一山东人，一山西人，居然都是张老师的粉丝，也是专程来听张老师讲课，并想报考张老师的研究生的。我们交换了当时刚兴起的 E-mail，可惜后来那张字条不知道丢哪了，回武汉后也再无法联系那两个朋友。）这次北京之行，我在去的火车上写下了这段文字：

10 月 15 日晚 7 点 30 分火车从汉口站出发，开始了它漫长一夜穿越黑暗的旅行。路途中，困乏从夜半开始袭击我。火车里由于空调开着的缘故，一直较闷，我便不时地到吸烟室享受门缝里吹进的凉风。贴在玻璃窗上往外看，看不多远。两旁都有些灯光。这就是唯一的所见，除了黑暗。但是我还是看见了我的心。它在整个的黑暗的大海上游移，寻找着方向，而那些灯光不是它的灯塔所发出的光亮。有些像星星，有些遥远。它不禁想，我为什么要到北京。我为什么要到北京。它只是一个我未曾到过的地方而已。所以问题是我为什么要离开武汉，也不是说要离开武汉，而是说为什么要离开我所熟悉的地方。因为它也是我所厌倦的地方。我又为什么厌倦这个地方呢，我是厌倦这地方的人吧。难道说这地方的人与其他地方的人有何本质的不同？我不敢再问下去。我已知道是我厌倦了自己。但是我还没有想到从这近在咫尺的地方跳下去。我只要打开车门，它就在我触手可及之处，这一个问题就已解决。但是我还有另一个问题没有着落。我的真正的生活在哪里？这是我死亡之后就永远无法解决的问题。因为我厌倦了自己，我又提出了一个问题，所以我站在了一列高速行驶的火车上，并且站在它的车门前。我知道它要把我带到何方，一个永远陌生的地方。在这之前，我选定了去杭州。一个诗意盎然的地方，一个细雨飞扬的地方，一个孤独者在任何时候都愿选择的地方。对于我而言，是久远的过去，存在的抽象。甚至语音也是天籁的一个温柔之乡。为此我在三十多个夜梦里到过它，在三十多个白日幻想里到过它。我是为着让自己升起来而去到它的，是为着让自己沉下去而去到它的。是为着看到自己的过去而去的。为着一个永生的愿望。它起初像是为着一个人而存在的，后来它为着一种清新的呼吸，一个人的呼吸。但是后来我要到北京。

火车正行进在通往北京的路途上。但这时不是一个能够区别地理的季节。也不是一个互相有所区别的时代。所有的一切都趋于一致。当黎明来到窗外时，北京也来到了窗外。

时光强制进入我的生命，连同古老而苍茫的
北方。在列车隧道黑暗的一瞬里

一个旧肉体找到了新灵魂

也仅此而已。一样灰色的建筑，一样生硬的大马路。只有天空仿佛更蓝，更亮。只有传到耳边的话语既陌生又熟悉。那是字正腔圆的北京话。带有一些甜味。是的，我到了北京，但是我没有到达异乡。我在北京的土地上待了一个星期，我走时，我说，我就要走了，我仿佛还没有来。

张老师的"偶在论"实际上已经让我们认识到了他的变化。他的文章越来越学理和规范化。也许是大学教学体制不知不觉影响了他，也或者是他自己意识到做学术有些规矩也是要的；但最后我们发现是他的思想越来越清晰了，通过"现代性的防御与检测"，不久之后，他进入到他对整个西方思想的"清理"中。六年后的2005年的十月，我又一次在北京听张老师的讲座，那是他一次真正的讲座。我已并不是专程去听的，已到出版社的我因公出差，正好遇上了他去北京。我和一个我正准备约稿的作者一起待在最后一排，明显的是一个打酱油的姿态。张老师讲的什么内容我已忘记，好像谈到西方政治哲学的问题。我只是想等到张老师讲完课向他问声好就告别。主持人是刘小枫。张老师讲完课，给我们互相介绍了下，我说看过刘老师的好些书。然后，我和那位作者离开了。事后，我总是有一种奇怪的感觉，感觉到我和张老师都不适合在一个陌生的场合交流甚至待着。好像那里的空气都是陌生的。

六

二十一世纪到来了，除了一个"千禧年蠕虫"病毒引起了全球轰动外，所谓世纪末情绪无声无息地消失了。

文学在网络中兴起。深阅读越来越罕见。多少爱智慧追思想的人陷入信息化生活的浪潮中。网络改变了太多人，也包括我和我的朋友们。

但我们是一个时代的落伍者、徘徊者，在旧与新中徘徊。和张老师的那种思想、精神的联系越来越少，因为时代变化得太快，"西学东渐"在二十世纪八十年代突飞猛进后，到九十年代日益式微；到二十一世纪，已经能看到"溃逃的军队有人先站住了脚"。

依然是每年张老师回武汉会有一次相见，会面的地点因为文亮去了北京读书，我们就选了一些酒吧茶馆，比如汉口江滩的"神曲酒吧"，东湖边的"老门茶馆"。知道张老师喜欢喝蓝山咖啡，后来又喜欢喝"陈普"——陈年古树生普。

2005年，一晃我到出版社已有四年了。我心中一个最大的愿望就是给张老师编一本书，做他的书的责任编辑。我费了好大周折让我报的一个选题《我的问题——张志扬思想随笔选》获得了通过，但不巧的是，刚签了合同的社长离开了长江文艺出版社，新任的社长对以前的选题要重新审定，我的这份合同便永远没有寄给张老师的机会了。没有能给张老师做责编是我的一个很大的遗憾。现在这种机会更不可能有了。"我的问题"是我能想到的张老师的著作最好的命名。在我看来，张老师一直以来都在提出一些问题引领着我们思考。

2006 年的某一天，张老师又回武汉，我们接他到"老门茶馆"喝茶。差不多又是一年没有见面了，我们的问题自然又是问张老师最近在思考什么问题。结果，张老师谈到了"溃逃的军队谁第一个站住"的问题；谈到了他最近对西方哲学的四次清理；谈到了西方文化仅是一种地中海文化，并非世界文化；谈到了"归根复命""知白守黑"……我和黄斌、夏宏等朋友听了兴奋又欣慰。因为也是在那一年开始，我们三人和张良明、李以亮、修远一起做了一个同人书《象形》。顾名思义，也在开始一种文化的回归，而我表现得更极端，我说我再也不看一本西方作者的诗。我说海德格尔、里尔克这些我喜欢的哲学家和诗人，我受其影响写的诗，我父母不懂，我妻子不懂，我小孩也有可能不懂，它们有何意义？没有想到，张老师也开始更多地关注本土文化或以本土文化为参照而展开他的研究。《象形》后来变为公开出版物，同人成员也增加到十几位，而我们也把张老师邀请进来，作为我们共同的老师，每期，我们都会推出他的诗文。

因为有了《象形》，以后每年张老师回汉，《象形》在汉的朋友基本上都会加入到聚会中来。我们说张老师是"象形"的精神核心。

2009 年 1 月 22 日，"象形"一帮朋友一起在武汉把张老师从深圳请来给他做了一个七十大寿的庆祝会。为了这个庆祝会，我和黄斌、夏宏、钱省、张良明、亦来、修远等准备了半个多月：邀请嘉宾，定酒店，准备礼物，布置海报……我们把它当作一个很大的事做，我们做得也很有热情，因为它是一个自发的事，一个纯民间的事。后来，我把现场录音整理出来发布在我和"象形"的博客里。现在再看那些文字，脑海里还可以想见当时大家的音容笑貌。让我感动的是还有朋友从省外赶来，当时离大年三十没有几天了。这篇《恭贺张志扬老师七十华诞诗话会文字实录》在网上还可搜到。黄斌在会上念了他给张老师的一首诗：

献诗——给张志扬老师

暮春雨夜夹有雷声很适合我

想起 18 年前的这个　季节也就是 1988 年在武汉大学的
　　教四一楼

响起的你的声音　你在讲台上谈语言的遮蔽性

穿着一件灰色的西服（或者一件深蓝夹克）　满脸都是
　　沉静

那个周日的上午教室里多么明亮　教室外多么明亮和你
　　的额头　仿佛

你口中的词却是明亮的雨滴　舒缓或急速地落下　也间
　　或夹杂着雷声

我那时刚刚学了点康德　不时想着他的先天综合判断如
　　何可能

还读了一本书　杰姆逊的《后现代主义与文化理论》
　　还像个大学生诗人

啊　你说现象学的口号就是"回到事情本身"　把前此
　　所知

打进括弧搁置起来　敞亮即遮蔽　遮蔽即敞亮

因此海德格尔想置身林中空地　那里或有存在的澄明

1990 年我毕业了　在河校工作　正巧离你不远

偶尔和朋友去沙湖边　你顶楼的小家　感受一下
在《禁止与引诱》中　你写过的高楼的风声　感受墙
再一起争论你的"个人的真实性及其限度"如何可能
1994年后你去了海南　常在南冥秋水之间
偶尔回到武汉　钱文亮　沉河　夏宏还有我
接着又争论《创伤记忆》中的"汉语转化为苦难为何失
　重"
十年过去　2001年　我们又一起在武汉大学的教五一楼
听你清理西方形而上学　讲"偶在论"　接着在钱文
　亮家
那栋民国建筑的教授楼里　踏着老木地板喝着绿茶
谈着只有你才真正关注的为何"只准这样，不准那样"
　不好
为什么"怎样都行，怎样都不行"不行
我记得那天晚上和你一起打车回家已近凌晨　你去汉口
　唐家墩
我到洪山广场下了　和你告别时　我才发现你的挎包
　很大
像总在出行　这时天下雨了　雨很小　我步行了一段路
感觉只有这雨丝的近才能抵消你的远

去年夏天　在汉口江滩　我们又相聚在伊丽莎白咖啡厅
听你讲对西方哲学的四次重述　钱文亮已经远去上海
　教书
我们这四个你武汉最老的FANS明显缺了一角　但仍然
像守岁一样　守得很晚　前天我和沉河打着伞

去汉口璇宫饭店　在一楼大厅等你下来　这座饭店又老
　　又洋气
简直就是我眼中的西哲　见到你从老木楼梯上一级级
　　走下
我们一齐喊"张老师"你还是背着一个大的挎包
我们在雨中穿过江汉路步行街　重复着以前相聚的形式
现在我对形而上学保持敬意　所以没能记清楚
这次你讲的主题　我记得最清晰的一句是我自己
在电梯里说的　我说　张老师　我很想你

这首诗里有很多细节可以作为我回忆不到的补充。

七

　　张老师回武汉除了讲学外，只有一个原因：看望他的母亲。
张老师的母亲仙逝后，他再回汉基本上是清明时节。我也买了
车，接送张老师比以前方便，但张老师还是最喜欢老汉口，喜欢
汉口江滩。后来我意识到他的出生地离那里不远。那里曾经是外
国租界所在地，现在还有很多老房子在。基本上都被改造成酒
吧。我们在老外设计的房子里做他们思想的清理，想来还是有点
意思的。近十年来，张老师具体思考什么，说实话，我们这帮朋
友已经跟不上他的思路了。我们每个人都有了自己的家庭、工作
等和思想无关的事，张老师的新著也不能像以前那样方便读到，
唯一的受益还是每年张老师回汉我们与他小聚时的交流。我们知
道他还在做着一件清理的工作，也可以说是正本清源的工作。但

· 27 ·

很奇怪，他的每一次思考都能引起我们的共鸣与追随。尽管我们这些大多成长于二十世纪八九十年代、受西方思想与文化影响颇深的中年人重新回到自己的文化与本源有着难以言说的隐痛，但又认为这种蜕变是必须的。在我们的思维里，一直存在着一种两极思维：非左即右，非白即黑。张老师也早对之进行过清理，认为这恰恰是西方形而上学的一种问题。最近几年，国内的思想界分化也比较厉害，但越分化越极端。不止一次有朋友对我说，张老师转向了。我真是很佩服那些朋友的想象力。我们常常不去全面地了解一个人，认真地读他的文章，往往揣摩其姿态便判断其内心。他们这样说的依据其一是张老师从来不会对他的朋友公开提出什么批评，其二是张老师现在责疑西方哲学的姿态让一些人就习惯性地认为是"左"。却不知张老师从中国传统中寻找着根基："大化无极以致中和""极高明而道中庸"。我们这帮朋友特别是我从十年前开始回归中国文化后，真正享受到了自然思考与生活的快乐。从前年始，我开始写毛笔字，用毛笔抄古典，抄佛经，重新去认识古人心中的世界。去年清明节后，他到我的母校也是他工作过的地方——湖北大学讲学，这好像是他离开湖北大学后第一次回湖北大学讲学。张老师谈到他不做学问，只研究问题；谈到他对西方文化的强势的检测；清理了西方文化发展的三条线路；反省中国现在的学人邯郸学步和阿基里斯追不上乌龟的困境，建议要一步跨过去。我和一帮老湖北大学学生去听。听讲的大多数是哲学系的研究生。讲座后的自由提问环节，已经听不到多少对问题本身的提问了，倒是有一位同学谈到了如今读哲学或做思想的矛盾与痛苦。我也没有问题可问了。我坐在前排，看到快八十岁的张老师，思路还是那样清晰而尖锐，心中只有着一些愧意。有多少年，我只是在活着，而不思考为什么而活了。而张老师仿佛已经是我心中的一盏明灯，见到他或读到他的文章，我就会心明一下，知道人生还有着意义这回事，或者说不必那么苟且地活。

明年张老师就八十高寿了。从去年始，钱文亮说南京的程平源（也是和张老师有缘的一个朋友，1991年吧，好像以诗人身份来湖北大学游访时和我们武汉四人结识。当时在读研的钱文亮宿舍里，大家一起通宵喝啤酒，捉对聊诗与哲学。我和程平源聊，争论得好像很激烈。年轻时的争论往往就是自我性情的展示，观点如何已不值一提，也记不起来，但程平源给我的印象是热烈且纯粹的，一点烟火气都不沾，又充满了神性。但我后来和他没有交往了，夏宏却和他很对路，一直保持着联系。一晃二十多年了，大家又在微信群里相见，仿佛时光没有逝去，还停留在二十多年前）可以在南京找一个朋友赞助，请张老师和全国各地我们这些张老师的粉丝一起聚一下，做一个"张志扬哲学思想与我恳谈会"，也算是提前庆贺张老师八十大寿。会议后来主要是程平源、钱文亮、贾冬阳和我筹备。贾冬阳是张老师在海南大学招收研究生后的前几届学生中很优秀的一位，现在也留在海南大学张老师和萌萌他们创立的社科中心，应该是张老师挑选的"接班人"。贾冬阳也是一位优秀的青年诗人，我们早有联系，但因了张老师的关系，互相间有着另一份亲近。张老师在海南的工作和生活，贾冬阳照顾不少。贾冬阳在筹备组里主要负责确定张老师的行程，程平源主要负责南京方面的组织接待工作，钱文亮和我做的事较少，主要做一些人员通知和事务提醒工作。

2018年4月20日下午，我、夏宏、张良明、李建春几个张老师武汉的粉丝一起在武汉站坐上了去南京的动车。黄斌和武汉的其他一些朋友因为脱不开身未能同行。我们坐在一节车厢的最后一排，感觉到了某种独立性。良明和建春都很认真地写了一份发言稿。良明在湖北大学时也听过张老师的课，真正的接触还是从2006年我们办《象形》时开始的。他是一个当初崇尚道家思想的人，对之我认为他有很高的悟性，他的文章名为"无形之门与归根复命"，我以为还真是很领会了张老师思想的。建春是个对信仰很认真的人，做学问、写诗都有一种夫子味道，他的文章还没有命名，但他读张老师的文章很深入，加上他对中西多种思想有所涉猎，大体上很认同张老师思想，张老师也因此是心性很高的建春很尊敬的老师。我没有准备发言稿，就在断断续续写这篇回忆性文章。又是一年多未见张老师了，我请了几天公休假，在家里工工整整地抄了本《金刚经》准备送给张老师。它们都妥放在车厢行李架上的行李箱里。

张老师提前一天和贾冬阳到了南京。他到南京后，以为我已到，见我还没去，短信里诧异地问道："你怎么没来？"文亮也提前一天去了。从他们传出的照片上，张老师蓄起了胡须。蓄须的张老师给我一种不适应感，这应该是他第一次蓄须。朋友们说有种古人的风范。我看到了一种内心的孤绝。后来张老师说，他现在的行程都是跟着师母雷老师深圳、海南、上海三地跑。张老师的三个女儿各居一地，他也不得不随女儿的召唤换地方居住。他说是为了表达对这样奔波的"抗议"。但我的理解是，他的同道越来越少，曾经的朋友们也都理解不了他最近十多年的思想历程而少有共契。

在当晚的欢迎晚宴上，我没有推辞地坐在张老师身边。全国各地来了二十多位学者、诗人等朋友，他们都是二十多年前就被张老师的文章吸引的人。负责整个会议接待的是南京伊顿学院。学院的创始人陈忠先生低调而很有情怀。从后来两天的接触中，我发现他读了很多人文方面的书，还主编一个《优教育》杂志。伊顿学院相当于一种自我教育基地，学院倡导过"知行合一，事上磨炼"的自然本真生活。第二天全天的会议就在伊顿学院举行。它离南京有一个多小时车程，在句容茅山某处田野的中央，几间小屋错落，主屋前有一个小鱼塘，竹木掩映。可谓远离尘嚣。很朴素的一座平房，应该是一个图书阅览室，被用来作会议室。

朋友们围坐在一个长条形的桌前和张老师交流。

于我而言，这是有生以来最纯粹的一次会议。第一天的上午、午餐时、下午、晚餐时、晚餐后，以及第二天的上午，大家说着自己想说的说不尽的话，听着想听的听不尽的话。而它们关乎着的问题居然会是和我们每个人的日常生活相关又好像不那么相关的人类命运问题。一群写诗的、研究学问的、搞艺术的、做企业的围绕在张老师身边突然有了人生中超脱物外的三四十个小时，仿佛回到了我们最初来到这个世界的时刻，忘记了自己的年龄、身份、家庭，也忘掉了欲望、烦恼、得意。玄思，玄谈。会后，我竟有种大梦初醒的感觉。

八

一群人不断地被引入讨论"如果人类马上可以实现永生，人将何为"的问题。这群人作为张志扬老师二十多年前的粉丝，在追溯这一段珍贵的情感时，几乎都谈论到张老师二十世纪九十年代的"个人的真实性及其限度""汉语言转换成文字为何失重""创伤记忆"等问题，而我也顶多进步到谈论"偶在论"。张老师作为中国当代特别具有问题意识的思想家，吸引朋友们的方面也还是他不断提出的问题。但现在所有的话题都由张志扬老师在恳谈会开始的"答谢辞"转移到上述点。张老师的答谢辞实际上是他四十多年来学术研究的一个自我总结,以一个问题解决另一个问题,最终又归结到一个问题:有科学家已经宣称到 2040 年,人类就能够实现永生。但这永生的人还是人吗?人实现永生的方式主要是靠器官替代,最终"肉分解后再合成的肉"还是那个"肉"吗?这是以技术实用为主导的思想发展到今天人类的命运。"西方的进化论即末世论",这一观点已经逐渐得到证实:从古希腊的"人是政治动物"到近代资本主义时代"人是生产力,是机器",再到当今人工智能时代的"人是基本粒子聚合物",人的"永生",也可能是人类的灭亡。

这真的是一个让人无语的话题。现场气氛有时会在张老师严厉的质问下陷入短暂的沉默。张老师会点某朋友的名问这问题,某朋友只能勉强答道:没有考虑这问题。朋友如果关心更宏大的问题,也会是社会的公平与否、政治体制的好坏、民族与世界的关系等问题。

会上,一朋友直接问张老师如何看待人们说他偏向左时,张老师回答:"我不关心左右,只关心上下;上是天命,下是土地和血。"再联系到现在会场上的困顿,我更能理解张老师的孤独。也终于对他近十年来的思考有了一点清晰的认识。

张老师四十多年来的思想历程用他自己的话说,即哲学向政治哲学——用语言的两不性去西方本体形而上学、政治哲学向诸神之学——用古今之争背后的诸神之争去西方一元一神论、诸神之学向哲学——用元典的无形之道去西方意识形态性。以此显示着汉语思想在百年漂泊后尝试着"归根复命"的艰难历程。和以往不同,张老师这次对他提出的问题给出了一个可能的答案:既然西方的路走不通，中国儒家以来的发展也被证明是失败的，那么可否尝试回到中国儒家以前的路走走。我们过多地重视"有"，而忽视了"无"。"为什么是'有'而不是'无'呢？"我们把宇宙占比百分之九十六的"暗物质"还是当作物质看待，这种思维肯定是不能解决人类目前面临的"永生即灭亡"的问题的。

因为他不断地"去"西方思想，他被依然被西方思维主导的学术界、思想界的人误解几乎是必然的；而新儒家们也不会接受张老师；包括在会的一些他的粉丝也跟不上他的思想的步履。

但历史的车轮一旦启动，并且走得越来越快时，即使明知前面是深渊，谁又有巨大的能力使之停止前进？人类的命运被科学裹挟发展到今天，中途也不是没有像张老师这样的人发出警示，但大众的欢呼永远朝向前方未来而陌生的风景。

在回汉的车上，只有我和良明二人同坐。良明说张老师是个"先知先觉者"，他的思想应该让更多的人了解，甚至最好能达于国家决策层。我想，张老师是什么人已经不重要，我也在不久前为人工智能欢呼过；也为学物理的儿子说人类有两个问题——一个能源，一个时间，解决了就没有大的问题了而为他点赞过。但现在我却只想写一首最想写的诗：你好，死亡！

是啊，人如果不死了，会发生什么呢？我又记起二十多年前向张老师借的第一本书也是唯一的一本书：《人总是要死的》。那里面就写了一个永生的人深深的孤独和绝望。他多么想死去啊。万物有生有死，人为什么就不能这样呢？一直以来就是这样的，这才是真正的宇宙大道。

"凡思想者皆孤独地思想。"思想者也永不退休。对于一个总是想着快点退休回到田园"归根复命"的自己而言，离开张老师时，有意再看了看他不断生长的胡须。他带着它仍在思想，永不退休。

这篇文章终于要结束了。也是去年的某天，再次翻到张志扬老师的书，写了一首诗。谨以此作为晚辈对他的一份敬意吧：

缺 席 者
——致张志扬老师

天命之年的老师去了大海边
传说中的天涯海角。他早有
自我放逐之心，并为之争取
缺席的权利。是的
他从荣耀的厅堂中退了出去
不再举手，鼓掌，请求发言
也不再接受举手、鼓掌和发言
像一个不参与任何比赛的人
只关心蓝天白云和汹涌的波浪
以及大海更多的平静
他与自我交流，与神秘者交流
在溃退的队伍中最先立住脚
厉问风暴：是谁在追赶？是你这
飘摇无形者吗？这无所定性者吗
老师愈发苍老的身躯像块顽石
他立在大海边，成为一个
永久的缺席者

2018 年 4 月 20 日初稿

2018 年 5 月 24 日定稿

追忆逝去的乡村时光

老家的树

任何一棵树都是不可复制的。我想到老家的树时想。我十八岁前，有过两个老家。都已不在。真正留在记忆里的是收藏了我整个童年的老家。是我十岁前住的那个我家上辈常称之为"老屋"的房子。

老屋建在老地方。老地方说的是老屋建之前那所我出生的茅草房子所在地。换句话说，是我的祖居地。我的曾祖父和祖父都老在那里了的。其实他们死去时都不老。我妈告诉我，我曾祖父死时是站着的。他站在水里死去。就死在我家老屋后面的那条小河里。

曾祖父死的那河岸边有一棵巨大的柳树。说它巨大是因为它自己已不在，它的子孙在。在它的无比庞大的根上长出了九棵怀抱粗的子树。我童年的记忆中最鲜明的就是它了。一到春夏，叶子绿时，柳树结出籽实，我们叫它"鸭巴子"，长长的一串，像挂着好多的风铃。有很多的蝉在那些树上鸣叫，蜕壳，到秋天时，我是丰收了一般捡去卖了买画书看。

这棵树是我家独有的风景。九根树长在一座根上。后来，我祖母正好有了九个孙子，都说是托了这棵树的福。我曾祖父的坟也埋在这棵树的下面。老人说发大水时，别人的坟都被淹了，唯有他的坟没有。他的坟在生长，是很多人亲眼所见的。我先前也不明白这道理，今天猜度，怕是他的坟正好埋在那棵巨树的根上罢。根总是在长了，他的坟也便生长了。

这棵树是如此让我引为自豪。我有时会带小伙伴们一起来玩，各人爬一根上去，然后在高处傻笑。有的伸伸腿出去要踢着对方，当然够不住。这九根树不像其他的树向上直直地长，是像一朵开放的花一样向八方生长的，伸得很远很远，半个河面都被遮住了。有小伙伴就想站在树上跳进河里去"打鼓泅"（潜江方言，游泳之意）。只是水太浅，终不敢。但胆子大的是可以站着走上去又走下来的，树这样长着，好像可以不用爬了啊。

我童年巨大的悲痛现在想来就是这棵树的失去。1977年吧，农业学大寨的高峰期，或许是要"建设新农村"吧，那些散散落落的房屋要搬到一起一排排地住。高高低低的地块要被平整成看不到边际的良田。我的老屋要搬了，屋前屋后都要被夷为平地。有一天傍晚，当我放学回来，发现屋后围了一大群人，我的那棵像花一样生长的树倒了，人们发疯一般地把它们锯成一截一截的，那些枝枝叶叶被随意地扔在一边，像失去了家的孩子。而那座庞大的根还在，还没来得及被挖走。我看到九个白色的磨盘在它上面像九个无力的蘑菇，失去了生机。

第二天放学时，那座根已被裸露出地面。没有被拉走的原因是因为没有任何机械可以运走它。它孤零零地躺在小河边，像一块巨石，顽固地裸露在那儿，但没有人理会它的孤独。天黑了，我回到黑暗但还温暖的小屋里想，有什么新生活等着自己呢？

童年时老屋前后还有着其他的让我快乐的树。比如屋后两棵桃树，几棵桑树，屋前两棵酸梅树（应该是李子树，老家都称酸梅树）。桃树和酸梅树的花实在是很艳的，小时的我并不懂得欣赏，花一开就盼着那果儿快长大。长到一定时候就得克制自己的欲望让它们发红，实际上是等不到红的那天的，稍有点点甜，果儿就进了肚里。有时也会有惊喜，在繁密的树叶中会藏匿着几颗酸梅子，在初夏阳光的照耀下会发出光来。我会找了竹竿来，使了劲儿打，往往费了一刻钟，出了一身汗，它才下来。这是颗最甜的酸梅子了。其他多的是楝树，籽粒掉了一地，捡起来打弹弓最方便。水杉是后来才多了起来的，要从别处运了幼苗来，长得慢，很直，听说可做栋梁，但对小孩子来说，最不好玩的就是它了。

老屋在那棵巨树被砍倒后不久就不在了，永远地不在了。新家也不在老地方，屋前后所有的树都还只是树苗。都直直地长着，要成材的样子。我也长大了，慢慢地在老家待的时间也少了。

三十年后的一个冬天，我回到老家看了看，屋后的小河早改了道。只余下一小潭水。但我惊奇地发现那棵巨树的地方又有了一棵树，并不粗壮，但也是挺拔着，站在水边，把影子投进水里，方圆近百米就只有这棵树，好像在守护着什么似的，一动也不动。那也是棵柳树。

附黄斌的诗《题沉河的出生地》：

我早已理解任何一棵树

和它的倒影

我说它们相距有六个钟头

一段高速公路的距离

只是这一棵树

诗人沉河家的树

都四十年过去了

还像一条多么温良的老狗
守着它身后早已夷为平地的家
可以让我们在任何时候
第二次看清楚它的温良

放 牛 记

我想写写我小时候放牛的经历。我觉得它很重要。它不是童年趣记，它是我新近的思恋。

最近的几次回乡，看到四处毁坏的河堤、田埂，以及不断消失的小树林，我的心在绞痛。

田野在战栗中。农业在慌乱中。

那些单一的庄稼在孤独中。它们大片大片地晒着没有云彩遮挡的阳光，吹着枯燥的风，仿佛时刻等待着成熟，等待着被收割，被贩卖。

很少看到牛了。看到的几头，身上的毛稀稀落落的，一副无精打采的样子。它们大都跟着一个饱经风霜却神情麻木的主人，或在前，或在后，一路散发着苍老得有些悲凉的气息。

我是再也没能见到小孩子放牛的情景了。

但在二十多年前的日子里，每一头健壮的牛身旁都是一个浑身充满机灵的儿童或少年。

在我读高中之前，我就是一个放牛娃。每个暑假，我的伙伴就是我家的一头黑牯牛。那时候我能做的家务事除了放牛，还有"打把子"（把稻草或麦草扭成一团便于做灶柴）、割猪草、捡鸡粪。农忙时也要下田里栽秧苗、割水稻、摘棉花，甚至打农药。相比这些，放牛简直是上天的恩赐啊。

早晨天蒙蒙亮就起床了，牵着牛便往河堤边走。河堤上的那些草仿佛经过一夜的生长就变得肥大起来。夏天的露水很多，我只穿双拖鞋，露水打在脚上，湿润一直钻进了脚丫，有着缓慢的清凉感。河水很干净，出门并没有吃早饭，有些饿时，会捧起河水来喝几口。然后看着黑牯牛享受它的美餐了。牛吃草有着细细的温柔的声音，啃几嘴后就会抬起头来咀嚼一番，它的眼睛望着远方，一副怡然的样子。那时，我有一把口琴，放牛的时候一般带在身边，吹得并不熟练，但也能成曲调，吹着吹着，东方一片红，太阳就快升起来了。当太阳升到一人高时，露水不知不觉间消失了，我看着牛的肚皮上那个明显的窝也消失不见时，便有一种成绩。让它喝喝水，赶着它回家，家里早有香喷喷的米粥等着我。那米粥是用柴火灶细熬的，黏黏的，米粒膨胀了，也不是特别的软，就着咸萝卜、辣椒酱，我可以吃三大碗，直到肚子撑着了。

中午是不需要放牛的，大人们会割了青草来直接喂给牛吃。

傍晚，我会把牛往我家旁边的一片水杉林赶。那片水杉林是我童年的乐园。在这里挖半夏卖，寻苦瓜（一种比拳头还要小很多的成熟后呈黄色的野生瓜）吃，爬树摘蝉蜕。最多的就是带着一本书来放牛。这里没有庄稼，不担心牛吃了人家的庄稼挨骂，有时牛被蚊蝇叮久了，它会擦擦树干，这我得拉开它，用一把青草给它赶去蚊蝇。余下的时间便是看书了。我的《水浒传》《西游记》《悲惨世界》之类的长小说都是在这片水杉林看完的。水杉林离村子远，唯独离我家近。整个林子里往往就我一个人，可以无限地幻想，不怕人发觉。在小说中幻想过后，抬眼望四周，夕阳笼罩下的田野有着传说中的美丽。除了偶尔的蝉声和归鸟的鸣叫，远处的炊烟袅袅直上，带来一个少年审美中的安静。

后来在我的记忆中，这是我认为的中国最美的图景了，而且是几千年来没有改变过的。

这样，我倒迷恋上了每天傍晚的放牛。有时兴致好，会骑在它的身上，让它驮我回家。趁着黄昏，亮起嗓子唱一些走调的歌。这都是自得的事。

放牛中还会有一些奇遇。有时会看到一只野兔子从庄稼里蹿出。有时是一只野鸡。还有黄鼠狼。那时都有些兴奋，会忙着追赶一番，当然是追不到的，留下来一点怅惘。

但现在已不是怅惘了。是悲哀，是愤慨。

回老家我必去一次我的童年乐园——那片水杉林。我得经过那条好像是废弃的河流和河堤。我得穿越一大片棉花地。我找不到一片青草。到达那片水杉林，所有的树都是新栽的，还很小。树下的土很新，只有稀疏的几根野草，没有力量。很多很多东西都没有了。只有小树很可爱，排着很整齐的队。

我发现我很小。在向我自己走来。随着一个时代。二十世纪七十年代、八十年代。天是蓝的，云是白的，水是清亮的，牛是黑黑的黑呀。草是绿绿的绿。

我默然地回到城里。

在月光下

在月光下，我唱着革命歌曲，连蹦带跳地到我的小伙伴家里做作业。

我们小学时，几个家住得相近的同学就会组织一个学习小组。到了晚上，各人在自己家里吃完了饭，就相聚在某一位同学家，大约三四个人，围着一个小方桌，就着一盏明亮的煤油灯听写生字词，做数学习题，背诵课文。其间常有你揪我耳朵，我扯你头发的事发生。我的功课最好，常常是小组长，但力气并不大，就管不住人。有个叫小英的女同学生得高大，站起来比我们都要高一个头，她会维持秩序。

作业做完了，我们各自回家，在没有月亮的晚上，会借着一个手电筒照明，那就不太好玩。唯一的乐趣就是装鬼。三个同学都得先经过一个砖瓦窑，一起到了那儿时就都莫名地有些害怕。谁也没有进去过那高高耸立的一个大土堆里面，便胡乱猜测有谁住在那里。我一年级时读过一些不怕鬼的故事。那时有一本书就叫《不怕鬼的故事》，很好看，记得故事里面有一个人跑到庙里把那些土菩萨丢进河里淹死了，把木菩萨劈成柴火给烧了。这让我早早地便信了这世上没有鬼。我不信鬼，但还是会装鬼。我会突然把手电筒关掉，讶叫一声，再飞跑起来。随即就有女生更大的惊叫声和骂声传来。不一会儿，我们都喘息着停下，互相照照对方的脸，再一起哄笑成一团。然后分手，各回了各的家。说到底，这还是无趣的。只有广阔的黑暗相伴，看不见身边的事物，多数时候在小心谨慎地行走着，都不敢大声说话，也不想唱歌了。

但在月光下，这一切便改变了。我们的白天都用在学习和家务事上了。这样的明月光辉下便只属于我们的快乐玩耍。夜并未太深。月儿当空，月光正盛大。老的事物都在月光下显得很新鲜的样子。硬硬的事物都显得很软和。

在月光下，我和小伙伴们一起玩捉迷藏的游戏。这个游戏有时白天也玩，但躲藏的地方无外乎房子后面的某个角落里，一下子就被找了出来；人也不够多，玩起来不尽兴。在月光下捉迷藏就不同了。有树的阴影，有庄稼地，有柴火堆，这些地方都是躲藏的好去处。只要你不兴奋得吱出声，两个人都难得找出你来。我的胆子大，最喜欢钻进庄稼地里，像棉花地、芝麻地，那里是绝藏，也是我的秘密。很少人会想到我会躲进那一点点月光都照不见的漆黑里。我躲在那里面，听着外面的喧闹声。听着听着就忘了自己在玩捉迷藏。就会回顾一下这几天才看过的什么好玩的故事书。就会惦记着一本还没有找到下卷的长小说的结局。长时间不出来，小伙伴们有的就有些害怕，大声叫我的名字，说再不出来他们就要回家了。我才从月光梦中醒来。但还是会悄悄地钻到一棵树旁，告诉他们我就在他们的眼皮底下呢。

也有比我胆大的，他是后来大家都有点怕的一个大孩子。他能躲到坟茔堆里。没有人敢往那儿望一眼。第二天，他的勇敢事迹就传遍了全队。他是第一个真正不怕鬼的人。后来他什么都不怕，成了一个老大，做了一些生意，到小镇上买了房子，娶了全大队最美丽温柔的女人。生了三个女儿和一个小儿子。然后醉后骑摩托，走完了他也算传奇的一生。

在月光下可以看书是我在某一个月夜的发现。那必须是夏日满月的天里。天上一丝云彩都没有。屋子里很闷热。大人们在乘凉，我会躲在一旁看那些百看不厌的画书和小说。但要穿上长衣服，不然蚊子叮上会痒半天。

后来看了鲁迅的《故乡》，知道少年闰土的月夜也很好玩，便无限向往哪一天能到海边去。不是看海，是看那一片月光下的瓜地，和那只偷瓜的猹。

我上了高中，一个人到距我家四五里远的小镇上上学。每天早上六点钟前就得从家里出发到学校上早自习。冬天的日子里，天都没亮，有时也会顶着一片月光去。我心里总有种奇异的感觉。我感到时光是由像月光样的细沙组成的。我每走一步路，就看见它们洒落在我的脚下。到了学校，走进教室温暖的灯光下，仿佛才回到人间。

下晚自习后，已是很晚。我因此见过大大小小的月，圆圆缺缺的月。我知道它们都是同一个月亮，但我乐意认为每天的月亮都不是昨晚的那个。我还是喜欢满月天。走在这样的月光下，不怕。经过的路都是河堤。两旁一大半没有人家。随着年岁渐长，体会到了"清""明"二字的美。"清"因水而清，"明"也不可少了月。在月光下行走，踩着高高低低的土路，听到耳边响动着河水的声音，自己像在游泳般。身子很轻；呼吸毫无阻碍。那时特别想唱歌，就唱了，希望声音能到达远处的村庄，让她知道这月光有多美。一个少年在月光下有着多么浪漫的情怀。

现在我已难得看见月光了。有时晚归，抬头向天，也会发现一轮月亮。却已看不见它的光了。它的光留在我的少年身子里。

下雪的冷的冬天

以此文纪念今年（2008）江汉平原大地降下的一场大雪。

冷的下雪的冬天于我失去已有些年头了。

在很多年以前，这样的冬天让这一些使人温暖的东西有了意义：一座密不透风的房子，从雪地里拾回的木柴，新棉袄子，粗粮做的零食，以及一大家子人——祖母，爸妈，叔叔们，姨们，大大小小的兄弟。

那是多么充裕的时光啊。我睡到上午九十点甚至更晚起来，就着卤菜，吃完才煮出来的热气腾腾的米粥，一家人早生起了一盆火，坐成一团取暖。到下午四五点钟再吃一正餐，主菜多是白菜猪油圆子汤，然后天已黑下来，早早地躺入被窝里。

在大雪天，每家人都是这样子啊。起来就生盆火，一天的时光就在火盆边坐过去了。有时闲不过，到小伙伴家去玩耍，也是见一大家子人坐在一盆炭火前有一搭没一搭地说话，烤东西吃。而我在家唯一要做的事也就是去苕洞里取些苕来烤。烤熟了，那香啊，是火的香味，一直暖到心窝里。也可以爆玉米花吃，爆豌豆吃。有一年，不知道是谁捉了个乌龟来，也烧着吃了。烧乌龟吃有些残忍，要用枯荷叶包着，死死地夹着它。后来祖母不许了。除了吃是快乐着的，我爱看书，是可以放心大胆地看了，再没有谁骂我偷懒。大人们当然也有他们的乐趣。比如说男人们打扑克牌、下棋。妇女姑娘们有纳着鞋底的，有打毛衣的。我祖母还有辆纺车，一到冬天新棉花收起来了，就开始吱吱呀呀地唱歌。

有些年冬天冷得早，还没有放寒假就下帘子雪。我们管雪下着下着，屋檐下、树上就结起了一串串的冰帘的雪叫帘子雪。下帘子雪的日子里，在我的家乡，江汉平原，各处屋子里都没有暖气设备的。这样的几天，有的小孩子就偷懒，不去上学了。上学的孩子看好多同学没有来上学，心也慌了，也坐不住，跑到教室外打雪仗，滑冰去了。老师也伸不出手来写粉笔字，干脆停课罢，一个大学校便成了一个大的玩乐所。

有时雪突然下起来就很大，一片片地清晰可见，那叫鹅毛大雪。坐在教室里总有一个同学先发现了惊叫起来，其他同学便都兴奋了。下课铃声一响，呜啦着冲出去，才下的雪还没能积起来，便抢着接雪。随手就能接住几片，但总是不能够满足，因为它在手的温度下，化得很快，还看不清它的形状，就化了。便再接，不停地接，结果仍是一样的。

这样的雪一看就是温柔的，风不太大，雪像是慢节奏地生长起来的，如一朵花的形成，所以我们管它叫雪花。

有时风很大，天骤冷。雪一粒一粒地下下来，我们叫它雪籽，敢情是花开完了，雪结籽了。打在脸上当然没有丰收的感觉，但这种雪还是好吃，我最喜欢吃这样的雪，咬着像吃家乡的一种零食——炒米，但舌头吃着吃着就硬掉了。

后来大了些，看事物更清晰，更现实些了，记得的也有下雪天，大人们的劳作。有人要在下雪天里到枯水的水塘里挖藕卖，听说那价钱特高。有人要到水塘里捞鱼去卖，鱼的价钱也高。有人要到雪覆盖的菜地里挖大白菜，挑菠菜卖，那是下火锅的好配料。还有人要到牛棚里看看牛，看牛棚扎得密实不，给牛喂干草，喝温水。鸡子不怕雪，它们在雪地上留下爪印，四处扒拉，吃雪粒。那些野狗的命运不太好，雪激起了人的食欲，有些年轻人一看着野狗就打，这些吃千家骨头的野狗很难过完一个大雪天。

冷的下雪的冬天留在我的记忆里的就是以上这些东西。

后来有了黑白电视机，人们的注意力都在电视里那些与己无关的事上去了。还有盆火，却没有人烤东西吃了。一家人也减少了好多成员，也各玩各的事儿了。其实是雪下得越来越小，越来越积不起来，往往只待在屋顶一类的高处让小孩子怅惘两天就没了。天越来越不冷了，冬天的事也越来越多起来。

一年到头，人让自己忙碌地活着多累啊。

土　路

　　我走过十多年的土路，至今脚板心还是潮湿的。

　　土路从每家每户的门前出发，到达另一家门前，又延伸进田野里，纵横交错，曲曲弯弯，有长有短。常常消失于一块一块的庄稼地里，一片一片的小树林里。也有很多消失在一条小河的岸边或者潜入水底，和一条水路连接在一起。也有很多消失在一座土庙前，那里供着土地菩萨。而每一棵比较高大的树前都有一条土路。它走到树前，就随着小孩子们的身体站了起来。

　　土路并不是赤裸裸的。夏天总是覆盖上了密集的草，牛一路走过一路吃。冬天总是藏在雪冰下要几个大太阳才化开，露出仿佛新生的泥土。那样就已经到春天了。

　　春天的土路上有很多细细的洞，一些小虫子从那里面纷纷爬出来东张张西望望，然后迅速地钻进旁边的深草丛里。不过小孩子们是等不及让它自己跑出来的，他们在放学的路上把一根才长出来的嫩草塞进洞里兴致勃勃地钓着，不一会儿就有只贪吃的小虫子看到了阳光，它白白细细的长身子在阳光下发着光亮。它的头上有两个小黑点，好像是小眼睛，而头部最突出的地方就是那张害了它的小嘴巴。春天的土路上也会横着一条怡然自得地晒太阳的蛇。会把小孩子们吓一跳，呼啦地撒腿就跑，不过土路上也不惊起一粒风尘。比蛇小、也喜欢在土路上爬的是蚯蚓，一到雨后就横七竖八地在寻找它们被雨水淹没了的洞。小孩子们不喜欢玩蚯蚓，总觉得它身上有股土腥气，是土里长出来的事物中最不好闻的味了。但小鸭子便高兴了，它们摇晃着小身子，挤满了土路。所以春天的土路上充满了乐趣和生机。

秋天的土路上小草枯黄了，蔫蔫地趴在地上，但那些老根纠缠在一起，像给土路铺了一条黄毯子，赤脚走在上面，脚心会有些痒痒。秋天的土路上和田野一样，也是丰盛的，路边的树们把它们的叶子都交给了土路，在早晨的露水中，被早起的行人慢慢地踩进土里。如果是在收割的时候，一些老人就会跑到土路上捡一些洒落的稻谷。那时土路上也是人来人往的，没了往日的安静。

土路就这样一直被人的脚板走着，被牛马羊的蹄子走着，被一些很小很小的动物、很多很多各式各样的脚走着。它们没有承种着一棵庄稼，越来越厚实，到后来，几条主要的土路，中间就会露出光滑的白来，像一条细细的玉带，连接着村庄与小镇。有时一点小雨都淋不软它，赤脚走在上面，像走在青石板上，却不冷硬，调皮的小孩子会在上面滑出好几米。

我是很少在土路上玩耍的。小时，胆子小，怕蛇，也怕蜈蚣。也不会滑冰，至今也不会跳舞。我喜欢到土路上散步是十八岁以后了。已经离开家乡到省城读大学。假期回来，便很贪恋到土路上散步，常常走很远，一直走到土路的尽头。走到天黑，还想走下去。

土路也很少了，老家门前的土路也已铺了石子。通往小镇的路早已是柏油路了，时不时见一些汽车飞驰而过。小时上学要走半小时的路程，现在看一辆汽车一眨眼的工夫就到了。好像很近的样子。

去年夏天回家乡开一个诗会，会后去一些地方参观，坐在车上，一会儿就从这个镇到了那个镇。从这个乡到那个乡也是说一句话的工夫。当我坐在车上行驶在一条陌生的路上，突然看到我出生的村庄一点点熟悉的影子时，来不及一声惊呼，我就再也看不见它了。我一下子感到我失去它好快啊！我离它越来越远了。

我想，如果那路还都是土路，我的家乡就一定还是那个家乡了吧。

黑　夜

　　有一天，我为着一团漆黑流泪了。我什么都看不见，包括我自己。我站在江汉平原的一个黑夜里。迷蒙中听得见四周莫名生物的叫声，甚至植物们的呼吸。这夜真是黑啊，天上没有星星，更没有月亮。村庄里所有的灯都熄了。因为夜已深。我就站在这样深深的黑里，流泪了。

　　那时我十八岁，在镇上读高中。每天晚上十一点多走四十分钟的夜路回家。一个月里就会遇上几次真正的黑夜，当时流行的说法是"伸手不见五指"的夜。更小时知青们住在我家隔壁，晚上讲故事，开头往往就是"在一个伸手不见五指的夜"。这样子开头的故事听得多了，我就在心里猜测什么才是"伸手不见五指的夜"。我有时伸出小手往自己眼前一放，还是看得见啊。夜里有月光，有星光，月光星光都没有时，也有远处近处的灯光。如果灯光也没有时，也有萤火虫儿啊。无论我怎么样眯着眼睛看自己的小手，也还是可以看到它的轮廓啊。那是属于自己身体的一只手。它的一举一动都牵连着自己的心思。没有不能看到的。

　　但是在这一个夜晚，我真的没有看见自己的手。我已经成熟了吧？懂得把身体和欲望分离了吧？我的眼里真的看不见我的手了。什么都看不见了。只看见黑。

　　但这黑不是死气沉沉的，它好像在流动着，随着我的走动流动起来，我体会到我的身体是一个沉重的物，它带动着很多事物一起流动。比如说我脚下的道路，两旁的树木，四野的庄稼。我看不见它们，如同我看不见自己的一只手，却感觉到它们的存在，是实实在在地存在着。然后，我是在那一个黑夜明白了一个困惑我好久的问题。当我看电影时，看小说时，看一些虚构的文艺作品时，我都在想，这是怎么发生的？它们真的存在吗？为什么是这样的几个字，却掀起了我内心的波澜呢？包括我自己的文字，它们在那时也以诗的方式存在，以作文的方式存在，我却是在眼前看不见它们啊，就像我身处在一个"伸手不见五指的夜"啊。现在我算是明白了。它们看不见，却在我的身体的周围流动着。而我的一颗心，也是看不见，却在我身体里跳动着。

那是一个奇妙的夜。一个纯正的黑夜。它启发了我的意识，发现了"我"的存在。

现在当然也是再也遇不到这样的夜了。城市的夜如白昼一样亮。因为人类的欲望都是有光亮的。乡村的夜也不那么纯正了。我的江汉平原许多马路上也有了不少的路灯。即使在很深很深的乡村里，也有一只眼睛一样打开光亮的房屋，里面聚集着欢乐地吃着农家饭的人们。热闹的劝酒声压住了一只不眠的狗的吠声。

夜已不孤。

飞

在江汉平原，我跑得再快再远，也是看不见山的。我只能看见天空，伸展到四周，我永远是它中间的一个小点。这意味着，无论我跑得多快多远，也跑不到天边。于是，我想飞，我想飞到天上去，俯瞰我的村庄、我的树、我的小河。看着它们变得越来越小，变成和我一样的小点。

飞，是在平原诞生的一个词吧。小时候，展望天空，看到很多很多鸟在天空中飞翔。它们自由自在，无所凭依，它们飞得轻灵、活泼，一会儿工夫就消失在了远方的天空，很少能找到踪影。到傍晚时分，它们又多了起来，围绕着建在高高的树枝上的巢，盘旋。有时，在无人的时候，我打开双臂，想学鸟一样飞。我在小路上飞跑。我跳跃着身子。当然是飞不起来的啊。飞，是一个多么神秘的事情啊！天空，也是那么神秘！于是，我会随便地坐在草地上，歇息。抬头向天，初夏的日光温暖迷人，天上的细细白云也在飞，只是飞得那样慢，那样优雅，那样变幻。然后，一架飞机嗡嗡的声音传来，它从天的那边有力地向我飞来，有一双巨大的翅膀，却不扇动。它飞过我的头顶，骄傲地消失在天的另一边。

而我不能飞。看过《西游记》后就向往那些神仙天生会飞。望着天空，也会想会不会遇见一个神仙就从我头上飞下来。看过《牛郎织女》的电影，就向往哪天天上飞下来一个七仙女。但听说神仙们尽管住在天上，有时也住在山上，而平原没有山，遇上神仙的机会自然要减少很多啊，便觉得平原是有些单调了。

我的心飞了。

读到《庄子》是离开平原之后的事。看第一篇《逍遥游》时便被那里的飞震撼："北冥有鱼，其名为鲲。鲲之大，不知其几千里也。化而为鸟，其名为鹏。鹏之背，不知其几千里也。怒而飞，其翼若垂天之云。""怒而飞，其翼若垂天之云。"这飞还是飞吗？我无法想象这巨大的飞。但我却相信这世上有这样的飞。那应该是发生在很遥远很遥远的远古时期。是有那样的鱼，也有那样的鸟。有神人，有圣人，有造物者。那样的世纪，天上是各种各样飞翔的事物，天空不是现在这样的清闲。大地很渺小。人如蝼蚁。认识到自己卑微的命运。即如飞，也如蜩与学鸠啊。庄子也是平原人，我真的不知道他的飞是否与他的平原有关。或许是有的吧。

有一天，我也上了天，那是在飞机上。我不知道自己是不是也能飞了。但看到白云居然在我的身下，却没有神仙的感觉。飞机的四周什么都没有，就是我时常仰望的天。它不再遥远，却是虚无。掠过白云，也看到了自己的平原，像一张绿色的棉毯，宽厚，柔软。看不见一个小孩也像我幼时呆望着飞机。看得见一条大河蜿蜒向东，流动着实在的液体。

关于飞的事情就这样在我的生命里结束了。

步　行

一

　　而今步行已是珍贵。记小时，时光漫长，一年忘记一年。大多的日子在步行中度过。走过最长的三十华里路，在无边无际的田野中穿行。其时已是情窦初开，在一个个陌生的村庄流连，遇上一般大的穿红衣裳的姑娘，便要多看几眼，以为就是期冀偶遇的她了。走啊走啊，追赶着夕光，总是会在黑暗完全下降的刹那回到就读的学校或是家。

　　十八岁之前都是在步行中过的。读过三所小学，两所初中，一所高中。最近的也有四里路。最远的是那三十里。背着装有几本书、几个本子、一支笔的书包，早晨晨光初现上学去；中午回家自己炒饭吃完再上学；傍晚赶回家做点割猪草、捡鸡粪、"打把子"的活儿。如果一路上发现有猪草或鸡粪，心里是多兴奋啊，便迅速地回了家赶来捡拾。那些日日走过的路上不时会蹿出一只兔子引来我和伙伴的欢呼，也会不时地横卧一条蛇吓得我们魂都飞了。也有胆大的看是没有毒的水蛇，便捉了去，用一条布撕去它的牙，拿了去吓女孩。那路旁少不了春天的嫩蚕豆和秋天的红薯。时时窥探着，无看管的大人时免不了要偷了解馋。也有迷上玩的时候，唯一一次逃课因了钓小虫，用一根春天才生出的细草，找那些虫洞伸进去，有耐心就会钓出一只有着黑乎乎的头和白嫩的身子的虫子。这会上瘾，钓着钓着就忘了还在上学的路上。醒过来时，撒了野一般专挑田埂跑，也懂了三角形一边长小于两边长之和的道理，也踩了不少庄稼的孩子。远远的还是听见了上课的铃声。不敢打报告进教室。俺是全校闻名的好孩子啊，怎能迟到呢。于是在田野间徘徊啊徘徊，无聊起来，还是去钓虫子。

那时哪有那么多奔跑的劲呢？如果以一天最少十六里，即八公里计，五年小学每年九个月二百七十天共计走了一万八千公里啊。其实远不止啊，在路上曲折往返又有多少呢？

已经忘了经过的风雨了。也忘了路上的坎坷和泥泞。但能记起那夏日午后的暴雨带来的黑暗。走在乡间的小路上，看着奔突的浊水从自己的脚面汹涌流过，紧张中也有刺激的快感。只是天越压越低，雷声、闪电就在自己耳旁头顶。不由得吓得哭也哭不出声来。知道遇上龙王了。多谢看了不少的童话和民间故事，知道自己没做坏事，会没事的，没事的，在很深很深的心里安慰小小的自己。终于遇上了父亲，一麻袋把我装着扛回家去。那是1975年的一个夏日，湖北潜江熊口公社新林大队发生特大龙卷风兼暴雨。我家老屋后的一棵老柳树被风拦腰折断。我回到家时，家里已无一片干地。我好像在风桶里度过了最黑暗的一夜。

二

如果现在走夜路，我会选择沉默地前行。不会去惊扰那些死去的灵魂。也许我只是胆怯，是因为那些隐藏在黑暗里的人。他也会被我吓到，彼此间都见了鬼样的。

二十年前三年间的夜行并没有让它的未来有点点改变。其实我是再也没有可能那样一个人夜晚走在那荒无一人的河堤上，只靠着远方家的灯光给我照明。

我的高中是在离家五里远的小镇高中走读。作为村子里唯一的高中生往往在下晚自习后的十点半钟一个人走回家。那其实是一段很神秘的时光。我性格中的大部分孤独都在那一个人的夜行中养成。五里路有三里半是没有人家的河堤。它护卫着我童年里以为的最庞大的河流。那河流其实也就十几米宽。但现在远离它回想起来，还是觉得它的波浪像歌里唱的"一条大河波浪宽"的宽。宽过了长江黄河。那时在夜路上并没有听到波浪的声音，听到的是鱼儿的梦呓声，和不知道什么动物发情或被偷袭时发出的突如其来的呻吟。也没有看到传说中的鬼火。倒是多萤火虫儿，只是它们飞着飞着就到了偏僻的所在，那里荆棘密布，荒草丛丛。路的高潮是三座坟茔和与之隔几十米的窑洞。窑洞好像早已废弃，在白天经过时我有意进去察看，当然是一个现实的普通的窑洞，还有烧破了的砖胡乱地堆在里面。但夜晚我还是温馨地想象它里面住着漂亮的女鬼或狐仙。总之是不吓我的。因此我匆匆地经过那三座坟茔时的紧张心情过了半分钟就在窑洞前平息，而变得诗意盎然柔情万种。那时我早已看过《聊斋志异》和《红楼梦》，受益匪浅。同时在小学三年级就看过很多不怕鬼的故事。更重要的是高中学了辩证唯物主义后居然相信了世上没有鬼的唯物主义。如此博学让我充分享受到每晚四十五分钟的自由自在的时光。这世上仿佛除了我，其他一个人也没有，有的只是女鬼和好神仙。她们庇佑一个多情而腼腆的少年。这个少年一生暗恋无数，肯定没有人知道他最早的暗恋对象是女鬼和狐仙。然后在这段诗意时光后就是放声歌唱的抒情时光。我有时想我的村子里那些还没有睡着的人应该能听到我的歌声，特别是在十五的月光下，乡野的夜亮如白昼。远处的村庄都笼罩在一层素纱中。我简直喜爱得要跳起舞来，来段疯狂的自恋。又放缓了回家的脚步，想象自己在云中漫步一般。

也是有过害怕的时候。在风雨之夜里。那些诡异的风在河堤下的林间穿过，发出呜呜的声音。雨点打在树叶上也会参差不齐地惊叫。我相信这是恶鬼出现的时候。我并不敢快走，故作镇静，相信那些虚无的东西都是虚无的力量。它们很轻很轻，它们就在我后面紧紧跟随着，如果我不跑，它们会永远不紧不慢地跟随着，直到我到达家门，飞一样跳进屋里去，然后重重地关上门，它们会悻悻而去。这样的日子实在有限，多了，我还是会乐观起来，并大胆地靠近河岸，看到底有没有传说中的淹死鬼，在此时兴风作浪。那时的我真是胆大包天啊。漫长时光的夜路也会变得平庸，既然此刻这世界上只有我一个人，我便一个人投河又怎样？写到这想起了一个诗人的两句诗：一个人投河像游泳，一个人游泳像投河，太孤独。我真是太孤独吗？

没有，那时没有孤独这个词。也没有步行这个词，也没有黑暗、月光这些词。那时是什么都没有的懵懂岁月。但有爱情，干干净净的爱情，像初剥的笋头，干净的她都不知道我在爱她。这种爱实际上陪伴我走过了三年的夜路，其间不断地探索成熟的未来，但还是在那么深那么深的黑暗里。

附：回乡偶记

这些树一看就是新的。它们排列整齐，又高又直。叶子新崭崭的绿，在风中齐刷刷地唱着歌。就像庄稼一样，被种植，被收割。遥远处还是朦胧的树影。那树只是影子像树。三五年后就将化为纸浆的原料。

这些房子都长高了，两层。阳光下，亮闪闪的，因为外墙大多贴了白色的瓷砖。每家都新修了和城里一样的卫生间，使用电动机抽上来的井水。在主房和厢房间有很大的封闭的小院子。院子里都铺上了水泥。都不喂养鸡和猪了。理由是很脏，不卫生。院子里不栽树草的理由亦是如此。

房子后的小河边树都被伐倒了，据说是要重挖的。至今还没有动工，也不知道要等到何时。没有人再能饮这河里的水。这河也是一条死河了。水花生长满了河面。它们不时地被喂养鳝鱼的农民捞起来放在大片鳝鱼池里，为吃饲料的家养鳝鱼遮阴。

穿过几个村子的路变成了公路，柏油铺的路面。我看到村口处一个站牌上写着：新林村候车点。

我上学时走过的一条河堤，已是杂草丛生，只余下中间一条小径，远远看去是一根细长的白带子。又很硬实的样子。

几年前的一些水田变成了旱田，水稻变成了棉花。那些一到夏天就待满了鱼虾的沟渠不见了。

油菜籽到了收割的时候，棉花钵开始种下地。还是那片熟悉的田野，只不过它越来越成为一个产品基地。一个田地。

我出生的老屋，那屋后长了九根大树的树墩我是亲眼见过它被推土机推倒的。那也是十几年前的事了。那时谁都不会明白它会意味着什么。

现在，我找不到我的老屋一点影子。一大片一大片庄稼覆盖了它。原来这土地除了能长老树，能长竹子，能长野草和茅草屋外，更容易长的是庄稼啊。

在这样一个发展的时代，是再也不会有一棵老树在村口迎接一个回乡的游子了。也不会有一只黄狗认你为亲人。

只有老奶奶依旧苍老，她习惯性地蹲在门边，没有多少地方可去。

人是物非。

花事：春去春又回

几年前，搬了新居。新居有个露台，三四个平方米。正适合种点花草。于是有了这些文字。

1. 春

清樊圻《岁寒三友图》上有龚贤题诗：

别有岁寒友，丹铅香色分。山中虽寂寞，独赖此三君。

这"别有岁寒友"指的是水仙、茶花、梅花。昨日春雷开，水仙早败了多时，梅花也吐了青，唯有园子里一树茶花，伶仃花苞已有一枝露红。

2. 春

水　仙

关于水仙想说两句：
这种生存极端容易的植物却从来不曾贬落凡尘。在冬日凛冽的乡野很少看到它的身影。只是有心人收留了它的块茎去装点悠闲者的雅意。我十九岁到城里读书才第一次见识它，最初爱上的是它的叶子，那样纯粹的绿啊，从清水里一片片地竖立着生长，可以伴我待过整个冬天。在这整个冬天里，它的花苞也和叶片一路长起来，让人生长久的盼望，直到立春后才开出淡黄的花朵。让盼望的人终得满心的喜悦。

年轻时就是这样永远关心花的美丽时候。花到盛开为止，记忆就泯灭了。于是，水仙的美总是与寒冬有关，一到秋末，心里竟然希冀冬天早些到来，想看到一盆水仙在自己的书桌前。隔几天给它浇点清水，凑着那纯粹的绿，像抚育着一个小女子。

在冬天养水仙已是一种习惯。大街上随意看见，随意买下来，随意扔在几张桌上。对于它的生长已不在意。有一天，它的花苞才一打开，我临出门，忍不住嗅嗅。那是一种怎样的香呢，让人嗅得羞愧不已。

后来，花谢了，没有枝叶相托的花，很孤独，很容易败的。一下子就压垮了它的茎。我看着它慢慢地弯下了腰，香味渐渐地变淡，花瓣越来越黄，越来越僵硬，直至最终沉浸在最初喂养它的水里。

直到今天我还在桌上放着这盆早已枯萎的花。现在那纯粹的绿也露出了它白色的底子。它们残败得就像秋末的时光。

3. 春

每到春天，我便会给几种花换盆。多次之后，竟有所迷恋。

把花连根拔起，清理净板结在根上的老土，让那些曾经在地下四处游走的根清清爽爽，空空明明。透透风，晒晒阳光，再把它们放在松脆干爽的土里，让它们有一个新的家，好静静地睡眠，安安地生长。一年一次，我对于根投入了爱。但这个春天，我还没有换盆。心里想的却是根拔起后花盆里巨大的空洞。尽管只是一刹那的事，但足以让我心悸。我的心仿佛失重一样，不知道它要逃离到何处。我的心房竟然是空空如也了。

4. 春

再有几天，我便在新居里待了一年。得想一想，哪些花经历了考验，过了这一年四季，没有被风吹死，被雨打死，被阳光晒死，被虫子咬死。最重要的是没被冬天冻死。这样安然地活过了春夏秋冬，以后的日子就好过多了。就成了家里的成员，我的亲人。

桃花、李花、茶花还有海棠今年都正开着。梅花开过了，叶片已有指甲大。栀子花的花苞已露出尖儿。一公一母的桂花，相依相伴，好像四季都开花的，但是在秋天时更香。茉莉花枝叶繁茂着。小橘树有了两年，今年的橘子青又小，总是不见黄。时间在它那儿停在了冬天。月季花不要我多管，我只是要不断地剪去它越来越长的枝蔓，让它的花开得低些，它真是长得太快了。杜鹃没有香味很可惜，花期太长。我都要不喜欢它。这样想起来，我是更爱这些木本的植物的。

百合去年开花后埋起来的球茎早长出叶片，只是儿孙样的小许多，不知道会否长出花来。向日葵的种子已经种下。去年的三株从夏天一直开到秋天，就是没结饱籽儿。向日葵打开花苞的刹那是极美的。那些白嫩的籽儿才露出来的样子让人心疼。还下了辣椒的籽儿，不知道能否生长出来。丝瓜去年收获了十几根，扁豆也炒了一盘，照说不应该那么少。因为太热了，叶子掉了许多，虫子也多。这两种蔬菜的花其实也很好看，黄色的紫色的逗了许多野蜂来。过些时也要找株来栽上。这些草本的植物是女人要爱得多些。

两盆米兰死了。周日已剪去枯黄了一个多月的枝子。根不忍除，莫非还希望有奇迹？

文竹只余一根，它脚下的苔藓还青青翠翠的，让我很高兴。

在旧居的两盆春兰有几年了，来新居没有待上半年。不适者，水乎，味乎？不能明白。

还有两盆从花市里买来就不清楚名字的常绿植物终于没能再绿下去。无名地来无名地去。是我的客人。

5. 夏

种向日葵的事儿

春天的花事已了，现在播下的种子多要等到夏天开花秋天结籽。不禁想到去年种向日葵的事儿。

那是到城里来近二十年里的第一次播种。种子的包装袋上说，向日葵生命力极强，只要有阳光和水，多么贫瘠的土里也能生长。真是这样，一星期后，它就萌了芽，不久两片三片地壮大了，直到一个月后有了花苞，等到花苞如小孩的拳头般大时便露出了白嫩的籽儿。边上还一瓣一瓣金黄的花片环衬着，这样花儿和果实一路生长，让人心里充满了喜悦。

有个朋友也是喜欢向日葵。我跟她说到了秋天我会给她寄去几粒自己种的向日葵结的籽儿。如果那些籽儿也能在她的花盆里发芽开花结籽儿，那也是一段风流韵事了吧。因为有了许诺，就日日盼着秋天到来，盼着向日葵果实成熟的那一天。但秋天到来的时候，那白嫩的籽儿竟然一直空荡荡的，并暗黑下来。这事儿成了我心里的暗伤，也许会一直时隐时现地痛。谁会想到也曾叶片舒展，也曾花儿盛开，终了却莫名其妙地结了空籽呢？

种向日葵是因为喜欢凡·高，喜欢凡·高是因为喜欢他画的向日葵。凡·高那么爱向日葵，应该是因为它有着最亮的色彩和最朴素的生命的力量。还有它对于太阳的爱，疯狂的爱。凡·高在他的画布上放肆地倾注着那些黄色，想让阳光永远停留在他的生命里。他是那样热爱有阳光的每时每刻，在绘画的过程中，不停地追逐着阳光。这使他的向日葵上看不到阴影！但他的爱是苦的，他的生活是苦的。他的向日葵也没有结出饱满的籽儿。在无限的疯狂的爱中总是有着无限的忧伤。

"如果生活中没有某些无限的，某些深刻的，真实的东西，我就不会留恋生活。"凡·高这样说过。因为这他才会热爱平凡甚至卑微的一切。他才会对一个妓女献出他的爱，并对她说："你或许不能一清二白地过日子，但是要尽可能地走正道；我也要努力这样做。只要我知道你已经尽了力，没有对每一件事失去控制，你像我一样对小孩善良，你的行动在孩子眼里始终像个母亲，虽然你只是一个穷仆人，虽然你只是一个穷妓女，并且还有各种讨厌的缺点，你在我的眼里就将始终是一个好人。"

6. 夏

昨日狂风暴雨，所幸院子里花早谢了，免了一番摧残。今早起来，见才出不久的南瓜苗、苦瓜苗却有两株蔫了叶。但小茎犹挺，这大好春日之下，应会复苏。今年没有种扁豆和丝瓜。改种不招虫子的苦瓜、南瓜。且南瓜是有童年口福记忆的，一直爱吃。但愿种瓜得瓜，今年能结几个，一直长到冬天，到老。

其实这些粗笨的瓜果最适合种在院子里了，一到初夏，便疯长起来，满院子都铺上生命的叶子，然后在那些叶中掩映着一个个小瓜秧子，一天一个变化，哪一天就变成了庞然大物。摘了它总能落得一个实实在在的欢喜。不像花，哪堪摘呢？

7. 夏

前几日狂风没有吹折花枝，暴雨没有打落花苞。四季蔷薇和栀子花正鼓足了劲儿等待着灿烂的那天。四季蔷薇是急性子，有的花儿已经争着挤出了花苞，露出它们或红或黄的衣角来。栀子花是要蕴足了香才出门去。现在门窗紧闭，看不到它们一点影儿。它更喜欢热闹的氛围，非得到五月阳光更盛时，到女儿们芳香四溢时，它才会现出惊艳的白和打人的香。

桃花谢后，小枝上密密麻麻结了才豆米大的果儿。估摸它们是会很苦，不能吃的。尽管这样，已逗得小儿天天候着要等它大点就摘下来，你告诉了他苦，他背了人也是要尝尝的。李花据说要开三年空花，今年是第二年，果然现在枝叶茂盛，没有果儿的影。

狂风暴雨后的大降温的损失已有统计。计：死一株番茄苗、三株苦瓜苗、一株南瓜苗。伤一株苦瓜苗和数片蜡梅叶。母亲才栽的竹叶苗是全军覆没，这让她很伤了会心。至于那些蠢蠢欲动的虫子有多少死了就无从统计了。

8. 夏

文 竹

昨日出门之时，突然发现书房里一盆我以为早已死去的文竹居然从它未曾腐烂的根上又长出了四根新的茎芽来。竟说不清是欢喜还是悲伤。都有几个月了，它枯萎在书房里，我没有丢弃它的理由只是麻木和懒惰。毕竟它是我很爱的一种植物，尽管相比它那么纤弱的样子，我已经更爱那些朴素的能直面阳光的花草，但内心里其实很是羡慕它的清雅出尘。我已经养死过几盆文竹，到现在我就知道自己还是不那么细心，对那些娇艳、娇柔、娇气的花草还是那么手足无措。我努力地亲近它们，爱它们，甚至用满腔的热血浇灌它们，但它们终得离开，就像去年的春兰和这盆文竹。

而这盆文竹居然复活了。它哪里来的力量呢？我都忘了给它浇水，也忘了再理它。也许是老父亲还保持了以往的习惯，也不管它是否死了，一如既往地帮我拿它出去淋淋雨水了吧。就这样，在这个春天将尽时它又活了过来，长出了新生命。

可我还是不知所措。我装着没有发现它的新来，我还是要忘了它，不是那么热心地关注它。我知道它在寂寞中会长得更好些。

真的是越来越老起来了啊，就希望所爱的一切都强大起来。就像儿孙一样的，慢慢地长大成人。

9. 夏

乱 花

多年前到成都去，看见一个朋友家的阳台上也种满了花草。但那些花草乱乱地长在一起，很蓬勃的样子，还是有点惊疑：为什么不剪剪理理呢。朋友是信佛的，说，都是生命，随它便吧。问他一些花事，就说，晨起就浇浇水，晒晒太阳，人受不了时，花也受不了，按自己的标准来要求它吧。再问：就没有养死过花吗? 他说: 很少, 好像和它有缘吧。

现在想来, 这些话还这么清晰地记得。大约是说了些真理出来了。这也给我种花一些影响。起码有很长时间是懒得去除掉花盆里那些随风生长起来的野草的。花也是乱开着, 一丛丛的, 不曾修剪。但也是有过一些念头的, 比如对现在院子里的这盆蔷薇。

这盆蔷薇两年里就已经发了无数枝, 仍不断地有新枝发出来, 长得高高的, 在上面顶着几个花苞, 很是骄傲的样子。几次我想剪掉一些; 再不剪, 它自身就已乱成一团, 枝枝纠缠不清了, 而且这花枝一旦成熟, 坚韧得很, 折也折不断, 是不能希望自然力能平衡它的生长的。但真想到要剪掉一些, 还是下不了决心。应该剪去哪些枝呢? 才长的花苞自然舍不得, 它们的骄傲劲还未过呢; 正开得满面春风, 忍不住的我还要俯身一亲"芳泽"; 已开过的一副肃穆端庄之态, 要剪去它竟是有道德的责难了。

于是, 这花就乱了下去。逐渐地野了, 越来越像我小时候它们随意长在路边篱落的样子, 自然。

10. 夏念秋

野 菊 花

写到蔷薇的乱时, 突然想到了野菊花。在小时的田野里, 春天的蔷薇 (我们那叫月亮红的) 和秋天的野菊花是开得最茂盛的，也是最受人喜爱的。月亮红还会有人挖了栽在屋前做篱笆，但野菊花就不必了，到处开得是，也有人摘了晒干做药，或冲水喝。其实苦得很，没有现在的甜。那些花骨朵儿小，像一只蜜蜂样大，快谢时，也像一只只蜜蜂样歇在茎秆上。

我很喜欢它们。当然是因为陶渊明的诗了。采菊东篱下，悠然见南山。陶渊明采的菊当然是我看到的野菊花。在秋天里采它，一朵一朵地采，再一把一把地往竹篮里扔，的确是能忘记很多事来的。老陶能记起那是南山在那儿了，应该是才采不久才有的事儿吧。菊花的香味浓重得很，像极了那些绵致而朴素的生活滋味。采的菊花多了，会觉得日子的苦中慢慢地透出香味来。

我的院子里现在没有种菊花。实在是因为找不到那些细小的很苦的野菊花来种。现在满大街展出的那些硕大的菊花让我冷眼都不想瞧它们。想它们是污损了菊的名字。

11. 夏

花　虫

在春天做一只花虫是幸福的。但我不得不破坏它的幸福啊。那些花虫钻入花的根里，藏在花的心里，叮吸在花的茎叶上。享受着这世上最美的滋味。但它们不懂得珍惜，只知道剥夺。如果它们知道每天只吃一点，让花不断地生长，或者像蜜蜂、蝴蝶一样，只采采花蜜，或者果实也好啊。这样我不会天天早晨和它们来一场歼灭战了。

四年前我才知道花的天敌是虫子，而不是天气。天气会让花生长也会让花死亡，总是它自己的事。而虫子对于花是只有死，没有生。四年前一位种花的老人送我的一大盆蜡梅花就是死于虫子。那盆蜡梅是老人养了好多年的花。看我那么爱花，送给我了。我送给老人一些历史小说。但那花只陪了我一个冬天。第二年的冬天它的叶子不断地枯萎，却是找不到毛病。待我无可奈何地看着它死去后，拔出根来才发现根已经空了。可恶的虫子，我都没有发现它的影子！

去年在新家里，花多了，虫子也见得多了。我用了点心。每天早晨起来就看看花上有没有虫子。那些虫子很小，常常藏在背阴处。花心里，叶背上。看着花叶有萎靡不振的样子时就得更仔细地找。总会发现一些黑的、白的、绿的小点点，那可能是虫屎。再仔细地找就会找到一两只慵懒地躺在花身上的虫子，一动不动的，让我只能不经思考地捻死它。那时你只能不把它当生命看了。

这几天，蔷薇花开得正盛。但已有两种虫子盯上它了。一种小蜘蛛让红色的花瓣都变成黑色的了。另一种小虫子却是趴在嫩嫩的花苞和叶尖上，喝着花的绿血喂养得它们全身绿绿的。在一片绿色中真是难发现它们。但它们很快会繁殖得茎上到处都是，那花也就会被它们喝干了血死去。现在才开始，而且我也认识它们。晨起就一根根花茎上、一片片嫩叶上寻个遍。把它们消灭得干干净净。第二天继续。

栀子花这几天不断地有叶子被虫子咬出洞来。但我至今也没有发现是什么虫子。好在叶儿还茂盛，那虫子像是知道分寸的，像一个君子。也不破坏花苞。花苞渐渐地大了。便是想等栀子花开了，请朋友来喝点啤酒吧。这应该也叫喝花酒么？本事上的"花酒"是这吧？这个想法让我兴奋。冬天等蜡梅花开了，请老朋友来喝点烧酒，这气氛和梅的浓郁的香也是合宜的。

按说杀虫应该用药的。但我想花一沾了毒药，就好比好女人嫁了黑社会，还是不用的罢。

说了点花虫的事，才发现自己是个不求甚解的人。那些虫子姓甚名谁也不搞清楚。的确不适宜做研究啊。

其实我曾查过资料，记得"花虫"是指"书虫"的。那种专门吃书的又叫蠹鱼的虫子，据说体小，身上有银色的细鳞，尾有三毛，和身子一样长，煞是好看，故称之"花虫"的。这惹得我费过劲在一堆破书里去找，看它如何的美。当然是没有找见。

但吃花的虫子我是见过的。单独看它们也是极美的。不像那些吃秽物的虫子，看起来也是让人恶心的。

这样想来，吃书的虫子很美是可信的了。

12. 夏

栀子花开

在滂沱的大雨中，第一朵栀子花绽开了。在一片翠绿中，像一个情窦初开的白衣少女，羞涩地躲避着狂放的雨点的袭击。它的纯朴而健康的美丽，让我温暖地爱它。

今日一气摘了三朵栀子花，等要放去书房里，发现母亲上午也已摘下两朵来。想来这栀子花是在枝头留不长久的。因为它硕大而香，更因为它常被种在自家园子里。按说以它的香而易种，应该有如梅花、桃花、玉兰花样成片成园地种的。又何以没有听说过栀子园呢？怕是因为它更易摘而已罢。还有一个理由也可能更是不容忽视的，即它的花总是藏在叶中，从浓密的叶中透出香白来，显现不出繁花似锦的虚荣。看梅花桃花玉兰花类，总是先开尽了花儿再长叶，风头总是出尽了，而栀子花却是攒足了劲儿长叶子，那一朵朵花苞未绽开前也是一团绿果子样，等到完全绽开，那一团绿意也淡隐于纯白中了。

是的，这花是尊重叶子的。一点点都不高傲啊。

也因此，它总是被那些朴素的手摘下来，放在桌边、枕边，甚至戴在头上。

13. 夏

雨阳篷 （一）

今日应该是悲伤的。终于决定要在露台上搭一个雨阳篷了。从露台上漏下的雨水一年后终于不可阻挡地穿破层层水泥滴在了客厅里，并继续顺着外墙向房间里的一切低处渗透。这次的大雨是停了三四天了，但现在屋子里开始下一滴滴令人悲伤的雨。我看着那些雨水由于没有找到回归大地的道路，只能极其缓慢地甚至羞涩地滴向其陌生处，不由得心中也涌起迷失的苍凉。

做篷子的师傅已来量过尺寸。定金已付。再过两三天，雨阳篷就会搭起来。我的那些一年来陪我伴我的花草们就再也享受不到阳光的直接抚慰和雨水的亲密酣畅的浇灌了。向日葵是再也种不成了的。其他的花朵也会像个宠物样等着我每天给它们充满了氯气的水喝。以往它们会很调皮，枝蔓丛生，你摸摸我的头，我挠挠他的耳朵。而以后风也懒得进来与它们嬉戏吧！

天上的花园是那样的难得。突然开始向往老来。一定得住在乡下去才行，只要有一分地也成吧。

14. 夏

雨阳篷（二）

雨阳篷今天装上了。不过一种变化带来了好心情。傍晚时正好变天，起了较大的风，云也堆起来。夜里或明天会下雨吧。竟有所期待。尽管雨再也不会打在花叶上了，但雨终也不会打在花叶上了。下雨的时候是可以坐在篷下，更好地听雨声的。然后体验到一种文明的进步。好像从一个农民进步到了秀才。

装篷子的小师傅和他的徒弟还叫了两个帮工来帮他们安装。一个做烧饼的，一个做水电工的。妻子很是疑惑这些做苦力的人怎么总是乐呵呵的，说话嗓门大，笑起来无所顾忌。真是很快乐的样子。我说他们总是有更多的希望吧。这解释应该是站不住的。

或许还是文明的原因。文明人总是失去一些朴素的快乐。然后为了快乐又回到朴素。

15. 夏

今日摘下了最后一朵栀子花。距第一朵栀子花开放正好有了一个月。

桃子当初有众多的果芽儿，长到现在，那些个大的就挤落了个小的。感觉它们像些吃奶的孩子，那些树干都是怀抱。

疯长的四季蔷薇越长越高，终于被父亲剪了个痛快，估计要等到明年春天才能看到它们了。

番茄只结了一个果，绿白的，一定要等到它红通通自个落下。

辣椒树营养不良，估计过完青春就会老去了。

其他开过花的几种没有点点变化，一群正常的中年人，把日子永远过得像生活一样。

16. 夏

其实夏天是不必要关心花草的，它们都只顾了吃喝生长去了。这次想起来看看它们，却纠正了我的一些印象。

比如仙人掌，是生长在沙漠里的，知道它生存环境恶劣，便练就一身顽强的生存本领。这样养它起来，也不怎么管它了。搬家时，竟遗落在旧房子的窗台上。也就一手掌大，不显眼的。过了几个月，旧房要出租，去清理一下，看它居然还活着，只是不见长，还是一手掌大。带回新家里，放在花丛里，和其他花草一样待候着，不料，半年多，竟长得手臂一般长了，而且还伸出了不少旁枝，有点成林的味道了。原来仙人掌不是生来就喜欢吃苦头应该吃苦头的啊，给它甜头吃，它也是很幸福地生长的。

再说说一直不见长的辣椒。这几天却看见它慢慢地长高了，并开了花。原来是营养不良，发育迟缓了些。还是会长出小辣椒的。植物的本能和人的本能一样啊。

那株番茄结了一个番茄后，本应该茎枯叶落的，却因为一根南瓜藤缠上了它，现在已经长得有一米高了，那根原本细细的茎也粗壮得像一根麻秆了。原来它也是有超能力长高长壮的啊。因为不甘于被南瓜藤遮住阳光，什么都可以做肥料的吧。

17. 秋

秋意渐浓了。每日早晨上班前，习惯性地看看自己种的那些花草。在夏日骄阳暴烤过后，叶片上不免残留一些焦黄。今年所获无几，计两个番茄，一个辣椒，四五个苦桃。南瓜秧子终扛不过高温，未曾粗壮起来。前年开过的另一株茶花去年歇息了，今年又悠悠地长起了满树的花苞。这让我很是稀奇，我很少见两年开一次花的植物，这种控制都有些超自然了；却也是自然得不得了。南瓜藤这次取代了去年的扁豆藤，一直垂吊到了楼下客厅的窗前，它的根像老人枯瘦的臂腕。

18. 秋

没有想到今年的南瓜在度过了酷热的夏天后，迎来了一个收获的秋天。窗子前绿油油的藤上悬挂了三四个小南瓜，煞是可爱。以前只知道葫芦是挂着长的，没想到我家的南瓜也挂着长起来了。都长成一个个葫芦样了。

19. 冬

我看到了柳树发芽，我看到了李树开花，海棠也早已破了红。但春天已不在。

雪被雨阳篷截留。雪在栏杆上歇息。

20. 春

　　李花又开了，桃花又开了，海棠花又开了，茶花也开了，院子里在春天开的花都开了。听说武大的樱花也开了，东湖的梅花是很早就沸沸扬扬地开。啊，那些一大片一大片的花在开，那些一小枝一小枝的花也在开。有的人要来看花，我应诺了又忘了。忘了又许明年的诺。我说过自己的记忆是属于很深的那种。我会记下很多的事，只是要过很久才想起它来。我想起它来的时候，一切花都开过了。这就是今年的花事。

21. 春

　　去年的今日，我为一株文竹发了新枝而欣喜。今年的今日，我看到新买的一盆文竹在不断地凋敝。是我的问题。并不懂自然，也不懂花。它们在大自然之中是有着勃勃生机的。而在我的书房里，与书为伴，与笔为伍，哲思和诗意并不是它们的食粮。我望着它不断枯萎的身躯，默默无语，知道心中纵有再多的爱也抵不过一点阳光和雨露啊。

　　书房里还有修远君送的一盆春兰。还没有来几天，却不禁担心它的命运。希望它明年春天还这样葱绿吧！

22. 春

　　前几日就在园子里发现微湿的土里冒出了点点星星的绿苗，还没有什么模样，我自是认不得。这天，父亲在浇水，问之，才恍然大悟是小时候常见的豌豆苗啊！父亲前几日把我喂了兰花、喂了文竹的花钵拿来种豌豆了，那些茶花树下的空泥里也有种了，那些桂花树下的空泥里也有种了！很喜欢，几天不见就长了一指高。父亲说豌豆花很香，一下子让我忆起了它的香味，也是馥郁的。不止于此，我还想起来它的花好像白蓝紫相间，似清雅又绚丽，藏在丰茂的绿叶里，不打眼，却有君子风度。

　　来年春天可以邀朋友们来园子里赏赏豌豆花了；等豌豆熟了，嘴里也可以嘣嘣地响了。炒熟了的豌豆也很香。

　　（注：家乡的豌豆在武汉被叫作蚕豆。）

23. 春

　　春天又来了，小园子里生机勃勃。迎春花挂在窗前，黄黄的小朵，点缀在四季常青的枝叶上。海棠和桃、李照常是绽出了许多花苞，乍看上去，像一颗颗红的、绿的、白的软珠子，结在灰灰的硬枝上。简洁而有层次。两棵对节树光秃秃的身子上也冒出了绿点点。它们都在标示着一年一次的更新。

　　而我并没有更新。我的生命没有循环。我是一种运动着的生物。由生向死地运动着，一刻也不停歇。

人事：因缘之际会

《生生长流》——由一本书想一个人

——忆马骅

　　像江河一样奔流不息的是人类对于自由美好家园充满无限追求的生命力。我们赖以生存的这个世界尽管物欲横流，日渐衰败不堪，就像一场地震之后的家园。但我从来都没有觉得没有明天和未来，没有青山和绿水，没有生命。这种信念有时就来源于很少很少的一点点人和事。比如说，一个诗友，只有几面机缘的马骅。和他的那点点故事，那没有人相信的死亡。

　　这个很认真写诗的马骅，我对他的了解太少太少。第一次见面时，在武汉的一个小酒馆里，其间他是一个多么沉默的人。很安静。我们谈过少许的话，只记得他说他曾是基督徒。哦，这是一个有信仰的人。我相信有信仰的人，哪怕他曾经有过某种信仰，以后又有了新的信仰。

　　第二次见面时我已经到出版社了。我编了一本《在北大课堂读诗》的书。这是好友钱文亮策划的一本诗歌评论类的集子。在钱文亮和胡续冬还有冷霜共同的老师洪子诚先生的课堂上讨论九十年代以来的新诗是北大当时让各地诗友们羡慕的一件事，在京的很多诗人都进入过这个课堂。其成果就结成了这本《在北大课堂读诗》。马骅不知道去过没有，他和他的好友康赫、胡续冬都在北大在线新青年工作，那里团结了很多优秀的青年思想者。他们读书写作编一些东西。我到北京出差也就顺便给他们带书去并看看他们。那时我还保留着写诗时的习惯，到一个城市喜欢访诗友，不喜欢住在孤冷的旅馆。我先在康赫租的房子里住了一晚上，多少畅谈，有前文留念。第二天一定是喝酒玩乐很晚了，到马骅租的房子里待了一夜。他有很多 CD，音乐和电影的。够我翻看了好一会儿。还有很多空的酒瓶，以及一把吉他。房子看上去比康赫收拾得整洁。他给我冲了一杯咖啡，然后自顾自弹了一曲吉他。我不知道曲名。和他在一起有一种舒适和自然。一夜无话。但那夜我并没睡得安稳，也许是咖啡的缘故。我睁着眼睛看着他窗外的植物在城市里朦胧的夜光中飘飘忽忽。但另外一间屋子里的马骅可能已经睡得安稳了吧。

又过了些时，在北京元月书市上。拥挤的人群中，在一个相对安静的过道角落里，我居然看见了马骅，他正和一个女孩聊着呢。第一次看到马骅的脸上有着满是兴奋的光彩。他嗓门很大，因为会场特嘈杂。那女孩是百花文艺出版社的编辑，三个月后居然做了我的散文集的责任编辑，书一编完又跑到北京一家出版社去。马骅原来在和她谈合作出书的事，他已经出了几本和旅游有关的书了。这是我们最后一次见到了。

然后是非典，然后是听说新青年来了个新老板。然后是那年秋天我到山东省开一个会，见到好友，很优秀的诗人孙磊夫妇，看到马骅的一个自印诗集，聊及斯人，却已是去了云南山区，在一个小学里当起孩子王来了。这是美的。这是我们想象着最美的事情。马骅去做了。我不知道理由，也从不猜测。只听说他要朋友们给他寄书去，给那些孩子们。我打他的手机，居然还能听到他的声音！说起过找时间去看他，还给他寄很多书去。然后在网上找他写回来的信。先是有一些的，后来就稀落了，后来也看不见了。但他的诗我越来越喜欢了。有着开阔俊朗的样子，里面装满了真心和自然。

关于马骅出事的事情，我的脑海里一直是一种他在飞翔的画面。他像一只大鹰一样俯冲下山谷，然后又像一条大鱼一样潜游于深渊。这鸟与鱼的想象让我每次想起他就肃静不已。这两个意象本是庄子的，中国最强调生命自由的思想家，在他的《逍遥游》中关于自由的意象就是一只鸟和一条鱼。马骅在我的生命里的意义就是自由与美好的象征。这个象征是如此亲近过，是也许不小心就会重新出现在你的身边的人。他的笑容是憨憨的又有点机灵的那种。原来是参透了人世沧桑的啊。因为这我就相信这个世界不会毁坏下去了。

那天在马骅的家里翻碟子时，看到《生生长流》。伊朗导演阿巴斯的名片。从此迷上这个导演，而且给自己编辑的一部家族小说定名为《生生长流》。

这是一本很朴素的小说，写了中国几十年的历史，我喜欢。作者是广西壮族自治区的黄佩华。这是至今出版的书里印得最少的一本，印了五千册。但它最重要的意义是，由它，我总会想起一个朋友，马骅。

忆何性贵老师

三月初的一天，我的一个很久很久没联系的初中同学突然从哪里找到我的电话对我说："你是何性松吧，你还记得何性贵老师吧？他现在过得很不好，他的老婆子有病，退休工资也就一点点……"同学现在是我老家镇上的一所初中的校长了，何性贵老师是在他那学校退休的，他们春节去慰问他，肯定是看到他的生活很不好，才忍不住打了这个电话给我。我从这电话里听出了责备。因为何性贵老师是对我有大恩的人。而我已经有很多年没去看他了，也失去了和他的联系。我告诉同学说我五一去看何老师。同学很高兴，说期待我的回来，并会带我去他家。

五一就要到了，今天打电话告诉老家里的弟弟，把这事告诉他好做点安排，不承想，他告诉我何老师已经走了，半个月前突然病倒，突然地走了。我不禁呆滞了。有种莫名的悲痛让我现在也不知道如何填补他走后的空洞。

"子欲养而亲不待"，古往今来大致如此。何老师在某种意义上是我的亲人。我们同宗，但并没有血缘关系。我其实从来没有叫过他何老师，而是按乡俗叫他性贵哥。他是我们村子里唯一的吃国家饭的人，因为他的妻子是农村人，他也就常住在村里，家也和我家只隔两三户。那年高三，我的成绩并不好，他正好调到我就读的高中任教，学校给他分了个小房子，带一个小厨房，他回家吃饭或者吃学校食堂，不开火，就让我住在那厨房里了。并且逢人就说我是他的堂弟，由于这种他申明的关系，我在高中的最后一年有了一种教工子弟的待遇。在班上也很得宠，所有科目的老师对我都很关爱，所有的荣誉我都有份。甚至我还可以吃教师食堂，那滋味比学生食堂不知强多少倍了。

他教政治课，并不带我的课。少年的我不知天高地厚，因为他总爱讲天下大事，而我并不是这些事的好听众，他也并没有在学识上让我尊重了。这一点甚至让我在心里没有当他是我的老师。我总是以为老师者，须德识学养俱让我佩服才是。现在想来这是很幼稚的想法了。并足以让我后悔余生。

在我和他相处的一年日子里，他的确如父亲一样关怀我的。我家里穷，有时候也会挪他的钱用。他回家也会给我带些他妻子——我称为黄宝（音）姐做的菜来。晚上他临睡前一定要嘱咐我早点休息的。冬天里也大多是他叫醒我。那时我的身体也不好，长得瘦瘦小小的，他也会送点红糖给我冲糖水喝。那时糖是要票买的，家里很少这些东西……我明白，如果没有他的帮助，也许我不会那么顺利地考上大学，不会有今天这样的命运。这是除了我的父母外第一个对我有大恩的人。

而我也知道他是对我有期望的，他会因为我是当时村里的第一个大学生而分外骄傲。在为我上大学送行的酒桌上，他坐了上座，也喝了很多很高兴的酒。而当时他自己的两个孩子读到初中就没读了，后来通过他的学生到了县城里的两个厂里。

我上大学的四年和工作后的前两年每次回家都会去看他。他会问我一些简单的情况，却显得很生疏的样子了。因为对于我和对于他，那一年的光阴都如一种未曾预料的相逢，在当时看来并没有在生命中扎下多深的根。他继续教他的书，好像又有村里读书的孩子到他的厨房里去住了，一届届的学生也是来了去，去了来。他的生活并没有因为我有任何改变，我的生活也按照几乎既定的人生方向运行着。六年后，他退休了搬到在城里安家的儿子家住后，我也和他失去了联系。也是一种淡忘吧。好像生活中有更多的事是高于探望的。

如果不是同学的电话，也许他这样走了我也不会知晓！我为此鄙视自己。因为他我想到了更多的事，想到了在这么多年里总是有那么多的人帮助过自己，而现在有些人也是如此失去了联系，甚至都很少想起。愿性贵哥的在天之灵知道我对他的怀念，愿他安息。

——明年春天我会去看您。

记事：与沈河的"相遇"

有一个与我几乎同名的诗人，就是沈河。古文里，沈是沉的异体字。后来知道他和我出生于同一个年代，还是我的兄长。

这几年来，有很多时候，诗人朋友说在哪儿看到了我的诗，我先会一愣，然后会说那可能是沈河的。我已经很少发表诗了，更少在网络上贴诗。沈河比我要勤奋很多。因为相距甚远，也无机缘相识，便只是久仰，不曾幸会。

但万事都有定数，我和他注定要有一次交往！只可惜，当我写这篇文字时，他已往天国。

11月26日晚，我在北京出差，与一重庆诗友通电话，诗友开口一句话是：才收到短信说你出事了呢。因为说话的地方比较嘈杂，我什么都没意味出来，以为谁开玩笑呢。我好好的，出什么事？难道我到北京办公差的事也算作出事吗？待得27日晚回家，上网，看到沈河病故的消息，才知又有不少朋友把我和他混淆了。看到他正值中年却已远去，不禁唏嘘。

如果事情到此为止，我也不会在这里扰一个故去的陌生人。可是今天，我到汉口我原来的单位办点私事，竟听以前的同事说前不久有我的一封信。我很纳闷，我离开原单位已有七八年了，还有谁往那儿寄信给我呢？门房老人拿给我一本书，竟然是沈河的诗集：《相遇》。翻开扉页，上面写道：

沉河先生

指正。你的姓名与我的相似。

沈河

2008.11

我仿佛被一种力量拉扯进了另一个时代。我又想起黄礼孩君在今年9月份发给我的一则手机短信，上面大致说我的书清样已出之类的。当时我也纳闷，回说发错了，礼孩也说发错了。我大略能猜到沈河有书在礼孩那出吧。而过了三个多月，这本《相遇》到了我的手中，而我正巧时隔大半年到原单位去办事。又正遇上以前的一个同事告知我有一封信。

回家的路上我一直翻阅着沈河的诗集《相遇》。总以为这像是自己的一本诗集。尽管那些诗句是陌生的。我想，当我被当作沈河时，也一定有其他朋友把他当作了沉河。不然，他何以在病重期间给我寄来这本《相遇》呢？死神的速度太快了！不然，我和他至少会有一次通话吧。

沈河说："人的一生就是与许多人、许多事、许多疾病相遇的过程。"我是信的。他还说："像命运一样，与我相遇的东西没有定数……"这一句我不信了。如果我们还能相遇，我一定要与他争辩：任何相遇都是有定数的。在一起的有定数，不在一起的也有定数。

《相遇》是一本很好的诗集。沈河君在天有灵，一定能听到我的这话了。

上衡山一感

我承认，过了二十天，我还没有从衡山下来，或者从广济禅寺出来。这些天里，我日里夜里背诵着《心经》。它是最好的诗，最好的音乐。我乐此不疲。我不知道还有什么东西能替代它让我在无所事事或忙忙碌碌中找到心安理得。一个人总是孤独的一个人，但有了《心经》的相随，这世界就一下子空了，轻了，干净了，温暖了。因为我自己亦复如是。

去衡山一为旧谊。因为吕叶的缘故，十年前去过，遇见一些朋友；此番再去，会再次遇见。一为陪几个朋友上衡山，看是否遇见什么佛。十年前，我过庙门不入的，十年后，已心无芥蒂。

诗会是那样的热闹，热闹得让我呼吸逼仄，魂不守舍。大部分时间出去和黄斌喝茶了。泡着黄斌从湖北老家带来的采花毛尖，聆听着窗外的虫声、风声，看草木葱茏，白云经过蓝天，心中清闲良许。那情那景彼类苏东坡的《记承天寺夜游》："何夜无月？何处无竹柏？但少闲人如吾两人者耳。"

终于上得山去，遗憾黄斌已早归。

在广济禅寺，遇到的一个问题就是"担当"。我说了这样的一些意思：

我对担当的理解，实际上是前年我到云南去，在大理的时候开始的，去过那里的一座山（苍山），然后山里有一座庙，庙里有一个和尚，那个和尚的名字就叫"担当"。当时（汶川大地震发生不久）我就在想这个问题，什么叫担当？我以为，担当首先就是要自己担起来，就是说到担当的时候，自我要首先担当起来，而不是把什么压在别人的身上要别人去担当，这是我的第一个理解：究竟什么是担当？是我自己担，而不是别人担。如果我们都理解了这个问题之后，我们的争执可能就不需要了。刚才我们就在说这个争执的问题，为什么要争执呢？因为有了"执"才有"争执"，反过来说，如果我们把那些应该担当的东西担在我们自己的身上，那么这个世界上一切问题都解决了。

第二个理解就是我担当什么？在祈福法会上我很受感动。我们好像没有担当什么，我们只是静静地站在那儿。我们一无所有，我们仿佛都没有担当。死去的人，不会因为我们站在那里而复生，这个世界的灾难也不会因为我们站在那里而消失。但是我们还是站在那里，我们还是在担当，因为我们担当了这个世界上的爱，担当了这个世界上必须是向着神圣、向着美好的一个未来进化的一种意愿。也就是说在我们内心中，我们是在担当了什么，当我们仅是表达我们的一种美好意愿时，就是希望把自己的东西担当起来，还要把这个世界上的爱和美担当起来，否则，我们还能担当什么呢？那么有了这个意愿之后我们才能够有我们的践行，我们才可以做我们最小的善事，才能做我们所能做的一切。今天我来到这个禅寺之后，看到宗显法师的八个字：净心第一，利他至上。他实际上也是谈的一种担当：多为他人着想，也就是说这个利都给他们。那么把利给他人之后，非利的东西，无利的东西，给谁呢？肯定是给我自己，我担当的是无利，这实际上也是符合这个佛法的。这也是大师去朝拜地藏菩萨的原因，地藏菩萨他就是在担当，他担的是什么呢？担的是地狱的苦难，他要把地狱里所有受苦受难的人的苦难都放到自己的身上，而让他们超生，这样他才可以成为佛。这个是我对担当的第二个理解，也就是我对担当的全部理解。

　　说完下来，却想到还有一句话没说。没说是因为没想清楚。当时的想法是：担当之后是"放下"。终是心中还是糊涂了。不敢明言。而今，二十天后，读《心经》，到"心无挂碍"时，仿佛有悟："放下挂碍，才得担当。"人成佛即如许过程吧？人生中有太多的尘世的挂碍理应放下，才能担当起人类的终极价值吧？

我的家谱

2020年1月22日，武汉封城的前一天，我回到老家过年，不承想被困六十多天。老家也经历了两个月的封镇封村时光，尽管日出日落，冬去春来，万物依然自由生长，但关在屋里的时光也有点无奈难捱。所幸终于有时间翻看放在村里某户人家沉寂已久的何氏通公族谱，溯流寻源，以末推本，竟然找到了自己这一脉相承的血肉之亲。

何姓源于韩姓，乃属大禹后人。此说可信，有史多方记载。

谱系中我能追溯到的远祖即在江西的何毅斋公。

毅斋公生三子：骏、役、因。

骏公字天惠，生二子：德孚和德朴。德朴公为江西徐干知县，后裔迁徙不详。

德孚公生子仲明。

仲明公生二子：兴旺、兴福。

兴福公生三子：英治、英相、英显。后兴福公迁居湖北竟陵黑流渡（看后文推测，应是随孙辈迁徙于此）。

英显公生三子：文富、文贵、文华。

族谱中记载：文富、文贵、文华三公于明朝洪武八年（1375年）在著名的"江西填湖广"移民潮中于江西南昌府南昌县虾子沟榨鼓巷何家湾迁到楚北各地，如潜江、监利、石首、竟陵等地。文富公生子寿山迁潜邑蚌湖，文华公迁监利汪桥并水口寺地。

我祖文贵公迁潜邑白龙湾何家嘴，即我的出生地。

何家嘴是我的出生地。二十世纪七十年代属于贡士大队（现在的熊口镇贡士村）。我出生时我家属于贡士大队四小队，我在贡士小学读到三年级。四年级时，贡士和新林合大队，我在合办的小学读四年级；一年后两大队又分开，贡士四队大部分人家并入了新林大队，我又到新林初小读小学五年级和初中一、二年级。我小时生活读书的地方尽管叙述起来有点复杂，其实不过是方圆不到三里的地方。这地方现在网络地图上大名叫何家桥。现实中，既无人称此地为何家桥，又没有见一座桥。

小时候我家后面有一条听说可以上达汉江、下通湖南岳阳的小河，可惜它在合大队时填断了，大队又新挖了几条现在村里四通八达的小渠。我见识过父辈们挖河打堤的场面：没有一台机器，纯人工，肩挑手抬。堤岸上红旗飘飘。挖出的河渠齐齐整整，待二三年后，两岸杂草芜生；待五六年后，小树苗慢慢结成一片片阴影，我才习惯它们是一条条小河。

我猜测我的祖先从南昌到潜江走的即是水路。一路从东往西，出湖口，先到岳阳；再从南到北，顺一条漫长的小河，停留在一地势较高的地方，即我的出生地何家桥。一大家子人开荒拓地，繁衍生息，一直传到我这一代，历经六百多年，二十一代。

文贵公，妻张氏，生四子：必通、必达、必享、必祥四子，也有说加必祯共五子。

我祖通公仍居何家嘴，而达公居竟陵黑流渡口南北两岸；享公迁潜邑罐头老；祥公迁监邑新沟嘴。想必那时地广人稀，通公是长子留守原地，其他祖先们都迁居其他无主之地去了。

通公，妻张氏，生四子：海、清、亮、沿。他们系水字派。

清公，妻张氏，生三子：友谰、友诚、友议。

友诚公，妻张氏、王氏，生五子：铨、镛、镜、银、铭。他们系金字派。

以上四祖俱与张姓联姻。可想见当是时也，此地人烟不多，不同族系太少。

镛公，妻龙氏、徐氏，生三子：廷用、廷选、廷俸。

廷选公，妻彭氏、万氏，生三子：椿、模、相。他们系木字派。

以上三祖均有两房妻子，生活年代应在明朝中期，万历年间，较为国泰民安。

模公，妻瞿氏，生五子：思举、思载、思魁、思簧、思誉。

思簧公，妻万氏，生二子：昌然、玉然。

玉然公，妻钟氏，生子：之亶。公生未查，葬宅前第四冢。妣法名淑贞，亦葬宅前右二冢，生顺治六年（1649年）己丑七月初二辰时，享年七十五岁，亡于雍正元年（1723年）十月十九巳时。存有呦唅经谱。

这是族谱中第一位有较详细记载的祖公。只是呦唅经谱是本什么书，不解；是祖公写的，还是祖奶奶写的，也不确定。

之宣公，妻程氏、邹氏，生二子：琼、瑚。他们系玉字派。公字令子，生于癸丑年（1673年）八月初一日寅时。妣邹氏生于乙丑年（1685年）正月初六子时。都葬宅后。

瑚公，妻许氏，生三子：正辉、正才、正友。公字碧玉。品行端方，气正性严。生壬寅年（1722年）十一月廿八卯时。妣生辛丑年（1721年）十二月初七子时。葬蔡塘后。

这条记载让我惊异，我至今出的唯一的诗集名即为"碧玉"。居然和三百年前的一远祖的字相同。这位远祖也是在惜墨如金的族谱上留下后人评语的极少数者。另外，祖奶奶比祖公年长一岁。可能是娃娃亲吧。蔡塘，又叫蔡个塘，蔡家塘。系现在比我小时候看到的还留存五分之一面积的水塘。小时，此塘又大且深，老人会以它为题材讲传说已久的神鬼故事。说里面有乌龟脚鱼精兴风作浪，有女鬼半夜号哭。其实每到冬天，蔡塘是大家最热爱的地方。大队会组织农民干塘抓鱼挖藕，分给农民过春节。

正辉公，妻王氏，嗣子宗启。公字凤彩，生于乾隆辛酉年（1741年）四月二十八日亥时。寿五十二岁，葬宅后小台上。妣生辛酉年（1741年）七月初六巳时，亡丁亥年（1827年）十一月十三日亥时，年八十七岁。葬蔡家塘口。

正才公，妻沈氏、余氏、熊氏，生三子：宗启、宗德、宗林。公字立中。生于乾隆壬申年（1752年）九月二十四日午时，亡于嘉庆癸亥年（1803年）十一月二十六日申时。寿五十二岁。葬宅后小台上。妣沈氏生于壬申年（1752年）六月二十三辰时，亡于道光丙戌（1826年）五月二十二日亥时，寿七十五岁，葬蔡家塘口。妣熊氏生于乙未年（1775年）十月初四寅时，亡于道光五年乙酉年（1825年）十二月二十八亥时，寿五十一岁。妣余氏生于乙酉年（1765年）十二月初二巳时，亡于道光十九年（1839年）己亥年六月十九辰时。葬蔡家塘口，寿七十五岁。

以上二祖公为兄弟。哥无后，弟把大儿过继给哥传嗣。二公俱不长寿，俱寿五十二岁。另外较疑惑的是祖公们俱葬于宅后小台，而祖奶奶们俱葬于蔡家塘口。其实二地相距不远，几在一起。正才祖公是族谱中记载娶妻最多的一位。最小的妻子比他小二十三岁。

宗启公，妻覃氏、司马氏，生三子：家宜、家魁、家光。
宗德公，妻吴氏，嗣子家光。

此二祖继承了上辈的传统，弟无后，已出嗣的哥把一个儿子还给同胞弟传嗣。

家光公，妻黄氏，生子：相坪。公字远斌，性喜笑。讲道论德，无不详。考成学后，进邑增生，手不释卷。

这是最后一位在族谱上有所记载的祖公。从其祖父生于1752年向下推测，他应该生于1800年左右。还在清朝最后的辉煌中。
以上可看出我祖这相传的一脉经历明清两代，在较为太平的世界中应该是一耕读世家。从他们所葬之地几百年间未有变化也可看出，家族中未有经商暴富者，也未有中举为官者。大多数日子里过着平安也尚殷实的生活。

相坪公，妻姓氏不详，生一子其名亦不详。其子辈字为昌，且名昌某。

昌某公，妻姓氏不详，生四子。其中一子到龙湾张家做婿，一子生二女儿，一子早年被抓壮丁当兵失踪。以上三子在族谱中已无记载。唯一有记载的名世登。

世登即为我的曾祖父。我以前总以为他叫"世灯"。他应该生于清末民初，死于新中国成立前。葬于蔡家塘边。我有记忆时，我家房屋已从正对小河西向变为背对小河东向。门前菜园尽头就是一大片竹林，竹林里野猫出没。竹林再过去就是蔡家塘。无路可去蔡家塘。无路可去的地方就是我祖先的坟茔所在。曾祖父去世时，我母亲还没有出生。但后来大家都在传说他死后的故事：他的坟墓一年比一年增大。1949年后第一次平整土地，那些埋在高地的坟墓都被挖起，曾祖父的棺木依旧如新，他的尸骨还保留着衣衫齐整的样子。我祖父是我曾祖父的独子，已是村里的贫协主席，看着被挖起的父亲尸骨，作为一个不信神鬼的贫农代表，也不禁潸然泪下。

曾祖世登，妻王幺儿，生独子守介。公生于乱世，守着祖宗日渐衰败的家业，无力挽狂澜之心。

守介即我祖父，我以前也以为他叫守界。我把在老家父母的宅基地做的房子命名为守界园。

祖父生于1918年，逝于1966年，享年48岁。我于他逝后一年出生。祖父的年轻岁月就是在战乱中度过。少年时是国共第一次战争时期，熊口镇驻扎过贺龙的部队。青年时是抗日战争，熊口镇是新四军与日寇争战的地区。曾祖去世后，祖父还未成家，无力娶妻，只好到南边一黄姓人家做女婿，不幸妻子婚后不久未曾生育即病逝。曾祖去世后，留下的一点薄产也有人争夺，到龙湾做女婿的曾伯祖力主祖父回来，重修一茅草屋，让祖父与新林村也婚后不久未曾生育便丧夫的祖母阳年组成新家。

我以前一直不明白，身为贫农的祖父怎么娶了出身地主家的祖母。原来，他们都是再婚重组家庭。祖母娘家是离何家桥六七里地的阳场一小地主家庭。所嫁也是新林村一小地主家庭。其夫系独子，病逝后，祖母与祖父重组家庭，祖母前夫家的条件是祖父祖母生的第一个孩子要给他们家做后。祖父母的第一个孩子不幸夭折，第二个孩子即我母亲，生于1949年。其后，祖父母连生三子，即德龙、德义、德军。

1966年2月，我母亲甫成年，祖父母即守承诺，招我父亲做婿，送给祖母前夫家。祖母前夫家以一坛洋钱（铜钱类）相报。后祖母一亲戚拿去镇信用社兑换，一摔即碎，说是假的，予以没收。

我父母过去半年，母亲性烈，与我祖母前婆婆处不好，坚决要回自己家中。好在那时已是新中国成立十几年后，母亲的行为也可以算作反封建行动，父母顺利回到自己家。只是不幸的是祖父得了黄疸性肝炎，被当作当时流行的血吸虫病治疗，英年早逝。

1966年10月，我父母正式举行婚礼，以冲刷祖父逝去的哀伤。其时，我最大的叔叔13岁，二叔9岁，幺叔4岁。

我父母共生三子：我和我两个弟弟。

我三个叔叔分别生二子。

我祖母在我出生那年即因砍田界子荒草时镰刀伤了左手致残疾，无法再参加农业劳动，一直在家抚养陆续诞生的 9 个孙子。她最小的孙子即我最小的堂弟 1989 年出生。小我 22 岁。她的 9 个孙子有 5 个大学生、2 个研究生、2 个中专生。我是村里的第一个大学生。

祖母于戊子年（2008 年）戊午月辛丑日仙逝，享年 88 岁。我含泪为她写一挽联：

含辛茹苦四十光阴抚九龙孙未受点滴报

竭心尽力枯八岁月度一世难终享永久福

祖母仙逝 11 年后，她的九个孙子俱已成家，已有八个重孙儿女。九个孙子分别生活在武汉、宁波、深圳、老家潜江熊口四地，从事出版、教育、机械、化工、建筑、芯片、食品、电子等行业。

家乡方圆几十里的人有称我们家是状元户的。传言这都是我祖上的阴德所致。我曾祖父的坟墓每年不断长高可是有目共睹的。

在此次病毒肆虐之际，清理自己的祖脉，一个最大的感受是：人一出生就伴随着一个名叫"衰老"的病毒。无人能对其免疫。多少皇帝想获得衰老的免疫力而不得。而后所有的病毒竟是以衰老为敌。如果一个人能无疾而终，因衰老而死即是最大的幸福。其次，家运即国运。在一个太平盛世的国度，一个小家即有它相对稳定的幸福，繁衍生息，像一条小溪，弯弯曲曲，不间断地流向小河、大江，最终归于宇宙的大海。

"前不见古人，后不见来者。念天地之悠悠，独怆然而涕下!"忽然想起这首很喜欢的诗来。如果我的父亲不是做女婿，我本姓陈，我寻根也可能寻到这诗的主人——陈子昂公身上。天下人类其实都可能出自一个始祖，无论是女娲伏羲，还是亚当夏娃，人与人间只有相亲相爱的命运该多好啊。

古往今来大圣大哲所希冀、憧憬、设想、努力追求的理想社会亦不过如此。

附：合族派词
文必水友金廷木
思然之何正其（宗）家
大（相）昌世守德信（性）本
楚国（治）先才绪振华
光前继述秀毓远
启嗣贤哲彩遐遐
学敦雅道明圣典
习尚纯良昭祖法
龙腾凤翼应有待
善源培植自超拔

坐不改姓，行要更名

一

我小名"金发"，大名"何金发"。

七岁上学时，大名都是老师给我取，报名的老师问我父亲，我叫什么名字，父亲答：金发。又问：姓？父亲答：何。于是老师偷懒，我大名便叫"何金发"。后来我才明白，父亲是做女婿的，我随母姓。但名字中的"金"字却是我父亲陈姓家族中我的辈分。父亲给我取小名时，一定是有过要求的，母亲一族有妥协。

"何金发"这个名字一直伴随了我三年。小学一年级到三年级，我在潜江县熊口公社贡士大队小学上学，我是何金发。何金发从三好学生做到三好学生中的三好学生——学习标兵，全校学生的至高荣誉。写有"何金发"名字的奖状贴满了我家泥墙上除了毛主席像外其他最显眼的地方。"向何金发同学学习"的口号也响彻了小学简陋的校园。

我由此变得骄傲起来，以为老师也是可以欺负的。有天中午，我在老师办公室外走廊上瞅见数学老师头正靠在窗棂上打盹，几缕乌油油的头发钻过了纸糊的窗子缝隙，便兴高采烈地去拔了一根。老师骤然惊醒，扭头就发现了我，恼羞成怒，大吼一声，起身就从办公室出来追我。我被老师的反应吓坏了，拔腿就向回家的路上飞逃。等老师追出办公室，我已经一溜烟跑出百米开外。那天下午我在夏天的田野上闲逛，作为一个品学兼优的好孩子第一次逃课，体会着自由和忧虑的矛盾心情。

惩罚是严重的，晚上同学带回了班主任要我写检讨书的"口谕"。第二天早操后，我这个学习标兵当着全校师生的面满面通红地念了自以为写得很深刻也是我这辈子唯一的检讨书。我的检讨书其深刻性当然表现在几百字的内容中引用了一大半毛主席语录，可惜，至今我能看到的自己最早的文字手稿，已经是高中三年级写在一个红色封面、里面插满明星照片的笔记本上的情诗了。但我记得检讨书最前面的一句话是：

毛主席教导我们："千万不要忘记阶级斗争!"

二

小学四年级，我家所属生产小队划给了新林大队，我转到了新林小学上学。报名那天，我给自己办了一件重要的事：一直被我耿耿于怀的"何金发"这个名字被我自己改成了"何性松"。那时没有实行身份证制度，我想改名就改名了，我叫"何性松"!

导致我改名的原因有两个。一是大名即小名，让我觉得很没有文化；二是当时正流行的小说《金光大道》里一个富农坏人就叫"张金发"。"金发"这个名字随着我文化程度的提高越来越觉得不适合于我这个根红苗正的贫农子弟。我要像洪常青（革命现代京剧《红色娘子军》里的党代表）一样做顶天立地的革命英雄，要做一棵不畏霜寒永保本色的松树。当时不知道从哪里看到古人刘桢的一首诗《赠从弟》，最后两句是：岂不罹严寒，松柏有本性。于是根据何氏家族我属的"性"字辈，何金发变成了何性松。

何性松从此一直走进了我的身份证、档案袋、结婚证、房产证等等。何金发再也没有人提起，也没有什么地方找得到它曾经存在的信息。只是四十年后，我回老家参加大弟的孩子考上大学的状元宴，邻桌一中年女士突然过来问我道：你是何金发吧？我是你小学同学。我乍一听竟有些骇然！感觉穿越回去了童年，忙"支支吾吾"了一声，也没有问她是谁。

又过了几年，"劳动致富"的标语已经刷满了乡村的每座墙壁。"金发"突然又成了一个很荣耀的名字。

又过了多少年，当我喜爱上诗歌，知道中国现代有位有名的诗人叫"李金发"，而中国汉字中最有蕴含的"性"字却变成了谈性色变的"性"字，我只得默默承受"性松"这个名字给我带来的难堪。我的高中同学、大学同学往往颇有意味地叫我"性—松啊"。我立马用"松柏有本性"以正视听！

三

爱好文学是从小学开始的。第一次创作是才改名"何性松"不久，给我的小学四年级同学"小芳"写的一首七言四句的打油诗！内容好像是赞美她长长的辫子。我正得意地给她看时，被阴险狡猾的班主任从背后一把抓了过去。他扫了一眼不到，我的头上便吃了一个大大的"钉果"（潜江方言；意为用弯曲的手指骨敲打脑袋）。第二次"创作"是在看了刚解禁的一些爱情戏剧如《红楼梦》《追鱼》等学着写唱词。自编自导自唱，有时还偷偷地给男同学看看，他们不置可否，我有了上次被敲钉果的教训，也不敢多传播了。

上高中后，接触到一本诗集：《中国现代爱情诗选》。我的新诗启蒙居然是这本书。可见改名后带来的后遗症不可小觑。但从那本书中我知道写诗是可以有笔名的，如果我以"何性松"的名字写诗，这诗一写出来就俗了。于是我给自己起了个笔名：晨荷。这个想要心地高洁的少年，把父亲的"陈"姓和母亲的"何"姓结合起来谐音成"晨荷"，也算是减轻了下我擅自改名对父亲的伤害。

　　二十世纪八十年代多么美好的啊。经过动乱的大地山清水秀，人心也如荷花样出淤泥而不染。我以"晨荷"为笔名写着情窦初开的情诗和小说，一直从高一延续到大二。最有成就的事是高二居然接到过《青年作家》的用稿信，说小说稿已一审留用，等终审。我的天啊，作为一个高中生，如果能发表作品，在那个时代不亚于考上大学。可惜，第二封信说终审未过，美梦未成真，我耽误了的高考梦还得继续做下去。

　　那些都不能称为习作的文字现在都还保留着，让我每次不忍直视。明知道它们对他人毫无意义，仅仅是自己的一段记忆而已，但也不忍心一把火烧掉。

　　1989年后，我也二十多岁了，小说没再写，在大学做一个文学社社长，自以为人成熟了，爱情也成熟了，"晨荷"这个高中生的名字不适合我了，我得更名。于是"晨荷"变成了"沉荷"。这也是有道理的，秋天了，晨荷都沉到水里去了。

　　但没有过半年，成熟了的爱情也没有了，心情悲伤到极点，"荷"这个雅字完全不能表达我沉重的心情。于是"沉荷"变成了"沉河"！从此中国诗坛有了一个叫"沉河"的人，这个人写诗也写点散文；从此，沉河也出版了一本散文集《在细草间》，一本诗集《碧玉》；从此，沉河是沉河，没有多少人知道他是何性松，更没有人知道他是何金发。

"沉河"这个笔名一晃用了快三十年，时间越久，想改掉它的冲动越没有。有人说这名字多少有些不吉利，我还是会宽慰自己说：这是沉重的沉，沉潜的沉，不是动词"沉"；是沉重和沉潜的河，不是去沉河。它正好与我的家乡"潜江"相对，与我父母的姓氏谐音，又表达了对我崇拜的家乡诗人屈原的致敬：屈原投江，我沉河！

至于在这个风云变幻的网络时代，不时注册的一些网名，有时自己都忘了，在此不记也罢。那个名字的背后总像是一个不真实的人。

而何金发、何性松、沉河，它们活成了一个具体的人，有血有肉，有情有义，被人爱，被人骂。最后，它们活的年龄永远要长于我可怜的肉身。

抄经习书小记（一）

我没想到自己拿起毛笔写字居然和陶渊明有关。

前年的一个谷雨时节，在江西和一帮文友讲了一个多小时的陶渊明。讲了那么长时间，自己浑然不觉，可惜没有录音，讲完了，却回忆不出讲了些什么。诗人中，最爱陶渊明。总觉得他是最不落魄的文人。做了一个农民，当了一个乞食者，却不那么自哀，也不那么孤寂，保持着内心的高洁甚至高贵，一举突破了中国文人从屈原一直到魏晋的抑郁之气，是那么自性欢悦，有老庄之风，也有孔孟之气，从四言到五言，承上启下，真的是天降诗神。

冥冥中自有不定数。讲完"课"，主人龙泉兄晚上带我到当地的一位书法家吴德恒先生家里喝茶，吴先生擅长自撰嵌名联送人，送我一幅字，又送我他制作的水写布，让我给自己的小孩练习毛笔字用。我家读大三的小孩一心钻研物理，对写毛笔字毫无兴趣。回到家，那东西就随意扔在某处。

去年的谷雨时节，龙泉又邀请雷平阳、朱零等朋友去讲课，我顺便去看看老雷。讲完课，龙泉又带一帮朋友去另一位书法家处喝茶，那朋友做毛笔，龙泉买了几支送老雷们，我不写字却推辞不掉也沾光得了几支。返回宾馆的路上，闲聊中，朱零说回家去练毛笔字，不然浪费这笔了。我说，那我也去练吧，一起练，较量下，雷平阳做监工。平阳这个诗人书法家很兴奋，一口答应，忙给一些朋友电话让准备纸墨之类的侍候着。当然这都是好玩的事。

朱零回京后有否练毛笔字我不知道，我却是个最开不得玩笑的人，回武汉就拿起了毛笔，找出前年的水写布，以水抄经起来。抄的是《心经》。二百多个字，容易背下来，也背不厌。以水写经，边写边消失。起初还买了颜真卿、欧阳询的心经帖照着写，却受不了那个限制，想，我又不想成为什么书法家，人家童子功也不一定写出个什么名堂来，我这五十岁的人不妨做个抄经人吧。便不临帖，规定自己每天至少抄一遍《心经》。渐渐地，这抄经成了习惯，每天让自己有一个多小时忘记俗事，怡养心神，也受益不少。这人生来就是个爱交流的动物，只是大多数人喜欢人与人的交流，这几年，我却喜欢与自然交流，一个人喝茶，一个人去捡石头，一个人种种花草；抄经也许是和菩萨交流，与可能存在可能不存在的神交流。便谢绝了大多出游、饭局、雅聚等不必要的交流。非出外不可，也要随身带一个笔记本和一支水性笔，待夜深人静时，一个人在宾馆的简陋桌几上抄一遍再安歇。

身份是种枷锁，也是种规范。自从成了一位所谓的抄经人后，不知不觉间明白了许多佛家的道理。其宣扬的善往往是不作恶矣，这样，其法的要旨便是戒。不杀生、不偷盗、不奸淫这三大戒不说，像不恶口、不妄语、不两舌、不绮语之类的戒于我等普通人而言是基本的修养，也是很高的智慧。是的，每天作业似的抄经让自己的确清除了内心中太多杂虑，甚至于无虑。人生短暂，万物奥妙。心无挂碍，无有恐怖，无苦集灭道，无智亦无得……多么朴素又高深的道理，但人达到这境地又何其难哉！

去年十二月的某一天，与好友黄斌、夏宏到共同的画家朋友田华兄画室小饮，酒后微醺，聊到以水抄经事。黄斌是书法家，田兄书法亦了得，便怂恿我用墨写。笔墨纸砚是现成的，想到当天的作业还未完成，就借着酒意在田华的画墙上用纸墨抄了第一幅经。白纸黑字，再不易消失的书写恒定在我的眼前，那些歪歪扭扭的字迹无规无矩，仿佛一个沉睡多时的人打着哈欠醒来，从此开始了它自己的存在历史。从田华兄处拿了些纸墨，黄斌早送过我十几支笔还没用完，回到家便开始了以墨抄经的生涯。

纸墨何其宝贵，这些来自自然的灵性之物不容我糟蹋浪费，必得一丝不苟地书写，但"学书有法"，不知不觉地关注起一些有关书法的事。法亦无法，对于一个只是抄经的人而言，它像空气一样，看不见摸不着，却又在日日与笔墨纸打交道的过程中体会着它的存在。

纸一旦摊开，笔一旦润湿，一种不同的东西就已生成并不断地变化，"每一片叶子都相似，每一片叶子都不同。"一遍心经抄完了，可能再抄一遍。又一遍抄完了，便想看看以前读过的那些美得要命的诗文在自己的笔下是什么姿态，便开始抄老子、庄子、屈原、陶渊明到唐诗、苏东坡。"晚年唯好静，万事不关心。"最大的安静便是写毛笔字。静得你能听到笔在不同的纸，不同的笔在同一张纸上发出的不同声音。写时也不用考虑什么体，大小也不考虑，后来就爱上了在一个小格子上像古代真正的文抄公一样一张纸一张纸地抄。于是怎么抄是不存在的了，抄什么是每天要想一想的事，把古代的诗文都检阅过一次后，越来越知道自己最爱的是什么，也越来越明晰什么是自己所要的人生。

前些天把自己抄写的几幅字拿去装裱了，昨天拿了回来。今天拉拉杂杂地写下这些文字以作纪念。顺便感谢田华兄、周南海兄赠我好多印。还要感谢周南海兄、黄斌兄每次相见对我写字的指点。最后感谢某老师在家里不厌其烦地做家务并顺便认真地评判每一幅字的好坏。

抄经习书小记（二）

一

2016 年 4 月底前拿起毛笔用水在水写布上抄经习字。边写边消失。

半年后，用墨在纸上抄经习字，写的过程没变，却留了痕迹。痕迹是土，积土成山。看得见不断增高增厚，也不断有烦恼喜悦。山越积越沉，也许越来越成为羁绊。

纸山改变了房子的布局。生活的空间改变了。生活改变了。

比如说给自己定下了抄一万幅《心经》的任务。如果每天抄一幅，需要二十七年多。相当于要抄到八十岁，当然，前提是，自己能活个八十岁。不出意外，这个任务是可以完成的。这也不叫任务。只是一种"无用之用"的承诺。对人许下的承诺还有可能背弃，对一个不知道是否存在的神或事物许下的承诺只要公开了，事实上相当于对所有知道此事的人许下了承诺。

三年了，是认真地守了这个承诺的。这也不是多么难以完成的事。

写着写着，字就有了自己的习性。老人云，树不扶不正。一个懒于看帖临帖的人写的字会越来越像他自己。因抄经相对是一个严重的事，抄经的事越来越强化，习字的事也越来越淡化。有时，书法很好的朋友忍不住要很委婉地劝我还是去临临帖。我表面应承，最终还是偷懒，自顾抄自己的经。

字当然没有任何进步可言。

不想做一个有所成就的书家。以为那样才是起了妄心。这样想便给自己写不好字找了理由。

还有一个理由是：于写字而言，"怎样写"是永远没有"写什么"重要的。每每看到一些著名的书家写不出自己的一句诗文，便只能称他们为书匠了。

我当然是连做书匠的资格都没有的。但同样有写字的乐趣。有新纸新笔新墨便兴奋；采用一种新的排列形式（人家是换字体，我是换形式。形式太多了，不断变换中）也兴奋；春天来了，天气暖和兴奋；秋天来了，天气凉快也兴奋；有朋友喜欢讨要更兴奋。最初两年伏案抄写，颈椎慢慢疼得受不了；这大半年来改为面壁站立书写，颈椎也不疼了。

抄经成为每天工作之余最重要的事。

原本"无用"的事，每天做它，却"有用"起来。

诗和文章自然写得少了，也读得少了。越来越觉得没有那么多书可读。如果生命是一个屋子的话，装的东西太多，也不透气。也不觉得有多少重要的诗要写，一首不好的诗写出来于人于己都是负担。

朋友相聚也少了。想聚的朋友更少。人与人本来可以是两棵不同的树，离得远点也许更好点，不是万不得已的应酬便不应酬。如果觉得待在家里时间太长了，便找几个老友喝喝酒，强送自己最近抄的经与他们。

游山玩水开诗会的事也少了。出门在外，于抄经多有不便。另外，早觉得所有的山水都是山水，没有什么本质区别。

倒是乐于回老家建一座房子，天天有"山水"看，也便于抄经。退休后就回老家，叶落归根。老家宅子门厅的对联都想好了："归根复命顺天意，知白守黑回本心。"横批："乐是幽居"，"乐是幽居"是陶渊明诗《答庞参军》中的一句；或者"世守德性"——这是何氏的字辈。

抄了三年经后，每天面对着同一篇文字，也想到过自己是不是推巨石上山的西西弗斯。他是无奈而无聊。我还是有所不同，我是在无聊中寻找着破解之道。"五蕴皆空""心无挂碍""无有恐怖"。人世间，多少烦心的事都可以涤除，多少难以忍耐的事都可以忍耐下来。

天色趋暗，夜已到来。在疲倦中安宁睡去，醒来又是明亮的一天。一幅经又等待着我去抄写。这是我生活的主旋律。其他的事都是伴奏了。有时一阵刺耳的杂音听来也有它的美妙处。

听而不闻，视而不见。世界安静如斯。

二

我不是一个佛教徒。我强调地说明这一点，是为了消除一些误解。好多朋友看我天天抄《心经》，便以为我信佛。我也不否认佛的存在，就像不否认基督、老子和孔子的存在一样。

四十岁时，为纪念自己不惑之年的到来，把自己的信仰总结了一句话，即"情系基督心向佛，身处道家学做儒"。

在我看来，我所接触的宗教或价值观，都是教人向善的，只是表现或侧重点不同而已。比如解释生命的起源和生命的终极上，各种宗教都不尽相同；但在生命的意义方面，各大宗教都强调爱人、敬畏之类。

二十世纪末和一些信仰基督的朋友接触较多，也时时读读

《圣经》。在基督教里，"信"很重要。而我天生地是个爱怀疑又喜欢卖弄自己的思考的人。米兰·昆德拉说的"人类一思考，上帝就发笑"里的人类，我可能就是其中之一。这样难免在不求甚解中就慢慢地离基督远了。

2006年左右，和一些写诗的老朋友编同人书《象形》，又疯狂地回归自己的传统文化，对儒释道方面都有接触。当然这也和自己的个人经历、生活爱好息息相关。我天生地喜欢花草自然，喜欢安静安宁；在家作为长子长孙，又有不可推卸的家庭责任。所以"身处道家学做儒"。

近些年因为抄《心经》，自然对佛教接触更多。却也只是更关心本土化的禅宗。《心经》的核心是"五蕴皆空"的"空"字。有人说它是浓缩的《金刚经》。这样说也的确有道理。须菩提作为佛陀的十大弟子之一，被称为解空第一人。《金刚经》也基本上是须菩提与佛陀一场心心相印的问答。这三年来，每年也顺便抄几本《金刚经》，其中的智慧太深奥，估计一辈子也体会不了一二。孙猴子翻不出如来佛的手掌心，因为那五个手指就是一个"空"啊。后归唐僧管后，孙猴子就变成了孙"悟空"。"一切有为法，如梦幻泡影。"一切无为法，亦应如是。法即非法。这些道理像一个看得见的谜团。不能深究，一究就错。《坛经》是部很复杂的佛学经典，因为它里面明显地融入了道家和儒家的观点。所以读起来很亲切，也相对轻松。它不仅关系生存问题，也关系生活问题。六祖慧能是一个有趣又令人敬重的人。记忆力和领悟力超群，所谓天赋异禀者。但往往我们因其有趣而喜欢他却少了对他的敬重。

人是什么？应该如何活？如何活得有意义？这些问题或许真没有标准答案。但我至少让自己身陷这些问题中，不断碰撞下它们，在各种偶得中享受神秘的细微的快乐。

这种偶得的快乐多了，耳边竟响起了年轻时听到的一首歌《故乡的云》，里面唱道：天边飘过故乡的云，它不停地向我召唤……归来吧，归来哟，浪迹天涯的游子……

我们都是在这个世界上短暂地飘游几十年的游子。从生到死，身体发生着明显的变化，但心归何处呢？

三

在抄经的间隙，我断断续续抄些古人的诗文。从《老子》抄起，抄完了再抄了点《离骚》。再抄阮籍的诗《咏怀》，八十多首，一个题目，大半年都还没有抄完。又回去抄《古诗源》，选抄，那些诗真的清亮极了。再抄《陶渊明集》里的诗，其文只抄《五柳先生传》，背下来了经常抄。抄完了，又抄完了《唐诗三百首》。再把大学时读的古典文学选本（朱东润老先生编的，里面的解读有太多时代的痕迹。不过是繁体字版，方便抄写）找出来随便找喜欢的诗文抄。东坡居士的文还是更喜欢些。比如《记承天寺夜游》、前后《赤壁赋》都抄了好几遍。这一个纵向的过程结束后，就随手头上有的书翻检着抄。比如韦应物、韦庄、欧阳修的诗集，明清一些小品。后来，发现一本《山头火俳句集》，一个日本僧人的诗，拿过来抄，不喜欢那个译文，边抄边擅自以自己的理解重新编成自己喜欢的句子。比如原译"月光来背后，踏影渡河流"，我擅改为"身披月光行，踏影过浅滩"；"月亮正西沉，遥望只一人"擅改为"明月西沉，孤客独别"；"水中投影有吾身，吾本一旅人"改为"吾影入水中，吾本一旅人"。擅改的乐趣也不小。

这三年好像在自修中国古典诗歌课程了。其中的领会有时记在微信里，大多时会心一笑而过。

有一天，发现有白墨水和蓝黑纸卖，好奇地买了一点，用它们来抄诗文，直觉只有老子的《道德经》一脉诗文才适合，才美。比如陶渊明、王维、苏东坡的大部分作品。如果说中国文学有两种性质，一种是阳性，一种是阴性，属阴性的都适合用白墨黑纸抄写。这里没有高下褒贬之分。我恰恰喜欢阴性的文学。老子说：上善如水。善属于阴性。老子还说：守静笃，致虚极。静和虚也属阴性。佛家说：色即是空。空也属阴性。白天阳，夜晚阴；入世阳，出世阴。所以出世的陶渊明，爱静喜佛的王维，《春江花月夜》，前面说的苏东坡三文都属阴性。这样分类比较好玩，有时，在给一篇诗文选择纸墨时会犹豫好久。因为没有一个作者的诗文只属一种性质。陶渊明就很典型。他出世，却不是不问世事。他的代表作《桃花源记》里，那种与世隔绝的生活也是生活。其中的关键词是"不知有汉，无论魏晋"。他只是不想活在一个有政府统治的世界里。朝代更替不仅和他无关，更重要的是最好没有朝代。

便决定将自己下一本散文集名为"不知集"，诗集名为"无论集"。我本戏称自己为"半山居士"，后来发现苏东坡的对头王安石居然号"半山居士"，以后便戏称自己为"无论居士"了。

四

与这两年抄经习字相关的诗主要有《黄梅诗意》《半山居士生活记》（只有"之一辑"，以后所辑叫"无论居士生活记"，一笑。附庸风雅而已）。

西双版纳的三个村寨和一个家园梦

人有来生吗？我不知道。人有以往吗？不一定。未来的还未知，已往的回不去。天堂也许在消逝的过去时光，也许就在一个偏远的小山村。譬如西双版纳的曼朗村、南东老村、勐景来村。

一、曼朗村

2013 年 7 月 21 日早晨五点多，我从睡梦中醒来，发现自己仿佛睡在宽阔的大地上。四周时有鸡鸣鸟叫，呼吸中带有热带雨林的湿润。其实我是睡在勐腊县一个叫曼朗村的傣民家里。庞大的客厅打着能睡五个人的地铺。我是第一个醒来的客人。到门外找到自己的鞋子，遇见昨晚陪我们喝酒到半夜的男主人，他才从附近的山上割完橡胶回来。橡胶是这个村很重要的经济来源，男主人每天凌晨二三点去割胶，上午十点前去收胶，这就是他一天最主要的农活。这让我不可思议的工作却没有让五十多岁的他白一根头发，且让他已有一个四岁的外孙子了。

这是一个四世同堂的幸福家庭。八十多岁的老爷爷还神清气爽，和老奶奶一起护养着曾孙子，做饭，做清洁。五十多岁的爷爷奶奶实际上是一家之主，承担着家里最重的农活，主持着家里大大小小的事情。二十多岁的年轻夫妻像这个村子里的其他年轻人一样加入歌咏队、舞蹈队、武术队等，还在度着他们的青春。昨天傍晚，我们赶了三个小时的车程，来到这个世外桃源的地方，最先就是这些年轻人用武术表演和歌舞欢迎我们的。

曼朗村实际上是一个村民小组，和相距一公里地的曼旦村民小组都属曼旦村委会管辖。政府在这里的管理是有效的。我们这个作家诗人采风团的行程全是由州到县到村安排好的。原本他们过着自在自得的生活，很少外人侵扰，却不知哪天误闯入几个老外驴友，驴友们被这里的世外风光吸引，更为这深山里隐藏着的完善文明吸引，一传十，十传百，曼旦村有了些小名气。但终归路途遥远又难行，大规模的访客很少。最主要的是访客们大多会被那些奢华热闹之地吸引，像这种在一百年以前再平常不过的寨子并不能太吸引他们的注意力。是啊，这里什么都没有。没有千年古树，没有亿万年溶洞，没有文人骚客在这里留下传世文章，没有神话传说在这里诞生。这里只是一块璞玉，依旧努力地保持着它石头的样子。

昨天下午，一段坎坷难行的县级公路之后，我眼尖地发现一块黑板上写着几个粉笔大字"曼旦景区由此进"。一下子让我有回到二十世纪七十年代的感觉。我哑然失笑。然后我们拐进了曲折狭窄的盘山路，欣赏一路热带雨林的美景。那些庞大的植物们组成了夸张的绿色世界。山路边下是一条什么江，转个弯后又是一个大湖泊。湖水碧蓝，在车窗外不断闪现，零星的房屋建筑在湖边。车行进得较快，我总想对司机说慢一点让我留下湖泊的倩影，又想我们要到达的村寨可能就在湖边，便每每作罢。同车的西双版纳日报的刘记者带着骄傲问我如何抒写这段旅途，我只得回答，此景笔力不逮，有了强大的数码相机后，文字会失去踪迹。我们只会想象一段美景。而当我们穿行了几百公里的西双版纳河山，沿着澜沧江一路到热带雨林后，我们的想象已然失效。与此同时，我们的文字也会失效。路上我还曾这样对雷平阳说，他的《澜沧江在云南兰坪县的三十三条支流》我终于理解了，非如此写不可，对河流边上的美景只可留名，不可留言。在西双版纳的任何一条路上走过，你都会觉得江南也是沙漠。

几天来，时晴时雨。西双版纳的雨都是过路的雨。我们一路上总是遇上它。它像那些贪玩的孩子，没有定性。它不像云，西双版纳的云都是家养的。每座山上都长云，云长大起来时，环绕着山，像撒娇的女儿一样缠绕着父母。你怎么看都是温馨。

我们便是在小雨中驶进的曼旦村。它并不在我猜想中的湖边。群山环绕，它是一片栖息地。无论周遭多么喧闹，它永远是大寂静。而寂静的中心是村里最豪华的建筑——寺庙。西双版纳每个村几乎都有一座佛寺。它在每个村子的中心或高处。西双版纳的很多民族如傣族、布朗族只供养一个佛——释迦牟尼佛。佛寺附近，也有一些佛塔，常年被供奉着一些如糯米、水果之类的美食。它们往往都被蚂蚁、昆虫所食。但村民们不管，因为村里的蚂蚁也是佛所爱的生命。人生几何，唯有信仰永在。当我看到剃了光头、在庙里出家的小孩正在为晚餐做准备时，不禁看了看头顶的停云，又看了看停云下还在悠闲地觅食的茶花鸡，以及一只打盹的狗，想，我终于到家了。

我是一个丧家犬已有十多年。十多年前，我的湖北老家屋后清清的小河已变成污秽的臭水沟；村子里的杂树已被整齐划一的速生白杨替代，它们的命运是几年后化为纸浆；再没有一块无主的野地让青蛙、蛇、野兔、黄鼠狼进行生存的游戏；也没有一片树林让鸡狗欢腾。茅草屋倒是变成了水泥楼房，但楼房里飞舞着更多的蚊蝇。我是一个失去了家园的人。我和几百上千万人一起居住在一个城市里，居住在几十平方米的牢笼，然后成为一个肉身的机器人。

而现在，我到家了。家园仍在，就在曼朗村。

晚上家里用最丰盛的美酒佳肴招待我们。还有那些刚刚唱过歌、跳过舞迎接我们的傣家女孩子们相陪。但我到家了。我没有把自己当客人一样欢欣。我静静地倾听着旁边一条小河雨后的奔腾，意外地发现这里夜晚的蓝是我从未见识的蓝。蓝的夜。我喜欢着一个叫依香的女孩的美丽，这里的女孩子们大多叫玉波、依香。这个依香只有十七岁，没有再读书，是最小的舞蹈队员。好像是我十多年前的妹妹。尽管她只读过很少的书，却比我有文化。尽管她只穿着她普通的民族服装，却比我见到的任何一个衣着华丽的城市姑娘美。她的美一眼能望穿。却望不穿秋水。她态度娴静，始终羞涩地含着笑。呵，我已很久没有见过一个羞涩的女孩子了。

我克制着自己没有醉酒。我想保持清醒的记忆到这个早晨醒来。

这个早晨，我在一个遥远的天边的寨子里醒来，我已脱胎换骨了般。

又是过路的雨。雨后天阴，花朵夺目，植物碧绿。站在远处的高坡上，整个寨子掩映在一片绿色中，只露出褐色的瓦连绵一片，构成了我的家园梦。

今天是傣族的关门节。这段时间，僧侣去佛寺净居修学，接收供养，禁止外出巡游；傣家人也关上爱情和婚姻之门，全力投入生产劳动。村子里几乎所有的人都往庙里去举行关门节仪式。他们捧着大篮大篮的食物往庙里去。庙里已堆成了食物的高山。

我在空寂的村子里转悠，流连不已。我看见每一株植物都闪烁着神性的光芒。它们载生载死，认识它们身上的每一只蚂蚁，每一只昆虫，也认识这里的每一位村民。他们彼此间是如此熟悉。却没有群体，没有集体主义。只有云、雨和绿色是群体，是如空气一般的存在。是和谐的万有。

二、布朗山乡南东老村

7月22日的中午是最孤独的。午后的孤独更甚。我刚刚在布朗山乡南东老村用过午餐。那个午餐用了他们招待客人最贵重的食物——一头现杀的冬瓜猪。西双版纳的一个特点是植物大，动物小。一只茶花鸡只有一斤左右重，永远赶不上一片芭蕉叶；冬瓜猪只有六十斤左右重，和几只菠萝蜜差不了多少。招待我们的餐桌上全是猪肉和一碗大鱼，一大碗菠萝蜜。基本没有蔬菜。我匆匆吃过，去寻找五个布朗族孩子。

我们才到村口时，这五个小男孩子正在村口的路上全部赤裸着双脚，有的甚至没有穿裤子，玩他们自创的一种游戏——扔瓶子：四个人先把自己手上的一个矿泉水瓶子装满水站成一排，第五个人到离这排瓶子四五米远的地方扔它们；扔中了站着的任何一个瓶子，就接着扔，不然就把自己的瓶子排在瓶队里让另一人扔；全部都扔中了，再重新排瓶子开始新一轮游戏。其中有一个黑瘦的小孩扔得很准，基本没有失过手，所以常是他一直扔；当然他也会有失手时，那么全场都会兴奋地欢呼。其实每次扔中或扔不中，都会有兴奋的欢呼声。他们全身都是泥巴，仿佛才从土里生长出来。他们的欢乐整个寨子都听得见。

但我一时并没有找见他们。

我去看布朗山。它的对面就是缅甸的山。两山之间，野花开满了山坡，流水就是边境线。我诵出一句诗：野花眷恋故土，流水没有国家。而我是谁呢？是野花，还是流水？

对布朗山我并不陌生。尽管我是第一次来。因为雷平阳的缘故，我喜爱上了普洱茶，而布朗山上班章村所产的"班章"茶，因其特有的香气和劲道的霸气而受到很多爱普洱的茶人追捧，市场价格也是一路上扬。普通人如我等也是品尝不起了。我现在正在布朗山的午后茶园里。这里不是野生的古茶树园，只有些矮小的栽培型茶树，不过也已经有几十年的历史了。夏天，并不是通常采茶的季节，偌大的茶园只有我一个外乡人。雨欲下不下，没有一丝风。天气燠热。茶树们兀自生长着，忍受着一切。但正是这些并不高大的植物藏着世上最神性的滋味。

曾有朋友问我西双版纳的灵魂是什么，我答：西双版纳灵魂的表征是"茶"。茶，人在草木间，"自然"就是西双版纳的灵魂之一。茶是一种最神秘的饮品，在西双版纳有很多传说，比如说，释迦牟尼佛来西双版纳，人们以茶相敬，不巧当地正干旱，佛便把半碗茶水倾倒，就产生了一条河。这里的机缘很深。茶连接了自然与神性。因为有世上独一无二的普洱茶，西双版纳的灵魂就是自然的神性。但这个孤独的午后，我没有看到茶的神采。它们低矮、瘦弱，如那群孩子们。

我随手摘了一片嫩叶放进嘴里咀嚼，我想尝尝一片茶叶在没有成为茶之前的滋味。难忍的苦涩让我马上把它们吐出。原来对它任何的轻慢马上要遭到它的惩罚。

我又慢步回到村子。一位少女一个人正在屋子的平台上晒自家的茶。条索肥大，还隐藏着绿意的茶叶现在已有着人间的温暖了。这本是一个贫瘠的村寨，远远不能和曼朗村比。它建筑在一个山坡上，仅仅因为这里有一片茶园。布朗族人便世世代代守护着它。但我还是看到了新修的奢华的庙宇。庙台边上坐着一排少男少女们，他们顾自欢笑着，完全不理我们这些外来人。

傣族人和布朗族人的房子都是杆栏式建筑。分上下两层，全木结构。下层住家畜，填农具杂物，上层住人。布朗族人这里的房子二层好像都多出一个露台，以便晒茶和衣物。这个午后，露台上还多了很多发呆的女孩。她们隐藏在黑暗中，只露出她们明亮的眼睛，注视着一群陌生人。每个女孩都那么美丽、沉静，在茶园中她们定是安宁如仙女。不知道她们是否想过走出这座大山，但我相信她们都会热爱这座大山。这座大山有神性的植物，还有一只只漫山游荡的黑山羊。

最终那群欢乐的孩子还是被我找到了。应该说是他们主动粘上我的。他们看到我不停地拍照，便缠着我给他们照相。他们中有一个小领袖，他总是指挥他们各自摆出一个个不同的姿势，让我高兴坏了。每照一次，他们就凑上来看相片，"给我看，给我看"，这是他们说出的最流利的汉语。

南东村，我其实不知道这个寨名是否正确。我只知道它的贫穷和欢乐，以及我的莫名其妙的孤独。我的悲伤是孤独的。

雨是在我们的车离开那段通往村子的淤塞的土路后开始下的。这次的雨不像是过路的，它是那么粗暴、急剧。仿佛在宣泄着什么。司机说我们晚一步离开今天就可能走不开了。我却真的想好好看看雨是否会给穷山寨那群可爱的孩子们带来更多的欢乐。

我的童年的家园里，夏天的雨是欢乐的。

三、勐景来村

穿过漫天的大雨，我们在傍晚时分就到了中缅第一寨"勐景来"村。这又是一个傣族的寨子。除了曼旦村、曼朗村，我们之前还去过两个傣族寨子：曼龙勒村和曼飞龙村。前者在南腊河边，村子里种满高大粗壮的龙竹，村路两旁是随手即得的蔬菜，河中是新鲜活泼的无污染鱼。因为地势平坦，交通方便，已经变成一个度假村。后者历来盛产美女，带我们参观的村妇女主任就是一个大美女。每座花园式的房屋里都闪现着一个美女的影子。这个村也在平坝地，制陶工艺发达，有座千年佛塔。勐景来是我们将要访问的最后一个村寨。属中缅边境打洛镇。这个村已经被一家公司保护性地开发：修路，改造旧房，保护原生态文化。但他们只进行了外表的修缮，却没有干预傣族人的生活。

饭前，我们去晚上将要借住的傣族人家里安放行李。放好行李，我一个人下楼闲逛。

住户对面一楼是热闹的几家人在一起准备晚餐和娱乐。主妇们分发着才从树上摘的柚子的肉，我也得到一块，鲜嫩的酸甜滋味现在回想起来还让我牵念。主食是用芭蕉叶包煮的糯米，里面配了各样的食料。一个几个月大的婴儿在童车上也想参与这欢乐的盛宴。餐后，一群女孩子和一个男主人开始玩纸牌游戏，时时爆发出爽亮的大笑。

天黑了。勐景来村有一棵千年菩提树。传说种子来源于释迦牟尼成佛时打坐的那棵菩提树。佛寺的小和尚们晚上围绕神树举行了转塔仪式，后又带我们和村民们一起放孔明灯祈愿。我是第一次放孔明灯，颤巍巍地总是担心它升不上去。朋友让我许三个愿。我一时不知许什么，等它升上十几米高，才忙在内心许下希望天下所有的人都生活幸福的愿。这天下所有的人当然包括我自己。

正好停电了。我们好像走了很长的路才返回住地。西双版纳夜晚的凉风都像是千年的流水。我们好像是浮在路上。男女主人早为我们在楼梯、客厅和所有房间点燃了蜡烛。对门只有一群女子在蜡烛的照耀下谈笑。（关门节期间，家里的男人们都要去庙里守夜。）我加入了她们的谈话中，知道这里还有一个即将上大学的高三毕业生。她报的昆明的大学。问她想不想到其他地方去，她说她学完还会回来。其实村子里村民的平均学历只有初中。在村民们看来，学再多的知识好像没多少用。但佛寺里年轻的大佛爷都坎章却很担忧。他在佛寺开办了贝叶书院，让这村子和附近村子的孩子们来书院学习。他说没学习，也没有人继承这里的佛法。傣族文化也需要有知识有文化的人传承。佛寺资金并不多，除少数政府资助，多靠民间捐献。这事我是离开后才知道的。

女孩们玩到晚上十点多钟才散去。我回到住处，电还没有来，天阴着，也看不见星星。只有对面山上缅甸人放的烟花还在闪耀。然后我听到一种吃蚊蝇的大爬虫巨大的咕咕声。我忘了它叫什么名字，但在它的保护下，我睡了一个没有蚊虫叮咬的好觉。这些植物茂密的傣族村子很少看见蚊蝇，应该得益于它们很好地保护了生态的平衡。

第二天我不知道是如何醒来的。推开窗户，赫然发现对面树上住着一群鸡。原本鸡属鸟类，是应该住在树上，不是在笼子里的。

上午近十点钟，我重返住户拿行李准备告别时，那家的男主人正在一株花树下洗他亲人的衣裳。而他深夜二点多从庙里出去割了橡胶才回来。也是他告诉我那花叫文殊兰，花香袭人。他叫岩松波。很好听的名字。一个幸福的男人，有一个能干的妻子和两个可爱的女儿。

我想傣族人民在中国是最幸福的民族之一。他们有自己的语言文字，有自己的信仰，有上千年传承下来的习俗，把自己的家园都建筑在西双版纳最美的地方。村子里路不拾遗，夜不闭户。每间房屋二层是客厅，都没有门。在这里我听不见任何争论声，只听见欢声笑语。离开勐景来，我们顺便去了中缅国门。感觉到现在傣人更是幸福，因为他们生活在一个和平的大国家里，这个大中国已经拥有了六十多年来的和平。这是多么的来之不易！

　　尽管我个人对目前的状况也颇有微词，但在傣族村访问后，突然有了一些对自身的反省。相比傣民，我这个汉人有多少文明的优势可言？我们已经忘记了很多本分的东西，甚至失去了一些道德的底线！我们一味地追求科技进步、全球化，却不断地在破坏自己的家园。家园本应该在一个个村落里。每个村落应该有它的政治文明外的宗教文明或其他传承。而现在，大多数村落已成为空穴。几座水泥房子霸占着我们童年和小动物们玩耍的乐园。我们的父亲母亲也已无家可归！

　　我是一个丧家犬！但现在我已有一个家园梦！它在西双版纳，在我所去过的曼朗村、南东村、勐景来村、曼飞龙村、曼龙勒村！还在我去过的布朗山、南糯山、望天树热带雨林！我告别了西双版纳，带不走它的一片天，只带上了一饼普洱茶。现在每一杯普洱茶水里蕴含着我的一个家园。

虚爱笔记

之一

这是虚爱，但他把它记载下来。到将来它们成为爱。

一切的将来都将成为一种存在。

哲学家说，爱的光不能进入虚的黑暗里。

一触即破的真理，就像乐园一样。
我们那么容易得到它。

但之前，
在她看来，得到即将失去。
在他看来，不得到即失去。

之二

这几天总有人说他有特别灿烂的笑容。他回说谁知道他内心的痛苦。这是很令人郁闷的话。

这几天他多次想到以往避讳的死。和她在一起时也无意地说到这个词。

他怕吓坏了她。
但他真以为这是一种依靠了。

他有多么爱她。这爱让他以为余生已了。
她不爱他，但这爱是她需要的。

他已经泪如泉涌。

他只能仰望天空，才不致让这冲天的泪水洒落大地。

之三

在想，爱一个人，明知道那没有未来，为什么还在爱？

也许因为这是爱的本质：它是天生的，但它被唤醒了。

正如写作一样，也是天生的。我爱的你是唤醒我的灵感。

爱的就是全部，你的弱点，你的不爱。它们让爱真实可触。丰富而纯粹。

就这样漫无目的地游荡在时空巨大的洞穴中。

于是没有承诺，没有背叛。

肝肠欲断未断，身心俱焚还生。

正如幸福生生不息，但你甜软的舌尖稍纵即逝。

之四

我的……

我得承认，以前，你在我的想象里存在的。除了你的美丽、才华以及某地的笑容。

然后，其他的一切都让我逃离你。

你无比坚强，没有小悲伤；你受万千宠爱，不在意我的爱。

这肯定是错了。

我得承认，我欢喜想念你的日子，说出绵绵爱语的日子。

此生中有爱的日子是那么少，让人无法相忘。但这对于你是无效的，我这样认为了。

这肯定也错了。

沉溺是个可爱又可怕的词。任何变化都是致命的伤。

我放稳了心，然后你又走了。

我再放稳了心，然后你又走了。

于是，我的心，乱了。

我在数着日子爱你。

我想爱着的一些小细节。

但羞涩了。

昨天在车上，想着发短信你，开口就说："我的……"

想想，你不是我的什么，只是我的爱。

啊，这爱的确是我的。

罢了。

我多么想多么想说"我的亲亲的……"

但你有多少是我的？

爱到最后还是想着拥有。

拥有不得便离去，离去了还是。

爱了。

之五

她说，我发现你还是有欲望的。

他说，不是欲望，而是愿望。

她说，愿望就是欲望。

他不再辩解。

既然对她而言愿望就是欲望，那就是吧。

但他心里还是坚持他的愿望说。

他想亲她，想吻她，想和她在一起。

想一生牵绊她。

他想得血横亘在脑门里出不去。

它们来源于心，却找不到回去的路。

这颗心沸腾着爱她的血，直上脑门。

出不去，他对她说，出不去。

她爱比喻。

他喜欢她的比喻。

她曾经把身体比作一个出风口。

现在，他的愿望不能被应承。

就像风口被堵得严严实实。

愿望怎么会是欲望呢？

愿望是爱，是尊重，是呼唤。是实现便有了的东西。

欲望呢？那么短暂，那么不专，是达到便没了的。

他不断地对她说，我想，我想。他不断地请求，而没有要求。

我爱你。我爱你有了欲望行不？最后他笑笑说。

之六

女孩是织女。她的手艺来源于织绣世家的外婆。这门古老的技艺让她着了迷。

男人是裁缝。这个独特的裁缝只给女孩子们做嫁衣。

他爱她的织物。她的织物是女孩子们最爱的。她们用它做嫁衣。

他爱她的织物。后来，他觉得她是最美的一片织物。

他再不能做嫁衣了。如果没有她的织物。

他以前在少女们环绕下的灿烂笑容

逐渐忧郁下来。

这些天，他无言无语。

之七

曾经现在和未来，都是一样的

爱是一样的

不爱是一样的

眼泪是一样的

沉默是一样的

虚与委蛇是一样的

什么什么

都是一样的

我努力地想你不一样

你也是一样的

你也是一样的

有什么不一样呢

爱还是爱

不爱就是不爱

曾经现在和未来

还有什么未来

之八

传说中爱情的最高境界是无语。

我看着你，出来清纯的魂。

之九

这爱空茫而虚妄。

这爱对付时光。

无力的悬空。

星星微笑了。

黑暗都战栗起来。

他所记得的是她的吻

吻在下巴上，那么有力量。

还有等待。告别的吻。

三个。

之十

无论如何。你不在我身边。

这爱是个问题。

之十一

爱要爆炸了。还自信是有理智的。像走钢丝一样，小心翼翼地爱着。

这样的争吵。总是在心里刻下痕。就像受虐一样，之后是蜜一般温暖甜美的蠕动。

宽恕，原宥，忏悔，始终是爱的一部分。如果没有它们，
还有什么支撑的力量体现着爱的意志，忠贞？
而像暗箭一样毫无规范的语言显得微不足道。
爱着的只记得对方的爱。不爱的只记得对方的不爱。
这也是爱的公平公正。

之十二

千般爱只向一人
万种情无须二心

千般爱只需一心
万种情无向二人

仅从语言的角度而言，谁好呢，你说？

之十三

你是不可能想起我的。
有我想你就满足了
你是不可能读我诗的
有我为你写着就够了
呵呵，你是时代的大人物
也是我的小妖精

在月亮上跳舞

之十四

大抵世间只有神思才能与情欲抗衡。

之十五

生活是在未预定中长出惊喜的吧。
这爱却只能自己安慰自己。
孤独会开口说话的。
绝望也能萌芽。

之十六

远方的她去了远方。他感到双重的离别。思念被一种力量牵
引，跟随她旅行。
这总是一场越来越远的旅行。远到苍山洱海，地老天荒。直
至失去踪影。

之十七

或者是风，或者是沙。走失的也在爱着。爱着的也在走失。
啊，你是风，我是沙。这里没有选择。
或者是她，或者是她。只有你没有选择。你是唯一。

之十八

古人的虚爱笔记是这样写的：

相见争如不见，多情何似无情。

别后不知君远近，触目凄凉多少闷。

长相思，晓月寒，晚风寒，情人佳节独往还，顾影自凄凉，见亦难，思亦难，长夜漫漫抱恨眠，问伊怜不怜？

直道相思了无益未妨惆怅是情狂。

一种相思，两处闲愁。此情无计可消除，才下眉头，却上心头。

问世间、情为何物，直教生死相许？天南地北双飞客，老翅几回寒暑。欢乐趣，别离苦，就中更有痴儿女。君应有语，渺万里层云，千山暮景，只影向谁去？

既不回头，何必不忘；既然无缘，何须誓言。今日种种，似水无痕；明夕何夕，君已陌路。

拟把疏狂图一醉，对酒当歌，强乐还无味。

衣带渐宽终不悔，为伊消得人憔悴。

风月无情人暗换，旧游如梦空肠断。

愿我如星君如月，夜夜流光相皎洁。

之十九

第一次听一个朋友引说"上山的路就是下山的路"时，我说："你说什么？"

如果现在我对她说"上山的路就是下山的路"，她会怎样想呢？

真理是这样不断地被无数人引用的。其实对另一人无用。

"我爱你"也是这样的真理吧。

之二十

他已经不想对她说他多么爱她了。

当他不再说出时，他知道这爱有了问题。

说是自然的

不说是压抑的。

为什么这般压抑？

因为他已经不想对她说他多么爱她了！

痛苦的人哪，他面对的是虚爱

这空虚反戈一击

他的心便再次

空了

他忘记了他曾经及至现在的想念

这世界上最笨的事情就是他想她而不告诉她

这样的想和不爱又有何区别

这样的爱可以丢弃了只留下一个虚

我爱你我不说我再也不说

我把这不说的爱永远埋在心里，

谁也不想再夺去

之二十一

他的爱是一颗星，一盏灯。

照不了她的多少前路。

如果在白天，这是多么多余。

这微弱的爱在风中坚持。

守着最深沉的夜，最孤独的心。

之二十二

从今以后信了爱的命。因为她信了。

他不辩解了。如同她相信的命。

但他现在面对的是二难推理：

如果他爱她，她信的命是这爱不属于她。

如果他不爱她，她正好印证了这爱的命。

只是他的命又在哪呢？

难道命竟然没有安排他的爱吗？

那两情相悦，不离不弃的爱？

之二十三

"天公隔是妒相怜，何不便教相决绝。"

元稹是站着说话不腰疼。殊不知"金风玉露一相逢，便胜却人间无数"。哪怕为这一天的相逢，便受三百六十四天的煎熬也是他情愿的啊。

之二十四

没有你，只是没有未来。但还是有过去的，不是吗？

之二十五

今日笑了。对自己。

她明确地对他说，离她远点。别伤害她。

到今日他笑了。有点痴痴的。

远离是什么呢。好像从来没有近过。远离又是什么呢？

或者她总是在他的心上。她要他放下了，

而如果她没把他放在心上，又谈什么远离呢？

从今始，沉默是一种必需的生活。

之二十六

相信循环之命运的他，一段爱情是从冬天开始的。

这个夜晚，他已与又一个冬天相遇了。

不知道他所爱的女人是否还记起冬天，冷峻而更多忧郁的面容。闭紧双眼，用心看得她怦然一动。

她有不安。她才从一场与身体的斗争中挣脱出，又陷入精神的困顿里了。

这个全身有着魔力的女人还有着轻盈的步子。

但她失去了飞翔。

冬天的空气是沉重的。

之二十七

花开一季，爱无二春，念想度三秋。

冬天来了，你会冷吗？

之二十八

你说的一切我都能明白，我说的一切你也未必不知晓。

但，爱莫能助。

它的另类解释是：爱，没有人能帮助你。

我爱你，是一种感情。

让我们相爱吧，是一种约定。

之二十九

听来的曾经发生或正在发生或将要发生的故事：

女孩在哭泣，男孩已远去。男孩说，他曾经为她留在这里，现在为她厌弃这里。这个善良而懦弱的男孩，以伤己而伤人，以为爱是伤害的理由。十年后，他成为一个勇敢而冷酷的男人。繁花尽逝，水急留月。那女孩是他的月亮。

今日，你得安慰了吗？

之三十

以拒绝的姿态接近，以自言自语的方式交谈，每个人都是一代人。

但嘴唇的温度，舌尖的细软，目光的迷离是亘古至今的。

再次看到你了。你的沉默对我说话。

眼睛，眼睛，眼睛。

之三十一

我只要你一点温暖，甚至于一点想念。

乐园是无道无德，无羞无耻，亚当和夏娃坦然面对。他们做爱吗？做的。他们相互取暖罢。

这乐园现在失了。那两个坦然面对的相爱的肉体打上了羞耻的印记，只有死亡覆盖一切。像那场大雪。

你那么远。我的话你是否听见？

之三十二

诗皆无韵，爱是虚空

唯你真在，有心即情

如果这爱都是虚的，有什么不是虚的？

如果有一天这虚的爱也无有时……

之三十三

我想像以前一样。

就这样。

看着你。

知道你在那儿。

交谈。

之三十四

香水用完了，瓶子还在。那上面写着"永恒"或者"思念"？或者"蓝色"什么的与大海、阳光有关？这是我能记起的。一定不是"奇迹"，我记得那是我要寻找的东西，但没有找到。那瓶里是应该有残余香味的。一年后，十年后，二十年后，你拎起来嗅它，越来越淡，就像我们的回忆。

之三十五

比如偶遇，比如无意识，比如能回忆起来的梦，在清晨看见它快速闪过的影儿。比如心一下子的欢欣起来，脸上露出神秘的笑样子。比如那些爱你的话，现在它们好像干了，像标本一样。

从今日起，你将在祖国里看到这些文字，和你有血缘关系的字了。

之三十六

我孤独，你消失。

而不是相反。

之三十七

你冷了，我心疼。去年的冬天，你也说过冷的。我一直记得。

你却不知，在这样的季节里，我曾在寒冷的广场上守候三天，只为守候一个可能经过的她。那时有小风雪。由此我记得与爱有关的一切冷。

之三十八

我的白天属于自己。我的夜晚属于你。我的小妖精。

之三十九

昨夜聊及"无心"。

心本唯一，人分为二。甘苦由之。
万事万物皆利刃，割取片心总是情。
不如无心。
无心不可能，不如死心。

之四十

"沉迷"是个很好的词。
我的生活是在沉迷中度过的。
不是永恒的，绝对不是了。但是唯一的，在某一个时间里。
我喜欢沉迷在对你的爱里。还有一些也喜欢。
我不喜欢沉迷在某些东西里。却还是沉迷在。

之四十一

今天早晨梦见了你，然后醒来。这样记得很清晰，像是一阵子的幻觉。在北京秋瑟的街道上，两旁法国梧桐树吊着伶仃的黄叶，一下子一下子地飘。一个高大魁梧的男人在和你告别。你穿一身白色的毛衣踮起脚来快速地吻了他两下。然后他抱了抱你。我远远地看着你。我看着你愉快的样子，像小女孩一样跳着。想着，某某某在和男孩亲昵，我看见了。下次遇见她就可以问她那是谁，她不要不承认。

那时我和我的小孩在一起，好像才买了辆车，我不会开，我说儿子你是数学天才，你来开吧。你知道刹车是哪吧，不行踩它就是了，于是我们一路上就踩着刹车在北京的街道上行走。扭过头就看见了你，一眼就看见是你。想，你很幸福。

在这之前，我还有个梦，居然在一个房子里被盗了三次，最后一次的时候，我的衣物都不见了，只余下一个被踩扁的行李箱。我一无所有。

在睡觉之前，我又看见了明亮的没有一颗星星陪着的月亮。我盯着它看了几秒钟，停下来，记起什么来的样子又盯着它看了几秒钟。这样才算是看见它了吧。

之四十二

这些日子是可以成为你个人的节日的。比如说某月某日，你遇见了那个女人，开始一段爱情。某月某日，你与她再次遇见。在生命中改变了什么。可能它仅是一次吻。再比如你记得了她的生日，她另外的一些重要日子，和你有了关联，你也把它当节日过了，为它的到来而用心地等待着。还有一些日子，就像那日狂饮无醉，狂发短信与她，只为了一句话，心灵与语言是一起跳动着的。这一年就有了这么多节日，明年就有更多的纪念了吧。等到有一年，每一天都会打上不朽的印迹，如果都和你有关，你就是我的。我也是你的。

之四十三

当爱情显露出它的平淡来时，它已经很深了。深得就好像是深远的天空一样，以四十五度角仰望它时，视而不见对你的想念包围了身体。

之四十四

这个梦是很恐怖的。能把我惊醒。因为为你担心着。

我梦见你是个小娃娃，美丽的小姑娘娃娃啊，走在有诡异月光的乡间小道上。我陪着你走着，要往我家里去。然后，我看见一群村民围着一个发着强烈蓝光的小东西迷醉了一般。那小东西飞碟样的，它在吃小娃娃啊，一个个小娃娃进入它的光里就不见了。哦，这是个妖怪。可不能让它吃你了，你是个小娃娃。村民们在到处找小娃娃给它吃呢。我把你藏在哪儿呢？我把你藏在哪儿呢？到处是庄稼，可村民们才熟悉它们。我为这可怕的命运惊醒了，睁大了眼睛，想你在大城市里，不在乡村里。那里人多，妖怪应该不会有吧。

之四十五

如果你无话可说，就沉默吧。如果你再也无爱，就失踪吧。如果你了无生趣，就冬眠吧。如果这都可行。

之四十六

我的习惯是把最好的东西留在最后吃。那是最爱的，一直和她保持着距离，而最后的结局是别离。我会让它慢慢地到来。因为这是爱情中最好的东西，我要和她别离。无尽的伤感，一直伤感到永远地爱着，记着，怀想着。天也老了，地也荒了。

之四十七

1 月 11 日，是我命名的三位一体日。它关乎某种近于神圣神秘的事物。而且只关乎我自己的生命。你是知道它的。因为不时就有与这个日子相关的事情到来，我就得说说这个三位一体。在这个日子里，我得到了我已丢失良久的东西。而在以后的日子里就在不断地保护它，不让它再次丢失。是的，我记下了这个日子，并且把它看得比其他日子都重要。因为它不只是开始。如前所说，它还是得到，某种完结。

其实，如果不是我一再强调它，我已经早忘了在那一天发生的一切。那一天现在所记起的一切是真实的吗？而经过了这么多日子，你又有多少变化呢？我又有多少变化呢？当爱情一旦这样像宗教刻在生命里，当这个日子如仪式一样被我纪念，我的欢乐沉重得像块冰了。

之四十八

昨天的梦是前所未有的。

在一个江南的院子里，有两进，门都是青竹子做的。你在后院，我在前院。那院子真大，你叫我，我去找你时走了很多路。你休息的地方也是一个大竹榻。一张红木样的书桌上放着你的文稿。你画了一些水墨画在你的书里。然后给我看。我抱了抱你。很喜欢你。那些文字。和不在梦里的是一样的。

这一次梦让我幸福得醒来流泪。原来内心有那么隐秘的愿望想和你在一起生活啊。

这个梦是从童年起就一直做的白日梦。而居然第一次是你在夜里给了我。我相信命运之命，原来认识你，爱上你是命运之命。而永远无法和你在一起是命运之运了。

之四十九

这片刻的迷醉只为了得到更多的清醒。
这虚妄的爱只为了对抗虚妄。

之五十

而那一番无法言说的爱与想念已化为一汪咸泪把他泡软。
这爱情天天摇摇晃晃的，现在终于是疼到了尽头。

之五十一

于是。
我还没有记清你时准备把你忘掉
这样忘记变得很容易
这一路走来已日益沉重
是不断忘记的时刻
到达的那日就干干净净
你对着我熟悉地笑，我却问你
您是谁？请原谅我不认识您
但我乐意与您相知
在这里，我是新来的
没有一个朋友

之五十二

这个夜半在做一些过去的工作。

关于虚空之爱情的事情是可以告一段落了。

如果我们停留的吻依然还是那么甜蜜，大可让它继续下去，而不是更进一步吧。

总得有不能到达的东西陪伴着我到达终点。

这是道的理由和德的起点。

而且在我看来，在想象中完成千万次的事情不妨是在现实中已完成之事，且完成得更为彻底。现实的变数是新鲜的事情了。

无论你是谁，无论你与我何关，我看到了自己身影，它孤单而有力地走向虚茫。

读 画 录

虚，又如何？

——读程春利《生息系列作品精选》有悟

多年前写诗，我听从内心的声音不断地弱下去，直至没有声音。我迷恋这种不断虚化的感觉，认为自己在这种诗写中，不是我写诗，而是诗写我；它把我的俗身写得没了，空余下魂魄在；把魂魄写得没了，空余下文字在。其实文字到最后也是多余的。只余下一缕气息，缥缈去而不知所终。

我不知我的这种感觉何以呈现与表达，直到有一天在画家田华家中撞见他朋友程春利的画。就是这本《生息》。突然心中跃出一个词：虚。

何为虚？冰化为水，水化为汽，汽化为云，云化为天。此为虚。

虚本为"墟"，一个大丘，一望无际的空旷，茫茫然；天光黯淡，万物归隐。此为虚。

无中生有，有化为无；艰苦为生，老之将死。此为虚。老子有言：至虚，极也。

然后，春利在他的水墨中，让墨不断地化为水，让水不断地蒸发为汽，只余下若有若无的痕迹，仿佛若有若无的呼吸。只为一个字：虚。

我看《生息》系列，视而不见那一只神态永远漠然无辜的鸟，视而不见那些永远柔弱不堪的芦苇，只看到一片片无所不在的水。当然，那些水是看不见的。就像一个"空"。

水是一种隐晦的空。天亦如是。在春利的画语中，那只有所思即无所思的鸟没有来历，没有前途，没有伴侣。没有鸟。只有空，预示着水的在，天的在。只有生或者息。从生到息。这亘古的虚，走向虚空。

而画有边，境无界！我注意到，春利的画中，永远没有一个可依可靠的岸边，也没有一条遥远的地平线。春利或一只鸟凭虚运行，在水天的空中，却表现着"无"的境界。作为空的喻体，水或天，如我之前所言，在又不在，它们作为一个"偶在"而在，展示着无边无际的无。

要感谢春利。他让我在遇到他的画后又认识了两个字：空，无。

道家论无，佛家言空。我常常为"无"与"空"而纠结。何为空？何为无？它们何以区分？

我不知何为无，何为空。我只知空有边界，无无边界。仅此而已。

此为春利的《生息》予我的开启。

2015 年 4 月 27 日午

林中道[1]：从自然到自在[2]

——读田华水墨画中的树[3]有感

在林中，树与树间的空
均构成了道。此空非空
它们只容纳，不局限，近乎
无。均构成了道。[4]

在林中，树树皆自然
每片叶子均向天空张开
每条根脉均扎向大地
每棵树居住着一个灵魂[5]

在林中，人作为会死者或短暂者
被遮蔽，是合理的。天地且不仁
以万物为刍狗。树自得自在
在风中舞蹈，在雨中言说[6]

故林中道，有无数的起点或终点
肆意交通，无穷无尽
横的是虚，竖的是实
成为一个典型的四维域[7]

注释:

1. 这里借用了西方现代重要的思想家海德格尔后期思想转向的代表性著作《林中路》的书名。之所以变"路"为"道",其义自然是在强调中国汉语言的聪慧性。道不仅是路,更是思想者所追寻的终极指向。海德格尔在这部著作的扉页上题写了名为《林中路》的诗:

林乃树林的古名。
林中有路。
这些路多半突然断绝在杳无人迹处。
这些路叫作林中路。

每条路各自延展,
但却在同一林中。
常常看来仿佛彼此相类。
然而只是看来仿佛如此而已。

林业工和护林人识得这些路。
他们懂得什么叫作林中路。

海德格尔后期思想中有一个重要的观点,即语言是存在的家。他突然从对"存在—此在"的关注转向对语言的关注,通过对一些诗人的诗和画家的画及建筑作品进入到对语言进而到达真理层面上的探讨。在《艺术作品的本源》《诗人何为》《筑居思》等后期作品中,海德格尔实际上已经成为一个最有心得的艺术评论家。

此篇诗，意在模仿学习《林中路》，又想引入几个朋友进行不同的阐释，从而对田华作品中的"树"这一意象进行观察、说明，进而有益于接近田华绘画中的"玄机"。

2. "自然"和"自在"是田华画作的两个关键词。我在此这样理解"自然"：中国本土化的一个形象词。老子言：道法自然。陶潜诗：复得返自然。中国长期的农业文明形态让"自然"这个词成为本真的状态体现，自然的境界成为最高的境界。田华的画作，特别是写生作品，所表现的正是"自然"之现实意境。这些作品中，他显然是摒除了文化、文明等因素，比如说中国传统绘画的素材；梅兰竹菊松荷等已带有众多文化意味的"自然"素材，在田华的画中基本不出现。比方说，我们马上要谈到的田华作品中的"树"，就不甚明了它的种类，当然不是松树，但又极可能是棵松树。这种写生回到绘画的朴素状态，我称之为"自然"状态。

"自在"是"自然"在人性上的一种反射。田华最近的一个画展取名为"随性"，其实最能替代的就是"自在"。有很多人注意到田华绘画的这一特点：随性而画，无拘无束。其为人也这样。但我在这里想要谈的不仅于此。我要强调的是"自在"中的"在"字。而"在"恰恰是能够让中西两种不同文化产生很好勾连的一个概念。中国《诗经》中开篇一诗第一句就出现了这个"在"字。"关关雎鸠，在河之洲。"八个字中就出现两个在汉语中进而在中国文化中最重要的词："在"和"之"。"之"的含义很复杂，是所谓"虚"词中的第一号人物。它更多地表达着一种从属性，而我很在意它"去、到"的含义。而"在"比较起"之"来就单调多了。它主要给万事万物定位，当然也给人定位。比如说"在下"。这个谦称是我认为对自己的谦称中最得体和最不那么谦虚的。它强调的不是"下"，而是"在"。这个"在"马上被用来翻译西方文化中的关键词：存在。"在"，作为中国的一个"虚"词，却成为西方的一个本体词。表达的正是"本体"之意。现在我便不仅仅是在一个本土层面上谈田华画中的"自在"性了，我觉得借鉴一下西方思想家的核心理念来阐释田华的画，才可能更准确地认识到一个二十世纪八十年代后期的中文系学生的思想流变。这种流变肯定不仅仅存在于田华身上，它存在于"一代人"身上。比如说自由、主体等中国传统中从没有的概念在一代人心中的进入。所以，对田华的"水墨画"进行一下海德格尔式的分析也就理所当然。"在"在海德格尔前期思想中主要以"存在"和"此在"来展现。"此在"专指"存在"范围内的"人"。之所以不用"人"这个概念，正在于要强调人的"此在"的偶然性和个别性。后期的海德格尔已经不那么以"此在"来指代"人"了，他用"短暂者"（也有人译成"会死者"，我觉得两者结合起来更好：会自己死的短暂的存在者）来指代人。

但海德格尔不懂得"自在"一词在中国文化中的重要意味。"自在"比"此在"指代人更为恰当。它恰恰强调了"会死者"中的"会"的意味。"自"的"主动性""自我支配性"是人类一直不曾中断追求的终极理想。所以田华画得"自在"和画的"自在"实际上也是我向往的一种生活状态，也是他自身追求达到的一种理想状态。

3. 我注意到田华写生中的树。现在我们看看田华作品中的"树"。

这些树无处不在，构成了画面中普遍又必要的"物"象。它们不原始，不高大。没有特征，也看不出种类。密密麻麻，或稀稀落落。杂乱无章，而随意生长。均所谓庄子的无用之木，无才之材。如非得给它们定一个性，即自然性。在中国绘画传统中，我们所观察到的现象是自然被不断地文化的。中国人很少悲剧意识，多喜乐。特爱在万物中附会自己的爱好愿望。画家们更是如此。所画之动物植物均有象征。荷花必君子，菊花必隐逸；蝙蝠是福，梅花鹿是禄。那田华的这些"树"是什么呢？只能是还未曾被文化的野外之物。

我们来换一种表述方式，借助下海德格尔，即它们在大地上，天空下，是树，亦不尽是树，同一切的物一样，聚集了天地人神这四者。海德格尔在《物》这篇文章中，通过对一只陶壶的分析，来探求一个现代性的问题，即我们的时空距离不断地在缩短而我们之间为什么没有带来任何"亲近"？然后，海德格尔把希望寄予这只以陶壶为代表的"物"上，几乎极其抒情地指出：

物化，物居留于统一的四者，大地和天空、神圣者和短暂者，在它们自我统一的四元的纯然一元中。

大地是建筑的承受者，养育其作物，照顾流水和岩石、植物和动物。当我们说大地，我们已经想到了另外三者，由四者的纯然一元而伴随着它。

…………

（引自《诗语言思》P157，文化艺术出版社，彭富春译）

后面那段排山倒海的抒情就不复述了。海氏在这里并没有特别指出这只陶壶的艺术性，而是从它的功用性出发来的一番感慨，而我觉得恰恰是这物中的艺术性才真正消灭了距离，让一切变得亲近。比如田华的树。它经过田华的画笔，呈现在我们面前，它比我们站在活生生的它面前更觉亲近。我们端详的是画家的笔触和构色，也是画家的用心与用情。这些树为什么是这样而不是那样，为什么在这里而不是在那里，为什么多，为什么少，这种种问题都让我们与之亲近起来。因为此物的"艺术性"。

也因此，田华的树才从一"自然物"成为一"自在体"。这种变化本身就如一条河流，它们不可断开。

　　4. 海德格尔说："林中有路。/这些路多半突然断绝在杳无人迹处。"他只指出了现象，而没有告诉这些路如何而来，又是什么。而田华的画让我明白："在林中，树与树间的空/均构成了道。"空地是林中之道路。而"空"即"道"，你懂的。特别是所有的佛家弟子更懂。"它们只容纳，不局限，近乎/无。"在我给程春利写的一篇文章《虚，又如何》里，我开悟到"空"和"无"的区分："空有界限，无则无。"这也是佛家与道家的区别所在。在这里，它们没有区别，田华的树与树之间隐藏着的空与无"均构成了道"。这道就是下一段所称的"自然"之道。

5. 如注释 3 所述，田华的这些无名之树如果真要给它们取一个名的话，只能强名之曰：自然树。它们不是松树，不是柳树，也不是法国梧桐树，而是"自然树"，它们有着共同的特性："每片叶子均向天空张开/每条根脉均扎向大地/每棵树居住着一个灵魂"。树有灵，是我们的先人早已发现的秘密。几乎每棵上大几百年的树会成为仙，上千年的树会成为神，它护佑着比它"短暂"许多且"会死"的人。田华的自然性却表现在他的顽皮性：他画的树都看不出年龄，至少不是上百上千年的树。它们都是一些小神仙。特别"亲近"。回到亲近这个词，可以顺便提一下，田华的画不仅适合于名士风流，更适合于在寻常人家登堂入室。这种亲近有着不一般的亲和力，所谓日常性的亲近。万物有灵亦如此。

6. 因为有了这些"自然树"小神仙，人这个短暂的会死者才"被遮蔽，是合理的"。"遮蔽"和"敞开"是海德格尔后期思想中最重要的两个概念：在《诗人何为》中，海氏认为现时代是一个诸神缺席的贫乏时代。黑夜降临了。世界之夜从未到来存在之光。在这样的时代，人必然也是被世界之暗所遮蔽的。田华的画不经意中契合这种"合理"。田华不爱画人物。他用树代替人。几乎有人在的地方都变成了树。人去哪了呢？被遮蔽了？唐王维《山水论》中说："凡画山水，意在笔先。丈山尺树，寸马分人。远人无目，远树无枝。远山无石，隐隐如眉；远水无波，高与云齐。此是诀也。"此诀一出，中国画便越来越程式化了。田华是一个最不爱程式的人。他的写生多是山水画。却有山无水，有树无人。点景之人没有了，于是有了田华的树。只有树才不在乎天地"仁否"。道德法则还原为自然法则，人的主体退隐为自然主体。树便"自得自在/在风中舞蹈，在雨中言说"！海氏说："存在的敞开即真理。"即道。这敞开的树，澄明的树，日常

亲近的树，已近道矣。

7. 我喜欢"七"这个数字。神创世用了六天，第七天休息。

唯特根斯坦在他的名著《逻辑哲学论》最后一节即第七节里说：凡可说者均可说明白，凡不可说者应保持沉默。

"道可，道非，常道。"这是我对《老子》的读法。因此，林中道，才"有无数的起点或终点/肆意交通，无穷无尽"。

对田华而言，何为虚，何为实，已无意义。在这个三维空间，再加上时间这谁也主动不了的一维，"四维域"，是我们所有人的宿命。

所有的解释也许都是多余的。读诗吧。诗也是多余的，读田华的画吧。

时间停止在"七"这个数字前。

2015 年 7 月 3 日于滋兰馆

风骨与风情

——看周彬画梅

　　"风骨"这个词年纪很大了。古汉语中双音节词极少，有者，每个音节也仅是音节而已，比如"窈窕"。"风骨"却很特别。它们是两个词构成了一个新词。"风"，普遍的理解，它源于诗经之"风"。又是孟子所谓"吾善养吾浩然之气"的"气"。"骨"的意味很实在，人身体最为结实的地方，死后多少年都不会腐朽的东西。由此只有人的精气神当与之般配，又回到了"气"。于是，两个各有意味的词在距今近二千年前的魏晋时代合成为一个更有意味的词：风骨。《晋书·赫连勃勃载记论》有言："然其器识高爽，风骨魁奇，姚兴睹之而醉心，宋祖闻之而动色。"它一经诞生，文人墨客们便发现了它的妙处：既实亦虚，可意会却不可言传。可以当作文人墨客们的"道"一样看待。刘勰《文心雕龙》中便有《风骨》一篇。"有风骨"，是对诗书画作的神评价。偏男性。

　　"风情"这个词相比于"风骨"的"大"就小很多了。它们也本是两个词，最终合为一词时，已无关"风"，只关"情"。因为尽管它们最早一起出现于《晋书·庾亮传》："元帝为镇东时，闻其名，辟西曹掾。及引见，风情都雅，过于所望，甚器重之。"但合成它的人是柳永："便纵有千种风情，更与何人说?"于是"风情"变成了"像风一样的情"。风骨却不是"风中的骨头"。

偏女性。

闲扯了会，言归正传。

周彬兄，乃隐居于武汉东湖梅园的一奇画家。一奇，在东湖梅园这大多数日子僻静得湖水声都听不见的地方，他一待就是三十年。二奇，作为一当代国画家，他一生画得最多的竟是梅，绝不他恋。

田华兄带我到周彬东湖的家里去过两次。这家是他的工作室又是他的"工作"室，游客可以随意进来参观，也可以带点他的作品回去。他的作品除了画在纸上的梅，还有画在陶壶、瓷瓶上的梅。他在这里这样度过一天：画画、写字、种花草、品茗。然后在梅园等天晚人静时出室遛狗。

第一次见周彬是在梅花即将开败之时。他的工作室最显著的一面墙上挂了四条幅梅花画。这四条幅，风格统一。近看，根本看不出是一枝梅花。只见整个画面中，繁花丛里一条上山的路若隐若现；其下还有一只猫悠然自得，或嬉戏或养神。而走远了，才会发现花团锦簇中这条遒劲有力的路是梅之躯干。

我说他把梅花画成了一座山。

第二次见周彬是在梅子将落时节。在他工作室闲逛，猛然发现室中地上躺着一横幅，里面的梅花已被风吹离了枝干，在无凭无依的空中疾飞。"风情万种"。我只想到了这个词。我对周彬说，他的梅花们正在谈恋爱。

两次看周彬画梅，看到周彬正画出了梅花的风骨与风情。这便是他的梅花画与众不同之处。

中国画家画梅，其盛时在宋。宋代画家画梅，大多画疏梅。所谓"疏枝浅蕊"。突出的正是梅花的骨节。枝干比花朵重要。我想这和宋朝的弱势有关。身体打不过别人，就特别强调气节。

所以松竹梅这些骨格鲜明又耐得贫寒之物成为文人墨客最爱。

　　周彬画梅，不可能摒弃掉已经潜藏于梅花里的这一文化基因。梅花的风骨经千年积累，在周彬的画笔下便凝重为一座山了！梅枝再怎么坚硬总是可以折断的，它们看上去只是表面上的坚硬刚强。文人们的意气也大多如此。而周彬的这座风骨之山却是耸立于大地上，我只有仰视攀登之份。为了让这座山看起来又不是一味的庄严之貌，所以周彬在每座山上养了一只猫。这只猫并不是隐士的代表或象征，他知道那些所谓的隐士都是姜太公，水里的鱼并不重要，岸上的鱼才是目的。这只猫却是无所目的的存在。我以为恰合了风骨本质里的"气"。生动的，生活的。

这是周彬画梅的第一种突破。

第二种突破，就在那幅恋爱中的梅花里。梅花和"风情"一词联合在一起是犯君子之忌的。人们赏梅，大多欣赏梅花的端庄、高洁、妍静、羞涩。在风骨之枝上的梅花一动不敢动，再大的狂风也撩不起它的情绪。它有着迷死人的香，却也是若有若无地给你，你真要细嗅，它又隐匿不见。梅花没有风情！

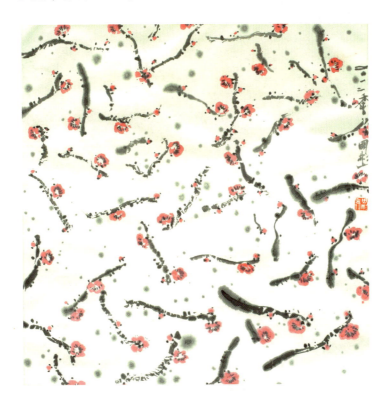

然后，周彬把梅花们解放了。他画脱离了枝干的花瓣，一片片的，纯粹为线条的存在。自由，狂放，激情四溢。它们像在歌唱，又像在舞蹈，乍一看，像一群精子，每一个都想成为新生命！

所以，我以为，周彬画的梅是真正自然意义上的梅。因为周彬居住在几百亩的梅园。他看多了梅花的生生死死，一年又一年，看了三十多年。那些梅已成为周彬生命里不可或缺的部分：一座梅花风骨之山是他的世界，而那些恋爱中的梅是他的生活。

有时我想，一个人，用一辈子的时间去做一件事，和上千人每人一年共上千年的时间去做同一件事，其效果是一样的。不知道周彬兄是否也这样想。

2015 年 7 月 17 日于滋兰馆

油如何变成水

——观朱明油画作品有感

　　画者用心画之，观者姑妄观之。对于我这个画的门外汉而言，在今年 5 月 21 日看朱明先生画展时所表现的幼稚近乎天真了。中国传统绘画以水调和墨作画，故称水墨画。西方传统绘画以油调和颜料作画，故称油画。但我看朱明的油画却有看水墨画的感叹。于是我不禁傻问：油在朱明的画中是如何变成水的?

　　油肯定变不成水，它可以稀薄到无限透明，但油还是油，水还是水。油性的黏稠、滑腻所表现的复杂性、沉重感、物欲，和水的空明、清爽所表现的单纯、轻灵、心性完全不同。所以我们在西方传统油画中看到的更多是人世中风云变幻的命运，而在中国水墨画中看到的更多是人与自然显示的理想和谐。用一个比喻来说明，我以为油画是故事，水墨画是诗歌。这种状况延续了几千年，西方人一直画着油画，中国人一直画着水墨画。19 世纪，突然有了变化，中国画家开始了油画创作。因为火车、汽车这种烧煤和油的庞然大物开始在中国大地上奔跑，马路上已经没有马的影子。

　　新事物最初总是会引起人们更多的关注，关注得多了就形成新的潮流。中国画于是乎变成了传统和国粹，俨然成为保护对象。比较显明的例子是，1949 年后，中国人家里挂的领袖画像就是一幅油画。而 1979 年后，产生较大影响的绘画作品也是油画。

其他界亦如此。思想家张志扬先生针对"西学东渐"之势曾提出过一个著名的问题："在溃败的大军中谁最先站住?"当我此次看到朱明的油画时也突然想到了这个问题。

朱明应该是站住了的。无论其是否是最先，但他站住的方式却不同。好多人是放下枪炮拿起刀棍站住，朱明是继续拿着"现代性"的武器站住。因此我才有着这一问：油在朱明的画中是如何变成水的?

我的答案在经过一夜辗转反思后灵窍顿开：一、把油当着水一样画画。手中是油，心中是水。用只有水才能用的方式——"泼"来画油画。这种方式估计画油画的大家们未必想得到。多少年的传统所形成的局限性使油画中根本就没有这种方法与技巧。非不为也，实不能也。油是"泼"不了的。但朱明要"泼"。因为中国人最看重的是"意"。凡事"意为先"。意到形到。比如这次朱明被冠以"异象"之名和法国诗人画家阿兰一起展出的画，也被称为抽象画。"抽象"意味着抽去了"象"。这个词也应该是来源于西方现代绘画中。在中国传统思想中，"象"是一个非常重要的概念。它与意相对。艺术作品的根源就是"意象"。以象来达意。最高的境地恐怕就是"大象无形"了。朱明的画已经被称为抽去了"象"。其实是说他的画中已经不存在"实象""具象"。比如说他的一幅名为《某月》的作品，黑乎乎的一片中，所指向的意味会回返到观者自身。"某月"的不确定在观者心中都会变成不同的确定。内心中仿佛被某种痛击中，只有这样才能应合这一片被"泼"出来的油乎乎的黑！是的，"时代之性质已经改变"。这是我二十多年前写的一句诗。用来说明朱明这种绘画方式倒也契合。被"泼"在画布上的油彩使朱明的画增加了沉重的动感。这是肉体的活生生的沉重，也是尘世一直无法摆脱的沉重。这种沉重又是现代中国的沉重，现代中国在朱明的画中，仿佛是一头巨兽，从原始森林的清新自然中跑到了水泥城市的生硬无味里。四处冲撞，已遍体伤痕。因此，此世中已无清洁空灵的水，只有油，就是油，朱明以意化油为水，在画布上留下了他的愤懑和遗憾，也留下了向往与呼唤。

二、在想象的领域里，只有让油回归到大海一样多的水中，油才变成水。这大海当然是一比。我比其为中国文化。为什么看到朱明的作品后我会有这种奇想，至今我也不得其解。回到朱明的画作中，表面上清楚了他用油的方式，实质上会发现他的画是"水墨"精神的一种延伸或发展。他的画作中触手可及的意象都是中国的，甚至中国传统的。单调而简明的色彩，极其少有的线条，似是而非的形象。他用油彩画着"水墨画"。这些画使他内心的诗意，这些但凡一个中国传统画家都必须具备的诗意，被油彩放亮。也把我感动。油彩的温度必然是高于水墨的。首次接触

的朱明在我印象中就是一个热情、豪放又略显忧郁的人。这也正
是一个诗性张扬的人。朱明把他的油彩放在了无尽的中国文化的
诗意大海中，自然油也变成了水！

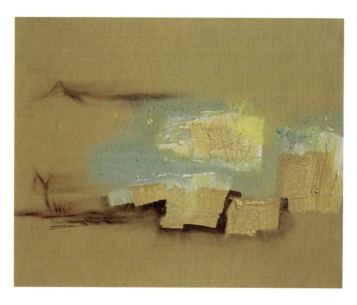

以上两种答案肯定不是唯一的，它只是我与朱明画作的一次幸会后的成就。也许它仍然是一场酒后的胡言乱语。尽管如此，但我还是相信自己的判断反映到朱明画作中会有一些留影。每每回想起那次与朱明画作的相遇，就如风吹过水。这些文字或许就如那风，风吹过，朱明的"油"画仍如那"水"起了微澜后又一如既往地平静。

2015 年 7 月 1 日于武汉滋兰馆

被蒙蔽的与显现的

——看刘源画"塔"

中国文化最为迷人的讨喜之处是它的老旧。反正都这么老，这么旧了，不如以此为傲，越老旧越好。"文化大革命"破了一阵"四旧"，结果产生的一些新东西现在也成为旧物，供人喜爱，更不谈那些没有被破坏的幸存的旧，奇货可居了。二十世纪改革开放之初，西学东渐，旧的先撇在一边，把西方的文化捋了一个遍，最终与之同步。然后，走不下去了。时间恢复了它固有的缓慢得不着痕迹的步调。突然有人又开始瞥一眼老祖宗留下的旧物，于是，我们的油画界，其色泽一下子黯淡起来，其形态一下子若有若无起来，其情调必然开始虚、空、无起来。这很好，但问题也来了，中国传统是讲究一个"气"的。道家运气，儒家养气，"气"这东西无色无味，却有形可依。天"气"以风云显现，人"气"以格调显示。涵养决定一位画家的高下，如果有高下之说的话。

以上依惯例，是题外话。我在此无意指出一些画家何以在画室里调色弄墨所成就的一些观念之作。我在此只想表达我对一位画家近作的惊喜。老朋友刘源，近三十年前以诗相识，近二十年前未见，前几天借到上海开画展之际，转道回武汉，召集一大帮青年文友相聚，已是"气宇轩昂"。

刘源在画展上主要展示了他的几幅佛塔画。那塔或许不是佛塔。我姑且称它们是佛塔而已。一张名"单塔",画面里的确只一座塔;一张名"三塔",画面里的确有三座塔。它们色调黯淡,若蒙蔽,若显现,但其蒙蔽与显现的都是同一种物:佛塔。

意味便在这里出现了。刘源不改诗人的本性,知道艺术的实

质在于隐现。太明白的东西，于诗而言是大白话，于画而言是招贴画。我们有很多绘画作品，不是技艺不精湛，也不是表达没思想，问题出在所表达的太明显，而不是隐现。艺术必须退避三舍才是。那些伟大的作品，往往在某个细节上都让人流连，留恋。人物画其神态的丰富，风景画其物事的层次，其静中均含着鲜活的动。所谓风吹幡，在画面中，风幡俱不动，观者必然心动矣。刘源深谙此理。

刘源的塔若隐若现，其背景也若隐若现，其真实的大小也若隐若现。如果不是刘源自己给这两幅画取名为"塔"，我真的不认为他是在画塔。这里的塔很无辜，基本上被刘源消灭了一切的崇高和光彩。实际上刘源所画的塔就是他眼中看到的塔。眼前所见即心中所思。这些塔在庞大的生机勃勃的自然中，在漫漫如黄沙的时光之流中，的确是被蒙蔽的和被遗弃的。刘源看到了它们，就这样画下了他亲眼看到的东西。他试图让这些塔显现出它们被蒙蔽的状态来。于是，这些塔可能和我们想象的塔不一样，因为我们并没有真正看到那些塔。

有人一味蒙蔽，不知所云；有人一味显现，寡然无味。刘源合乎"中庸之道"，在蒙蔽中显现，被蒙蔽的就是那显现的。就我个人而言，是最喜欢这中间状态的。

之前，刘源出过一个画册《传说》。这本画册奠定了刘源一个讲故事的画家身份。在《传说》中，我还能大致看出刘源戏谑的性情。一组"玩具"，以中国古代士大夫的最喜之物为素材，比如亭台楼阁、小桥（流水），吉祥石兽、太师椅等，它们自然也是蒙上了几千年的时光之尘被刘源显现，却命名为"玩具"，这也可见刘源其玩心之大。

然后从"传说"开始，到"旧城"，到"游园"，到"山中"，他以巨幅画面讲了一个大故事：一个古老中国的衰败直至消亡史。

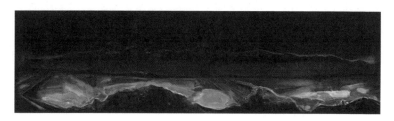

然后他又以三幅巨幅画面讲了更大的故事：沧海（"观沧海"），桑田（"尘土""四月天"）。这个故事应该是人类史上最大的故事了。刘源其情思之大可见。

大故事讲完了，刘源兴致未了，那些小细节画，如"长袍""太行崖柏"等，以填充大历史之小缝隙。

所以，整个画册《传说》，我是可以把它当一本故事书来看的。它不是一幅幅单独的画，它是画家对一种文化或文明的所见和整体叙述。

回过头来，我们再看那两幅塔。我不能把刘源的这两幅画同写生联系在一起。我看到的写生画最基本的美学要求是对风景的再现。但刘源肯定会反驳我，这正是他去年十一月到太行山的写生作品。在这样一幅幅真实得足以达到虚构境界的画前，那些印象派画家是这样做的，凡·高也是这样做的。比如我问过刘源，为什么会是三塔，然后我自问自答，因为"三"这个数字在佛家里特别重要。三乘，三宝，三学，三世……这是真实的三塔，还是刘源思想里的三塔呢？答案却不重要。其实，他至少画了不下六幅有塔的作品。无论什么塔，在刘源画里都是若隐若现的。有倒在山顶的塔，有塔林，最多的就是一个个孤独的忘然于世外的单塔。

塔在古今中外的文明史上都是一种精神的高标，刘源所画却把它们还原为如一个老弱之人一样，这其中的大悲悯让我第一次看见即为之动容，即想到这一句"被蒙蔽的与显现的"，最可以概括刘源的近作涵旨。

显然，以写生之名画塔的刘源已经从"传说"中走出来了。"传说"只能在画室里完成，在画室里养了几十年"气"后的刘源走到一座座真实存在的塔前画塔。这是一步很大的跨越。《传说》中的画似具象实抽象，但我更欣赏塔画中似抽象的具象！这也更体现出一位中国本土画家的本色。美很多时候还是实的。

但归根到底，刘源以画笔完成了他也许想成为一个史诗诗人的梦想。尽管他可能近三十年没有写过一行文字的诗。

2016 年 7 月 8 日深夜匆匆于滋兰馆

"根是泥中玉"

——偶遇田华画作《莲池》

　　田华新建了一个工作室。工作室也在田华居住的小区。三楼，楼上楼下楼左楼右，都是真实得不能再真实的市民和他们的生活。除了一年几次外出写生，在市井中生活和画画，是田华这多年的基本状态。我也突然明白田华最近几年画风转变的因缘。

　　田华的创作我以为分三个阶段。最初到首师大跟从刘进安先生学习前是第一阶段，"志于学"的阶段，传统的题材手法，开画廊，画习画，满足民众装点厅堂附庸风雅的需要。如果说这些画有所意义的话，便是田华天生就不是一个守规范的人，在那些传统的花鸟虫鱼画中，他的构图要相对活跃些，色彩也相对明丽些。第二个阶段便是跟从刘进安先生学习期间至后三四年。我为之写过两篇小文：一篇用在他的《田华写生》里，主要观点是"田华把中国画画重了"。另一篇稍长，形式也较特别，便是收在《书法报》给他的新画做的一个专辑上的《林中道——看田华画树》。主要观点不少，这里不重复。他的画开始吸收一些现代性的因素。毕竟在北京在高校学画，视野更开阔，手法更新异。第三个阶段就是最近两三年，田华自称是"随性"，我认为是"任性"。"随性"这个词本来是"随心所欲"的意思，用到现在，大家都把它当作"随遇而安"的意思。所以我觉得田华的画风越来越从静到动，从物到人，从风景到故事，从精致到粗犷，是其

"任性"的结果。而"任性"之因便是我前述的"在市井中生活和画画"。

好的艺术从来不是顺从生活、复制生活，而是反对生活，挑生活的刺。所以有人说得更极端：艺术归根到底就是对生活的反叛。我并不赞同这种极端的说法，毕竟还有好的艺术是对生活的尊重，伟大的现实主义文学便是典型例子。田华的任性不是反叛，是不安分，是艺术的创造因子在蠢蠢欲动。他画市井百态，大幅大幅地画，有些画甚至让我想到了二十世纪的电影宣传报，不过，田华是用水墨，且人物头像不是重点，没有海报的夸大其词；他是艺术，是一种突破压抑的艺术，任性的艺术。

还是回到他新建的工作室吧。

工作室分三个区域，进门抬头，望见对面墙壁上诗人雷平阳写的"且楼"二字被刻在一块有些年份的沧桑木板上。右转直入生活区，餐厅、厨房（田华有一手好厨艺），喝酒吃饭；进门左转是两个作品展厅，凹形三壁挂满田华自己不同时期的代表画作（当然，隔一段时间，或有画被买走，或随主人心情变化，画作会有一些更新）；过了这两个展厅继续往前，才是田华的工作间兼会客间，在此，他画画，写字，授徒，呼朋唤友来喝茶，闲聊或交流。

我和黄斌、夏宏是田华非艺术界的常客，小长时间不见面喝喝酒，吃吃田华亲自做的菜，便觉得这已经到来的已不太爱折腾的中老年生活少了些什么。某日酒足饭饱，一众人在他工作间坐下喝茶闲聊，我丢下一句"个人开辟道路，集体一起走着"的废话便带着微醺直奔生活区的洗手间而去。

穿过两个展厅，过道尽头不知道何时挂上了一幅巨大的窗帘。再一细瞧，不对，是一巨幅上色的水墨画。才开苞的荷花，里面露出娇嫩的莲蓬，仍然新绿的荷叶，下面是一条条白色的"水面"。不对，再细瞧，那不是"水面"，是莲藕，一根根白色的莲藕。是"泥中玉"！我还从未见有人把这荷花、荷叶、莲藕、莲蓬画在一个池塘里，同时展现的。在佛教中，荷花、果（莲藕）、种子（莲子）并存，象征佛"法身、报身、应身""三身"同驻。但这三身同驻，也并没有三身同显啊。而田华居然让荷花、莲藕、莲蓬同时显现在一张画布上！太"任性"了！

我的醉意完全没有了，突然被一种兴奋攫住，返回去就对田华说，你这幅画是新画的？他问：怎么了？大半年前到你们江汉平原写生时画的。我说，奇了怪了，你写生，什么时候看到藕长到水面上来，荷花都还没谢！荷花没谢，藕长多大了我不知道，但藕这样布满了水面甚至就替代了水面，从古至今就没有看见过！我对田华说：你这画是你最重要的作品，我相信伟大的艺术作品的产生都是偶然的爆发，俗称之"灵感一现"。你这偶然的一任性，首先是突破了你最近的一系列画的风格，非黑白，非人物，非动态，非粗犷。更重要的是突破了传统国画取材的规范性。传统国画中，要么写实，要么写意；要么画些神仙鬼怪，天堂地狱。而这幅画你完全吸收了西方现代文学中的诸如意识流、表现主义的手法，心中之思即眼前所见，眼前所见即心中之思；又无意中接续了佛教绘画的庄严肃穆而不失生命力与仁慈心的传统。于你而言只是写生中的一次小调皮，于你的创作而言却是冥冥之中的一次通灵体验。画面是你最近少有的干净、整洁，色调明朗而不失柔和。那些藕洗去了污泥，正象征着自性的"本自清净"；这些藕的白和荷叶的绿、荷花的粉红交相映衬，使之如一篇充满诗性的美文，丰富而纯粹。这幅画如你还没有起名，不妨就叫"莲池"。尽管你写生时，人们都叫它荷塘。另外，这幅画还有一个显著的特点：你的白大部分留在了右下角。题签也在右下角。以前你很多画留在右上角。大部分画家喜欢留在左下角。但现在留在右下角的"白"却给我一"别开生面"之感。它像一个窗口，让观画者的眼光找到一个进入的方向。这是一扇从生活通向艺术的窗，从肉身通向心灵的窗，从俗世通向圣地的窗。当然，它实际上是一个暗示，暗示这还是你的一幅写生。留白处就是你画架的摆放处。

是的，这真的是一幅大作品，不是因为它的尺寸大，而是因为它里面蕴含的意义大，而且其手法也是出奇地新和大。中国的儒家是尊崇荷的，佛教中"莲"这个词几乎成了"佛"的另一个名称。自古至今，我们的文化基因里把这一最为生活化的物神圣化，其实也可以反过来理解为，神圣的也是生活化的。田华不止画出荷花莲蓬，而同时画出莲藕，其用意也许正在于此。

我的激动并没有感染到田华，他还在习惯性的醉意和满不在乎中，如此他才把这幅画放在进门右面的隔断墙上，几乎是最不显眼的地方！

这次偶遇，过了好长时间我都没放下心，突然有一天，我想这幅画是很适合摆放在禅寺里的。一边贴上：何期自性，本自清净；何期自性，本不生灭。一边贴上：何期自性，本自具足；何期自性，本无动摇。我想六祖慧能的这几句开悟的话就是对着这《莲池》说的。

在由自中守神
——看周南海治印

在网上搜"周南海"，其最通行的简介如下（括号文字为笔者臆度）：周南海，字度之（度谁？度人先度己？），号容堂（年轻时可能生过闷气）、攻玉山房、刞奇山房（攻玉、刞奇应该是此人目前的正事；山房不知在哪座山上，道山？）。籍荆州（和鄙人算半个老乡），客鹏城（只知深圳，不知鹏城）。师承汪新士（听到的多了，知道是当代篆刻大师）。当代异材篆刻名家（异材者必异人乎？）。

此人由画家田华兄介绍得以相识，极厚道又豪情，知我抄心经，又是谆谆教导，又是赠我几枚大印。在此人鼓励下，酒后我发下大愿，此生要抄一万幅《心经》。于是此人又赠我几枚佛像印。于是我自觉欠此人一篇文章。每次欲下笔，却极其困难。因我于篆刻是真正的外行，便是印面也认不了几个字，而写文章又不是南郭先生能做的，我也不屑于做一个文抄公。但此人由周南海先生不知不觉变为南海兄，又进一步成为南海先生。何况，我不懂印，装作懂人还是可以应付的；又，因为要完成这篇文字，也偷看了一些真正懂行的老师们对他的评价，譬如罗斌先生说他："南海是印道高手，也是性情中人。其治印，师古而不泥古，法度精严、沉着稳健，与他在生活中表现出来的性格大悖。生活中的南海嗜酒，偶尔通电话，少有不带酒意。个性耿直兀傲，与人交往如浑朴未开、率真如童，遇上喜欢的人眉开眼笑，止不住口，真可以掏出心窝子对他。""他一方面默默地向内使劲，在字法、刀法、章法上吸收秦汉精髓。一方面利用现代信息和技术的便利，从印材和工具上进行突破。""他开始向新的目标迈进，这又是大手笔：在不同材料上刻心经，并且一刻就是六七套，又刻一套象棋，以三十六计原典为印文……"譬如侯军先生说他："软石篆刻绵延数百年，已成传统。如今，周南海却反其道而行之，舍软求硬舍近求远舍易求难。这种逆向探索，抑或正是在篆刻领域以增加艺术难度来体现其艺术价值与艺术个性的创新之举？正所谓艺高人胆大，从他早期偏嗜难度较高的朱文印，到现今偏嗜硬度更高、难度更大的异材篆刻，无不凸显出这个篆刻家'独持偏见、一意孤行'（徐悲鸿语）的艺术魄力和敢于挑战自我、勇于超越前人的探索精神。由此，说他是一个迥异于常人的异才，当不为过！"

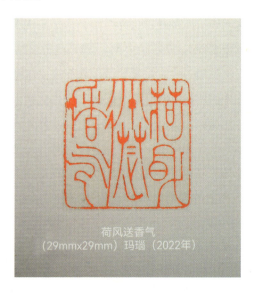

荷风送香气
（29mm×29mm）玛瑙（2022年）

这个开场白再这样写下去，我就真成了文抄公了。但在此我只是坦白写作此文的心虚。

我给这篇文字先命名为：在由自中守神。突然发现这是个回文题目，倒过来是：神守中，自由在。

我就谈二点：一是何谓"在由自中"，一是何谓"守神"乃至如何守神。

"由自"的确由"自由"倒过来说而已。为何不说"自由"呢？因为此自由非彼自由，我说的自由不是你要的自由，总的说来，"自由"这个词人人都想占有，都用它生事，到最后，自由面目全非，变化多样，不那么纯洁，也不那么清晰。一般而言我的自由就是他人的不自由，这焉能再用来说问题呢？

"由自"就本分多了：由着自己的意志、心情乃至身体来嘛。前面侯军先生说南海喜欢"增加艺术难度，挑战自我"，没错，但这是每一个成功的艺术家的共性。我理解南海是：他的目标不是艺术的，是人生的。他修佛习禅，也抽烟喝酒打麻将。篆刻于他仍是"雕虫小技"，但"技，近乎道矣"。他从今返古，无非求得一个"通"字；他遍雕异材，无非求得一个"周"字。写到此，突然想到著名武侠人物周伯通：他打遍天下无敌手后，只有左右手互搏，把挑战局限于自己了。南海应该是到了这种境界，三十年如一日雕琢、切磋，运用工具已达到运心的程度，各种材料都难逃他如炬法眼。其实南海也是一双小眼，却精光毕露。

另外，"由自"不是"由他"，由自者当然也无法避免有一段由他的经历。南海在任何时候都会宣称他是汪新士的弟子，并不是要炫耀自己有多么好的出身，倒不如说是感恩自己有多么好的机缘。但正如俗语所道：师傅引进门，修行在自己。这本来就是佛家的修身法则。五祖送六祖上船后，五祖说：合是吾渡汝？六祖说：迷时师渡，悟了自渡。这便是"由自"。南海现在在各方面的探索都是他的自渡而已。攻玉也好，刌奇也罢，无非是"度之"。

但"由自"还不是最高境界，我想，当南海觉得天下无一物不是他刀下之物时，会不会也如周伯通一样有时陷入疯魔状态呢？庄子言："夫列子御风而行……犹有所待者也。若夫乘天地之正，而御六气之辩，以游无穷者，彼且恶乎待哉？故曰：至人无己，神人无功，圣人无名。"但要到达"逍遥"状态，就算南海能够在这篆刻上"游刃有余"，也何其难哉！技，近于道，毕竟不是道。

这样我到达第二个问题上：守神，如何守神。在中国，自从孔老夫子说过"不语怪力乱神"后，随着他老人家的权威在后世越来越大，"神"这个词的本来意义就被"心"字代替。心本和神差别不大，但心是活生生地去除掉了神的"秘"，也就是宗教性的成分。而"神"也慢慢地内缩为"秘"字。但我这里的神还是想尊重神的本来面目来谈守神。

其一，守神即守心。初心，本心，本性，自性……不忘初心，本性清净。形神合一，而不是形神分离。反映在篆刻上，就是篆和刻。也就是说，南海无论用什么材质，他还是在篆和刻。他所有的精进都用在这上面。三十年的初心未变，才终有大成。而且，因其守住清净初心，才不至于在深圳他所称的鹏城迷失于灯红酒绿，功名利禄。

其二，守神即守恒。神性和人性的差别就在于一个"恒"。比如说，人都是会死的，有生有死。神不死才谓之神，至少活个几万年，此为恒久。人是真不知道神是否会死，要么这个神就没有生出来。但人是如此崇拜一切恒久的东西，都谓之为神。所以一块石头就比人更有神性。而印的本质也不仅是一个"信"，也是一个"恒"。印者，信物也，亦恒定之物也。当然我说南海守神不是说他守着几块石头。而是我更惊佩于他刻了十几幅《心经》,《周易》一百枚,《道德经》一百枚,《论语》一百枚,《庄子》五十四枚,《孙子》多少枚……进一步是屈原多少枚。如何守神?就这样守:他把中国文化中最重要的也是最恒久的经典用那些"异材"刻下来,刻一幅再刻一幅,刻一枚再刻一枚。恒久地刻。无用之用,无用用之,把中国的"神"们用他的石头守住。这是最了不起的修身功夫。如果他一生这样地"恒"下去,他也就成了"神"。至少是"雕神"。

其三，守神即守秘。前文我说现今的神已内缩为"秘"。汉人是个宗教情怀缺少的民族。当然和几千年对儒家的尊崇有关。儒家以心代神后，修身即为修心，浩然之气即为浩然之心气而非浩然之神气。而对于神秘之物的尊崇大多会斥为"迷信"。眼见才为实，耳听都为虚，想象力和创新力都大受限制，因为不太相信神秘性。南海刻周易一百枚时，一定会发现印的阴文阳文之变也神秘地照应了周易的阴阳之变。而且我认为南海也是个因果主义者。有一次我和他闲聊，他告诉我他学佛，进行过多次禅修"内观"，包括辟谷。打坐是日常功课，"双盘"功夫了得。我是受过他亲自演示指点的。至于刻佛像印有多少枚，估计是不计其数了。我手上都有他赠我的五枚！守秘才懂敬畏，才能忘却俗身之短暂而寻生命之大道。这样的南海也才能做到"即心即佛"。

行文至此，才发现我还是无法谈南海的印，只能谈一下这个治印的人。关于南海的印的成就，其实从他出过的不下十种印谱、办过的多次有影响力的展览，以及书法篆刻等艺术界行家对他的评价可知。而关于这个人，他给我的印象即是如此了：神守中，自由在。阿弥陀佛！

生而为人，又如何
——观田华画人物

俗语云：画鬼容易画人难。表面上是说，这更考验一个画家的写生能力，越接近真相的像，越受到看画者的追捧。但俗语又云：知人知面不知心。这才是前一句俗语的核心意旨。一个画家画人，画得再像，比照片还像，但也不是画好了人。任何艺术品的真相都是"直指人心"。"一切景语皆情语"，即使是观照建立在对古典反判、解构或拓展的现代艺术，它们也一样脱离不了对"人心"的指认，只不过此人心更深入，更"潜意识"。也因此，凡·高、毕加索画得不像的"人"却也接近了人的真相。

顾恺之画龙，点睛后，龙就要飞；画得好的人像肯定是一个活生生的人站在你面前，你可以和他交流，他有话要告诉你，你也有话想讲给他听。

画人有两种，一种是画人之肖像，一种是画人之世相。田华画人，着力处更在于后者。肖像画他也偶作，不求形似，但求神像。

他曾送我一幅肖像画，名为"诗在眸中"。隐约画的是我，我挂在书房，我母亲就连连说，把我画老了，不像。我却常凝视那幅画，看那个人，越看越像内心中的自己。那一双黑白分明的眼睛，透露出的清澈锐利光芒，恰恰是我的诗歌希望达到的。

前几日又看到他画室里挂的一幅肖像画，一个中年男人的半

身像，眉头紧锁，目光黯淡而略显忧郁，脸面黝黑瘦削，脖子微缩。我也不知他画的是谁，像常去他画室的某位朋友，却又不是。他肯定不是某一个具体的人。但这幅肖像画也给我留下了很深的印象。我很难回忆起一张人脸，却对这幅画上的脸过目不忘。一个中年男人，肯定不是那么春风得意，却对这一次性的人生无可奈何。麻木不仁，又若有所思。

田华的人物画更多的是画世相。这和他相对外向的个性有关。以我的观察，田华一年的时间基本上分为三块：外出写生、闭门画画、亲自下厨款待八方宾客。他不是一个书斋里的画家，而是一个普通生活中的画家。因此市井人生是他人物画较多的主题。在中国古代人物画代表《韩熙载夜宴图》和《清明上河图》中，田华更爱的应该是后者。但他又极少长卷表现，只择取某个局部。比如集市上的"大甩卖"，无聊之民众的"看稀奇"，江汉平原冬天老农们挖藕的场景，贫寒女学童的哭泣……这些人物画取材于田华日常生活所见，其表现形式也是基本写实。这都是田华所要留存下来的当代世相。很多年前，我在一篇文章中说过："眼前之物即心中之思。"作为画家的田华，这话用在他身上更契合。田华是个有善心又有血性的人，他要画的也正是他所关心之人事。而这些世相又都会指向一个问题，即生而为人，又如何？

这真的是一个永恒又没有唯一答案甚至无解的问题。在西方文化传统中，人取得过尊崇的位置。古希腊普罗泰戈拉说："人是万物的尺度。"人之所以如此，是因为人有思想和道德。柏拉图说："思想永远是宇宙的统治者。"康德说："世界上有两件东西能震撼人们的心灵：一件是我们心中崇高的道德标准；另一件是我们头顶上灿烂的星空。"在中国，除道家外，人的位置也很高。儒家说：仁者，爱人。佛家把"人道"归为"三善道"之中。尽管如此，人直接面对的往往并不是非人类带来的问题，而是他人带来的问题。我们常常记得卢梭说过的一句话：人生来自由。却忘了他紧接这句话的后面一句是：却无不在枷锁中。生而为人，又如何呢？大到国家、民族、种类区别不说，小到身份、地位、财富、身体、年龄区别所带来的不公平和痛苦又何其少过！所以田华画世相，他也不给答案，也给不了答案。但每幅这样的画至少于我看来，是在提问：生而为人，又如何？当然，我也回答不出。于是徘徊之中，就会把注意力放在田华最珍爱的一幅人物画上，这就是他先前命名"师父"，现在命名"长春观"的画。但我还是喜欢称这幅画为"师父"。

《师父》一画，是田华近几年来最用心血的画。没有之一。它今年还去北京参加过一个有影响力的国际双年展。画的是田华青年时对他人生有过极重要影响的师父在长春观门外扫落叶的情景。应该是深秋或初冬，师父戴黑色道帽，着深蓝色道袍，执长柄扫帚，正对着门，露出清瘦的背影。十多年前，我写过一首打油诗，给我的精神导师张志扬先生的："一生不入门，只扫门前叶，春夏复秋冬，风声失而得。"最早看的张老师的著作就是他的《门——一个不得门而入者的思想记录》，对"不得门而入"印象极深。待我看了田华的画《师父》后，非常惊异，他画的不正是我诗中想象的最崇敬的高人形象吗？那人德高望重，却在门外而不入门；那人思想深邃，早把红尘看破，却做了一个扫地的清洁工；那人也不露尊容供世人瞻仰，只随夜色慢慢隐去背影；那人温和良善，轻言絮语，不惊动风。

长春观建于元代，为丘处机门徒所建，以纪念道教全真派北七真之一，龙门宗的创始人丘处机。丘处机号长春子，在元军南下时有"一言止杀"而济世救民之功德。田华少年时有幸和长春观的王道长有缘，并拜之为师父。师父并没有教他多少道家的知识，却教了他许多为人的道理。这些故事在田华为《师父》所写的《作品创作故事》里都有详细记载。看了这些故事，再来看《师父》，便有种感觉：《师父》是田华人物画的起点，也是归宿。田华早想画的人是他师父，但他一直没有动笔。他以从师父处得到的善心慧理观世相、画世相，把笔触停留在那些普通平凡的人身上，又最后归结于师父无声的背影中。

听说《师父》有美术馆要收藏，却被田华五岁的稚子拦阻：爸爸，这幅画给我。田华当然要把它留着传家。师父离田华而去已多年，但田华心中总是住着师父。现在这幅画完成后，师父就永在画上不再离去了。是的，没有人能回答"生而为人，又当如何"的问题，但师父仿佛时时刻刻用背影告诉田华：生而为人，你又以为能如何呢？

"生而为人，又如何为人"，师父肯定对田华有过交代。

酝酿情怀，滋生风骨

——在三个地方读黄斌诗歌

到新店去

　　黄斌这几年的诗气象盛大，我不仅仅是作为朋友由衷喜爱与推崇，也是作为一个诗读者，从他的诗里读到了现代新诗少有的新的内质而感到振奋。我欣赏的诗歌里都有着旺盛而持久的生命力。但黄斌还没有多少诗名，很多人发现不了他的诗。这于我其实是一幸事。至少没有他人来影响我自己个人的判断。最初，我被他诗中的中国士大夫式的文人气所吸引，这来源于他从小练书法，读古文所致。对于中国哲学中的"心""理"二字濡染颇深，又有一时期受禅的影响。这类诗从大学一直写到现在，他于此甚有自得的。如他少年时（1988 年）有一诗名《禅意》这样写道：

　　　　就是那片
　　　　在斜坡上的
　　　　黄黄的叶子

　　　　阳光来了
　　　　它就辉煌
　　　　风要来了
　　　　它就响

　　还有同时期一组《中国意象》的诗，分别以"水""云"

"树""声""石""菊""天""叶""光"等极具中国色彩的几个词为名。

这种更偏于理性的自然，的确是那时黄斌诗歌独有的气质。他的自然是干的，我感觉它就是风干的叶子，纹理尚存，少了润湿。很多人不喜读的。这类诗发展到后来，少年终于老成，"理"中加了"事"，变成事理俱全的诗。偶游古地，必访名胜，写了一些记游诗，如《麻城柏子塔下》《谒大师黄侃之墓》之类。事与理（情）相融，已是让人可触可感了。

以上是黄斌的诗的一个方面，有着一个古文人的遗韵，却构成了黄斌情怀的根本。

而我到新店，是为了解开黄斌诗歌中的另一面目的根结。他诗歌的另一面目恰是与前种面目相对的现代性。这一点不仅仅反映在他的诗歌中，更反映在他的随笔《老拍的言说》以及他对老武汉的研究中，特别是对张之洞以及张时期的武汉的研究。

我们有很多要么复古、要么洋化者，而黄斌却是以一个古文人的面目进行着现代性的思考，这是极其难得也是我认为的极具意义的。

黄斌写过一首名《我的诗学地理》的诗。这份地理其实是楚文化涉及之地。黄斌是楚人，对楚文化有着血缘般深厚的认同。这份地理我认为只是黄斌的前一种诗歌的地理、心灵的地理。并不是现实的地理。在全球化时代，距离不是问题时，地理已经是很不重要的一个词了。在现实中，边界已经消除。只有在心灵中，它还存在，还得到认同。因此对于黄斌的"诗学地理"，我姑妄听之，不予置评。

但他的人生地理却只有三个：新店镇，蒲圻县（现赤壁市），武汉市。新店镇，是他的出生地，他十岁前俱在此度过。我以为新店具有他的母亲色彩；蒲圻县是他的青少年成长之地，不可避免地带有他的父亲风格；武汉市是他走向人生成年的地方，延伸成他自己的面貌。

作为一个生活在现代化进程中的现代人，黄斌的个人地理在他诗歌中的反映是很突出的。比如说对于新店，我所记得最有印象的就是《新店》《回乡》《敬惜字纸》（这是黄斌纪念他母亲的一首诗，我情愿把它归于写新店的诗中，是因为他母亲对于他的影响发生在新店）等。最近的还有一首长诗《1932 至 1938 年的新店镇》，写了一个最辉煌、最全面、最本质的新店。写蒲圻的就更多了，著名的有《冰棺里的父亲》（道理同《敬惜字纸》一样）《蒲圻县搬运站》《四面相》等。写武汉的则有《武昌城曾经的月光》《江城五月落杨花》（这两首诗写的是极具历史纵深感的武汉，是一个具有中国古老诗意的武汉，把武汉放在了一个更大的中国传统中来看待，其眼光的独到是极其少有的。在很多人包括武汉人自己看来，武汉只是像池莉的小说所写的那样只有市民气。我认为黄斌写武汉的诗是一种突破。近年来武汉人钱省写了一些反映二十世纪六七十年代风貌的武汉，和黄斌的正好构成一种补充）《我知道的中国内地的明清商埠》（这首诗并不是独写武汉，但以武汉为核心，已写到武汉的近代了）《教堂抑或汉口车站路神曲酒吧》（这已经让武汉从近代到现代了），在随后的《日常之诗或在全球化时代如何做一个中国诗人》包括《小区回家的路之左右》里，黄斌已经摆脱了他的个人地理影子，把时空融入一身体中，完成了他诗歌中的现代性面目。

而这源头或许就在新店。

暮春三月，草长莺飞。这是古人的说法，表达的是春天出门所见的一种欣欣向荣的气象。现在，在高速公路上，自然看不到此种气象了。但这丝毫不妨碍我和我的朋友钱省、张良明、武小西一起随同黄斌到新店去。

往新店去的路上，我们听着巴赫的音乐。最初我的耳朵极不适应。本能的血液的排斥。感觉像薄而硬的玻璃片，一时无法与我脚下的土地融为一体。待下了高速，车子颠簸在通往乡镇的县级公路上，速度慢了下来，两旁暮春的白杨树挺拔着身子摇晃而过，大家都有一种荡漾在德国乡村的感觉。其实谁也没有去过德国，武小西认为和美国的乡村感觉倒是一样的。那我也就相信现在中国的农村在巴赫的音乐下也和国际接轨了。新店镇名被镌刻在半空中，什么字体听黄斌说过现在忘了，古意盎然，只是突兀在县级公路上，离镇子也还有一里路的样子，显得很孤单。但我们还是为之一振，毕竟马上就要到达黄斌的出生地，他的诗歌中反复出现的意象——新店了。

> 新店镇在老武昌府蒲圻县的最南端
>
> 隔着一条五十米左右的蟠河
>
> 与老岳州府临湘县的坦渡乡相邻
>
> 一条石桥连接起两岸
>
> 从坦渡隔河看新店
>
> 有五处宽达十多米的石码头
>
> 在近两百米的距离内几百级石阶一级级伸进水里
>
> 岸上是蜿蜒的石板街
>
> 街面立着从前的商号沿河沿街延伸数千米
>
> 商号门面窄小每两家共用一堵青砖墙

但里面很深通常有三个天井

门面做生意接着是库房后房住人

最后是小园子可能是花园也可能是菜园

新店是典型的中国式内陆商埠

这样完整的内陆商埠在中国已经不多了

但新店显然是后来才取的名字

当初它肯定荒芜无名

后来它还有一个绰号叫小汉口

建镇的历史最多不过五百年

但这是我的生身之地

我至今所有的生活

都被这个崛起后又萧条下来的商埠牵引着

——黄斌《新店》

关于新店的描述，黄斌在《新店》诗中已经写得很详尽了。现在简洁地说，这是一个"崛起后又萧条下来的商埠"。它的崛起显然与流经它的五十米宽的蟠河有关。在古代，非机动车的时代，水路是最方便、最经济的运输方式。即使在现在，沿海沿河地带也是经济发达地区。更何况新店还处于湘鄂两省交界之地。何谓"经济"，"经世济人"也。而经世济人，最离不了的是"交通"。物质在河的上下游运送传播，在新店上岸，顺着"蜿蜒的石板街"流通四方。而在古代它所运送的不外乎是轻便价高的茶叶和手工制品：

新店镇是羊楼洞和汉口之间的物流中转站

江西的漆油料木材瓷器和羊楼洞的帽儿茶

旱路用鸡公车走官道水路装船到新店

一起在新店歇脚再装船

经蟠河到黄盖湖再入长江到汉口

——黄斌《新店》

可以这样说,五百年来,新店就已经有了较其他乡镇更为开阔的视野和包容的心怀。这两者是现代性的基础。

我们五人在新店的青石板街道上徜徉观赏。两旁的建筑现在已经很混乱。老式的、新式的,木质的、钢筋水泥的,都有。只有青石板街没有变化,它的下面是排水沟,青石板街最终通向的地方也是河岸。

商铺仍在,但里面出入的不外乎老人和小孩,几乎看不到青年人。顾客极少,游动的好像只有我们这几位远方来的人。所卖物品也没有什么奇特之处,和现在任何一个农村的小卖部相同。的确是"萧条下来"了。比较清苦的是,这萧条的原因恰是现代化的结果,工业文明的发达已经抛弃了依托自然优势发展起来的内陆商埠,因为工业文明明显地伤及了自然。比如蟠河。

黄斌带我们来到了蟠河边。五十米宽的河道,现在已经不足三十米。岸边堆满了污浊的垃圾,白色垃圾最为显目。一条木船搁浅在河中心,船主人正下河站在水中把它推向遗弃的码头停泊。水深不及膝了。"新店镇搬运小组"的老房子正在河岸边的码头上,青砖门楣上刻着的繁体字"新店镇搬运小组"已被风雨洗白,流露出一个时代的沧桑。

萧条只是新店的。但这并不重要。对于黄斌而言,曾经的繁荣也只是存在于他奶奶的记忆中:

奶奶说我从洪山洞口嫁到你们黄家

嫁妆用的瓷器全是在景德镇定做的

上面全部烧制了我的名字

——《新店》

黄斌的童年记忆更深的却是这些：

但我是快乐的

四季全是快乐的

镇上的北边山上遍植桃梨

春天红得像火白得像雪

有野猕猴桃可吃桃梨可吃

夏天有各种瓜果可吃

秋天有薯片花生柿子可吃

除了米饭不好吃

没什么不好吃

我在石板街上走着可以随便钻到一家人的屋里

看屋顶的亮瓦漏下阳光的光柱

光柱中的灰尘不停地滚动

我可以在河边看水看柳看小船上并排立着黑色的鹭鸶

我觉得快乐

我喜欢青砖下的蜈蚣

天井里的绿苔墙角的蛛网

喜欢在雨天听到街上比雨点更密集的木屐的声音

喜欢每天天一亮

听到广播里播出的《东方红》乐曲中最前面的那三个音符

东方红

我十岁前一直在新店镇生活

认识了青砖上刻着的汉字

…………

——《新店》

也就是说，在黄斌的童年时代，新店的萧条并不重要。因为自然还在，新店发展的依托还在。

它就是一个被完全的农业包围着的商埠。起源于自然，同承中国文化血脉，用古老的象形字书写着它的一段商业历史，在植物的气息中塑造着它独有的文明，我称它为古老的现代性。

我们过桥到新店对岸的湖南临湘县的坦渡乡去看了看。尽管一座桥就五十米左右距离，却可以明显地看出两个世界。我很明显地感受到了异乡的味道以及真正的田野的味道。而在新店我感受的还是城市的气息。是人和商品的集合体所发出的令人紧张窒闷的气息。坦渡乡在黄斌看来是他少年的神秘他乡和后花园。五十米之外由于行政区划和长期历史熏陶下的潜意识影响可以使黄斌更早地体会到政治的意味。政治在此作为一种对自然的隔绝本质显露鲜明。但坦渡乡的人们依然会来新店镇采购商品，经济没有界限，它好像更为自然。在新店，经济与自然就紧紧地结合在一起了。在黄斌的诗里，黄斌用得更多的词不是经济，而是"资本"。因为经济的发展到后来，就可能是一种纯粹的数字游戏，资本来资本去，是 CPI、GDP 等。

在新店，黄斌所过的十年除了体会着新店的自然、经济之外，还有一个最重要的东西和他的母亲有关。在《敬惜字纸》一诗中，黄斌给我们描述了这样一位母亲：

我的母亲是个教师

别人都叫她但老师但是的但

她用她的爱情教出我的生命之后

用七十年代的缝纫机给我做衣服

给我做饭还骂我是喂不饱的猪

我一直没有注意到母亲还是个会写字的女人

直到我看到她在煤油灯下写信

把一个乡村小学的夜写得油尽灯枯

就这样我顺便爱上了写字

母亲说那是书法

——《敬惜字纸》

这个母亲会写字，会写情书，会持家务，会说"书法"二字。这个母亲可以说是中国汉字文化的化身，是"美的"，是"生命与爱"！

而我练过多年的书法

只是给她用白布写了篇祭文

和她一起进入焚尸炉

我看到炉顶的烟子冒了出来

像永字八法那样最先冒出一个点来

我就知道母亲已经活到汉字里去了

所以我相信汉字一定是美的最少曾经很美

我想让每一个汉字回到她的过去——生命和爱

直到我自己也在汉字里存活

——《敬惜字纸》

至此，我在新店，应该说找到了黄斌诗中现代性的源头，但这种现代性绝对不是单一的与古老的传统割裂开来的现代性。它建立在自然、经济和文化的基础之上，然后锻造出黄斌丰满的人性，构成黄斌诗歌的风骨，使黄斌的诗贴切于这个时代和传统，格外丰富，鲜活，又隽永。

在《新店》一诗的最后，黄斌是这样说的：

> 但新店让我看到灰色的东西就有反应
> 让我喜欢石头砖头喜欢水墨
> 喜欢水和码头
> 甚至码头上曾经发生的所有由商品经济发展出来的罪恶
> 另外还有新店这个名字是我喜欢的
> 它让我知道再旧的东西它也可以叫作新的和就是新的

我们从哪里来的，还得回到哪里去。但回去的那里肯定不是曾经的那里了。它可能是新的，而实质上也是旧的。因为"再旧的东西它也可以叫作新的或就是新的"。

离开新店后，我们顺便看了看武赤壁。浩渺的江水一往无前地向东流淌，把曾经的风云远远地抛在后面。对于黄斌而言，离开新店后，他带着母亲的乳汁到了蒲圻县城。他的人生和诗歌到了第二阶段——英雄父亲的阶段。当然这有点戏说了。但我情愿认为它有着更多的真实。因为从蒲圻到武汉后，一个人体的人——诗人黄斌诞生了。

到蒲圻去

黄斌的诗作从新店始，到蒲圻，再到武汉，大略是一种"忆录"体。

黄斌的诗歌极少抒情，他不习惯于用感叹词；他也不善于描写，不习惯于用形容词。干练，直接，每个句子都像有骨头的硬度。这可能和他作为一个报人有关，也可能和他写毛笔字有关。中国的水墨写不出多少色彩来。但写蒲圻的诗不是记录，而是我所谓的"忆录"。

记录得强调现时性和在场感。和真实面对面，不及思考和选择。这样的诗要情感的爆发力足够大才可能成就。比如说一些地震诗，政治应景诗，好的极少，因为少有诗人具有天才性的情感爆发力。黄斌也写一些记录诗、现场诗，但他因了一种对诗歌写作的随意和放下的态度，并不计较其诗的好坏，多由读者去遴选，所以不妨碍他的"忆录"一体诗歌的成就。

忆录，顾名思义，是一种回忆中的记录。而回忆从来与想象是孪生子，回忆中又隐藏了极深的情愫，再加上回忆中不可缺失的价值判断，便使黄斌写新店以及蒲圻时在表面写实的诗歌上掩饰不住内在透露出的圆润光芒。

蒲圻在黄斌的回忆中不仅仅是他少年生活的地方，更是一个以政治为中心的时代的象征。写他的少年生活以《山下的招待所》为代表。这首诗亲切，但松散，无力度，更散文化，这也是很多人对黄斌诗的诟病。我们可以不追究。而把蒲圻作为一个时代的象征来写的诗就是一种庄严了。比如《四面相》，一个体；比如《蒲圻县搬运站》，一个面；比如《冰棺里的父亲》，一个点。后两首无疑是黄斌整个诗歌中的代表之一。

《四面相》写了一种建筑：

> 四面相是一座很有特点的现代建筑
> 是"文革"期间湖北省蒲圻县的中心和标志
> 它矗立在一个丁字路口
> 从东南西北四个方向看过去
> 都是一座巍峨的丰碑

这的确是一种现代建筑，"由大理石和水泥构成"。却有着中国几千年的某种精神特质：王道以及由王道带来的集权。黄斌把自己对那个时代的认识记刻在这个"四面相"上：

> 每一面上面都是水泥铸成的毛主席语录
> 我记得朝东向的上面是——"路线是个纲，纲举目张"。
> 逗号和句号也占有一个字的空间文字竖排
> 还记得另一面上写的是——"千万不要忘记阶级斗争！"
> 我记忆中的"文革"是水泥的
> 感觉就像四面相的主体摸上去满手是水泥凝固后的粗糙
>   有些扎手
> 但又像四面相底座上串起的铁链光滑冰凉
> 我无意在今天解读四面相这个现代建筑所展示的空间
>   策略

当年站在四面相上

我看到丘陵湖泊古老的城墙和房屋

从八个方向朝着四面相匍匐

太阳月亮和星辰围绕着它

升起然后落下

这我生活和成长于其中的那个年代

那整整十年的夜与昼

一个中国县城矗立着的精神四面体

——《四面相》

黄斌的忆录表面上看来是不动声色的。但"我记忆中的'文革'是水泥的",这句话是只有作为诗人的黄斌才可能说出来的。这种纯感性的"忆录"在任何时候都是诗性十足。这句诗在我看来也是所有写"文革"的诗中最好的一句。《四面相》本身以一个具体物来写一个抽象的时代已经是准确到位又高明万分了的,而不经意中的一句"我记忆中的'文革'是水泥的",让多少人可以触动灵光,激发情感啊。

黄斌在蒲圻生活时,"文革"已经结束了。但四面相一直保存在彻底否定"文革"前才被毁掉。

一个个体在四面相被毁掉的同时不存在了,但无数个个体还没有诞生。那个集体才是八十年代的主角。政治让位于经济和集体的生活。在一个集体下是按捺不住的躁动和莫名其妙的温暖。

这个集体就活在黄斌的《蒲圻县搬运站》里。

这是诗篇的开首:

蒲圻县搬运站不过是我心中的某个地方

甚至可以说它是虚拟的　没有

存在过的时间为 1976 年到 1985 年

显然这段时间不过是一堆撕去了的旧日历

再也找不回来了

我即将讲述的搬运站也几乎没什么人可以

为我作证　我只能安于我的孤立

讲我以为如此的真实的故事

有如追忆一个刚做完不久的梦

只能抓住一些印象的鳞爪

　　黄斌在这里已经声明他是"忆录"了。"蒲圻县搬运站不过是我心中的某个地方/甚至可以说它是虚拟的　没有/存在过的"。我非常理解黄斌这样说的理由和心情。这次蒲圻之行，我们先到新店，新店还能看到一点昔日岁月的影子。再到蒲圻，首先看的就是蒲圻县搬运站。但它只留下部分空洞的建筑——大礼堂和一些集体宿舍。它在周围时尚的深处，旁边坐着闲闲散散的无用的人。我们是陌生而奇特的一群，像穿越小说中的人物，从一个新时代到了一个旧时代。时间在那幢破旧的建筑物上如夕照一般迟缓而短暂地停留。这就是黄斌心中的某个地方。它不在了，和我们所经历的任何生活影像一样，毫不留情地不在了。诗人宁愿它是虚拟的，没有存在过的，因为他的内心中是有着很深的伤痛与惋惜的。过去的时光，过去的鲜活的时光，宁愿它从不曾存在过，也不愿知道它是不在了。失去了那段集体的岁月，诗人"只能安于"他的"孤立"。
　　这是结尾：

记得有一次放学走到大礼堂和家之间正开始下大雨

我站在大礼堂的屋檐下

看着那些雨水毫无节制地喷泻而下

分不清雨线和雨滴在空间中飞舞扯动

像一种摧毁的力量在砸碎这个我生活了多年的地方

我站在屋檐下

像度过了在搬运站中最漫长的一天

这风雨让我感受到的也一如我那十年在搬运站感受到的

当时我数不清楚那些具体有力的雨线和雨滴

    我有时把《蒲圻县搬运站》看作一篇大乐章。它的序曲和尾声都是舒缓而动人的。而中间是奔腾而欢闹的。以雨的意象作为整个诗篇的结束可称完美。雨—水。这是中国特质的意象。水是时间，是生命，是道德。是生成和毁灭之物。一切时代都将被这雨水冲刷尽净。然后变成时间的洪流，滚滚东逝。而黄斌在岸边站住了。

    这样我也把《蒲圻县搬运站》看作一条大河。开头和结尾是芳草萋萋的两岸。中间是混浊的河流。这河流里充满了鱼虾、水草、微生物，这河流泥沙俱下。

    青年学者柯小刚在读了《蒲圻县搬运站》后这样感慨道：

      劈头盖脸的词与物啊，无法抵抗地回到了自己童年时代，那个毛邓交接的初级阶段，带着各种苏联的美国的但又都是地道农村的碎片。

      我不知道如果不是在那段时间，"1976年到1985年"，不是在湖北村镇长大的孩子，能否像我这样凑巧也是在相似的时间和地点长大的孩子一样，从这首诗歌/散文/小说中感觉到劈头盖脸的密度。我想也许是可以的，这首诗写得何尝不是所有的时代所有的地方所有的童年？艺术总是这样奇特，让人迷惑不解：越是细节的就越是大体的，越是丰富的就越是概括的，越是写实的就越是象征的，越是个人的就越是共享的……

《蒲圻县搬运站》到底写了些什么呢，在这长达212行的诗歌（我还是当它是首诗歌，因为有着绝对诗歌的开头和结尾）里？我想不如问：那个真实的蒲圻搬运站里到底发生了什么？那里的人物有着怎样的生活？那个时代又是如何的一种组成？——它的声音，它的色彩，它的欢乐，它的悲伤。

我不想在此复述这首诗。这首诗的存在本身就是活的，会自己说话的。读者不如自己跳进这条河流里去体会。

这首诗可以说是黄斌目前为止关于蒲圻的最后一首诗。它好像耗尽了黄斌对于蒲圻的所有情感和回忆。在以后的日子里，再也无法积聚起来，他所能忆录的也到此为止了罢，《蒲圻县搬运站》可能是黄斌诗歌的"四面相"。

童年时，人关注两类事物：遥远的天空和细小的草木鱼虫。培育想象力和感受力。黄斌的新店诗里有着这种特征。少许成年时，人只关心人了。人的内部和外部。内部关乎身体的秘密和灵魂的所在，外部关乎功名利禄四字，它换个说法是政治、经济等。黄斌的蒲圻诗里有着无数的人。搬运站里占了绝大多数，而最后的一个对黄斌而言更为重要的人是他的父亲。老年时，人就能关注时代变迁，人世更替了。我说的当然只是一种心态。有些诗人一生都在童年状态，有些诗人永远停留在成年阶段，不老。

黄斌现在还没有老，他只是一个成年人。在蒲圻，他还是一个少年人，一个仰望父亲的人。但当他的父亲躺在冰棺里的时候，仰望肯定没有了。他带着平和的心态"忆录"着他的父亲的一生，一个平凡的有趣的聪明的政治的美的父亲。这个和一个时代完全合拍的父亲没有了，也是再也不会出现了的父亲，这个父亲现在是《冰棺里的父亲》：

> 他明显走了冰棺里留下的
> 是一尊雕塑但这没有了生命和灵魂的
> 艺术品依然很美我第一次看到这样的塑像觉得陌生
> 直到这时我才发现它闭合的嘴唇特别完美我相信
> 肯定有很多爱美的女性早于我几十年就发现了这一点
> 那里面流淌出的爱情可能会让她们珍藏一生
> 那一定是天然的男女相悦和伦理家庭没有关系
> 但它现在的安静明显不属于我的父亲
>
> …………
>
> 这个冰棺里的身体是它而不是他
> 冰棺是透明的但并不是说没有障碍
> 它现在就在用一个透明的障碍安静地拒绝我们

父亲理所当然是政治，是威权，是俗世的生存面目，众生相的代表。这首诗和《蒲圻县搬运站》可构成姐妹篇。他父亲是搬运站的一员，但又是黄斌心中的搬运站的灵魂。它们能够配合在一起，却要得力于一个词：文化。它们构成同一种文化。

我认为，是文化把黄斌诗中的三个地点统一起来的。文化，是一种内在的激情。黄斌是一个典型的文化人。他父亲是一个想当文化人而终未成的"文化人"。在生活中，黄斌一旦不文化时就会失控，变得有些粗鲁甚至无用的暴力。为避免此，他很多时候是沉默，特别在谈诗时，与人话不投机，只能失语，哽咽，偶有争而不能辩。一个人时，就选择喝酒，所谓独饮。与对面的虚空交流。而终归还是会回到文化的现实中来。

因为文化，黄斌的诗必然少了趣味。因为文—化原本是极好的东西，"文"化了，有了生动，有了灵气，有了广阔的无所不在。《冰棺里的父亲》也好在这一点。这样写父亲黄斌是第一个。他好像抛弃父亲的象征意味，他把父亲真正复活了，重新变得有血有肉。这里的爱可谓大矣。

有人说黄斌的诗歌太不注重技巧，如果把诗歌的技巧只当作一种语言的技巧的话，我承认，黄斌的语言有时候可称作粗糙笨拙平凡。对于一个不会用形容词，更不会追求"陌生化"效果的诗人而言，黄斌有种最大的诗歌技巧：他懂得选择，懂得对诗歌题材的裁剪。用他常引用的一句话而言就是：技近乎道矣！而大道至简，这简也说的是一种技巧。黄斌把写什么看得比怎么写要重要，把自然本能的叙述看得比雕琢和修饰要重要。对于黄斌而言，诗、人合一最为重要。而合一的工具就是书写。黄斌说："书写，同时挽留了曾经在场和呼唤了可能的在场。"（黄斌《老拍的言说之721》）最近几年来，黄斌迷恋上了这种书写。他试图以书写还原一个蒲圻县搬运站，复活他的父亲。书写本身应该是最大的技巧。它要达到的是为"忆录"。

我们一帮朋友随同黄斌在蒲圻县城（现赤壁市）看了蒲圻县搬运站遗址后，又去看了蒲圻县城的老城区所剩无几的老城墙。都有着一样的唏嘘。我注意到黄斌却是很平静的。但在他1997年写的一首诗《老城区》里我发现了黄斌的眼泪。

黄斌其实是一个情感极深沉的人。像他老家的井水一样深。他的诗歌也是如此，捞到深处，也是会让你有着湿润的眼睛的。最后读他的一首《老城区》吧。它也是属于蒲圻，也属于优美的诗歌。

老城区（写于1997年）

还是从城墙开始吧

城墙外是河　河水

清且涟漪　城墙

全是用条石垒起来的

不像荆州西安或南京大部分用砖

当然城墙早已是面目全非了

但我对城墙所设置的边界

这石质的呵护充满敬畏

如此清晰的舆地

让人联想到清晰的生活

或沉闷的枷锁

解放了城墙当然要拆

但也并不妨碍人们至今

仍称呼它为老城区

老城区多丁字街　据说

是因为蒲圻没有出过状元

我见到过破旧的牌坊有天井的小院

见到过月光把黑瓦的屋顶涂得更黑

我见到过墙角的绿苔　某一个角落

被遗弃的孤零零的石凳

还听见过木门开阖的咿呀声

皮鞋踩在砖地上的嘟嘟声

半夜孩子的哭声和白天

老人当街下棋的噼啪声

这些都是很平常的事情

但有时让我的眼眶里也盈满泪水

现在一个世纪又要结束了

我回到老家

见到经过装修后的商店　餐馆　机关和发廊

书法拙劣的广告牌　大街上

像纸牌般行走的密集的人群

其中不乏涂脂抹粉

而且头发也染成金黄的女孩子

告诉我有关美的最新形象

还有遍地都是的垃圾

我知道这并非出于物质过剩

在大甩卖的喇叭声中

在磁带商的录音机里传出的种马般的嘶鸣中

在录像厅里发出的交欢的喘息声中

我感到人民币的普遍冲动

怎样折磨着包括我在内的

老家的密集的人群

团结就是力量啊

但这情景仍然让我感动

因为我时刻都可以感到

老家充满活力的生命

它的每一个器官都那么深入肺腑

晚上月亮仍然很圆

它照在老家的屋顶

像铺上一层浅浅的霜

我的老家在月下一直很美

她宁静安闲

像母亲的鼻息

给我温暖

在—武汉

不是"在武汉",而是"在—武汉"。在一次"象形"朋友的小聚中,我开玩笑地说,"在—武汉"是说黄斌的"在",钱省的"武汉"。我的意思是说,黄斌与武汉的关联我不认为是必然的。如果他生活在另一个城市,他的诗还是不会与现有的有多少不同。而钱省的武汉是钱省的与生俱来,命中注定,正如新店、蒲圻之于黄斌一样。

所以当我说"在—武汉,读黄斌诗"时,"在"这个词对于黄斌而言是意味深长的。对于深谙哲思的黄斌而言,"在"是他命定的存在,自在。"在—武汉"首先我读成"自在—武汉"。在这里，我说的自在只是一种在的状态。纯粹地说，是一个空间的在。如古老的"在"字的形状：两根十字的木头，旁边有两个小支架，那两个小支架，就表示在那里。这个形状还是黄斌告诉我的。我没有他的古文字知识。这样"在"天生地是和"自"在一起。所谓自在即说没有另一种"在"能替代这一种"在"。那么我要探究的是黄斌的空间的"在"是哪里。武汉又对他的自在意味着什么。

我很注意"在"这个词在《诗经》中出现的第一次：关关雎鸠，在河之洲。它好像是一种标志，也是一种显明。"河之洲"，无非是"江湖之远"。在中国古典诗情中，这是一个最永恒的意象。中国诗人们最习惯于在"河之洲"。哪怕他居庙堂之高，思的也是"江湖之远"。这应该是黄斌的"在"之一吗？

说到这，不妨读一首他不久前的诗：

漫步湖边夕光

我又来了，但夕光是唯一陌生的访客
我朝着与地图相反的方向行走
夕阳在我的右首
我的左边，是一片树林
灰喜鹊在草地上练习立定跳远
值了夜班的狗趴在草地上
睡着了。夕光把它
和它的影子，连在一起
我的右边是一片水域

192

枯荷裸露、或弯曲在湖面

有如建筑工地上裸露的钢筋

黑水鸡和䴙䴘在里面游着

在夕光中，发出叫声像在说话

它们都是我的旧识

甚至可以不需要名称

在夕光中，它们一个个，天天都在这里

不需要隐喻

更不需要象征

　　开篇便是"我又来了"。的确，黄斌工作之余去得最多的地方是武汉的东湖边。东湖偏居武汉东隅，是一个城边湖。湖这边是繁华的大都市。湖那边是郊外，以前居住着一些渔民。他们现在基本上靠小资本经营维生。黄斌的工作单位就在湖这边。这让黄斌有更多时间去湖边而不是去其他地方。在这首诗里，夕光只是他写湖边的不少诗中我认为并不刻意的意象。我在意的是"我又来了"。然后我想，为什么"我又来了"。这里有什么值得他一来又来的呢？我以为，黄斌个人深隐的"在"正通过这首很随意的诗展现出来了。在湖边，黄斌不工作，不作乐，不读书，不写作。他只是看，听，有所思考。表面上无所事事。在湖边，他和这首诗里所出现的所有意象——夕光、灰喜鹊、值了夜班的狗、枯荷、黑水鸡和䴙䴘，甚至建筑工地上裸露的钢筋等一起"在"着。这里正是黄斌所天然趋同的"河之洲"，或"江湖之远"。而那些意象也是都市与自然的完美混合物。我称其为完美，是因为黄斌已然完全地接受了这一切，甚至于爱它们。这也是自在。

　　黄斌在一次谈话中谈到他的修身之道是读庄子。我很理解这一点。苏东坡在黄州也读的是庄子。一直以读《庄子》来修身的人称《庄子》作《南华经》。古人有不少是这样的，今人就很稀有了。黄斌是一个。所以我认为黄斌的空间的"在"正是"在河之洲"的自在。反过来说，"不需要隐喻/更不需要象征"。隐喻和象征应该是文明之在吧？恰恰黄斌正是很反感所谓建设性的城市文明的。

但黄斌不反感文化一词，而且很重视文化的"化"字。《漫步湖边夕光》一诗所显现的也有一个化字。它标示着一种自然转化。而身体的自然也是一种"在"。"它们一个个，天天都在这里"，"天天"都"在"这里。在其所在，有其在的根据。不妄动，自始至终。黄斌像一颗植物的种子，自在地落在武汉，就"在"武汉了。一"在"二十多年。

那么武汉又是如何和黄斌的"在"在一起的呢？且看黄斌诗里武汉的前世今生。

黄斌写武汉的前世的诗当然首推《武昌城曾经的月光》：

老武昌城的城头月光是多么地不平等

照着衙门的多看隔江的汉阳城简直就是乡下

看汉口镇简直就是一堆违章的窝棚

江流幽咽像在吸气

细小的月光闪烁在上面拉扯着百姓无穷多的家常

武昌的月光却有衙门气僧道气书卷气

月光就这样无所事事有了闲

黄鹤楼上一把大火

什么都被烧了个精光

给高处不可及的月亮

那具象又平等的月亮

涂黑眼圈安放充血的铁丝网

再看低处的民间

它不能看得那么美它不能一无障碍

　　这首写老武汉的诗，从月光入手。表面上写武昌，其实把武汉三镇都写了。汉阳城是乡下，汉口镇是一堆违章的窝棚，而武昌是衙门。老武汉是这样复杂的一个构成，工商农官各色人等构成一个封建末期的社会。武汉的荣耀也正在于此。它是属于近代的。武汉的前世中，没有江南的秀美与雅致，来来往往的骚客把这里从来都当作客栈。但这里又有琴台，有黄鹤楼，永远不乏知音。正是寻朋访友的好去处。五祖在黄梅，孟浩然在襄樊（现襄阳），李白在安陆，苏东坡在黄州。他们相当于在老武昌的郊外。由此，老武昌的月光才有那么多气，不仅有衙门气，也有僧道气、书卷气。但归根结底，都是一种生活气。"具象又平等"这种生活气最强大，终于酿成中国近代的巨变，一场天命的变革在老武昌发生。不能不说，中国的现代一词在武汉最落到实处。这便是黄斌心中的"在"所对应的武汉的前世。雅俗共杂，是码头，是江湖，秩序不那么井然，面目不那么庄严，正好身隐。

　　黄斌写武汉今生的诗就很多了。他的博客里比比皆是。你就是单看诗题也可以找出很多来。如《过汉正街团结拉面馆》《小巷热干面》《武汉关的钟声》《读东湖黄鹂路口的广告幕墙》《题特制黄鹤楼酒》《武大樱花记》《过龟山》《汉口江滩的残雪》《武昌南湖花园小区边行走印象》等，但最有影响的是一首较长的诗《日常之诗或在全球化时代如何做一个中国诗人》。这诗题也够长的。就是一般论文的题目也不会有这么长吧。但黄斌偏偏这样命题了。他是真的要在诗中解决一个问题吧？未必。但一旦你把后面的问题：在全球化时代如何做一个中国诗人和前面的"日常"二字联系起来看，就有点意味了。题目中有问题也有了答案。关注日常，才能在现在这样的时代做一个中国诗人。那么整个诗歌无非也就是记录了一个诗人的某次日常生活。

从"日常"二字，我找到了黄斌的"在"之二。所谓时间的"在"。

时间的"在"即"现"在。"已过去"谓"过去"，"将未来"谓"将来"。"现在"即"现""在"。亦即日常。"日常"换一种说法也就是《漫步》一诗里说的"天天都在那里"。日常即天天都一个样。一个人天天都一个样，就"在"了，哪一天他"不在"了，这"样"就变了。它指的是人的一种日常状态。在黄斌的诗里，在就是"日常"。"在—武汉"现在可以读成"日常的武汉"。在前面，我列举了黄斌诗歌中近十个与武汉有关的诗名。我不厌其烦，并不是说那就是黄斌写武汉的诗中比较好的，而是要说明"日常"二字。把黄斌所有写武汉的诗连起来读，你就会读到一个日常的武汉。我想就是一个不会读诗的武汉人看到那些诗也会觉得亲切。黄斌对"日常"二字如此钟爱，以至于我在编一本诗选选他两首代表性的诗时，考虑到"日常"二字过多特意给他一首写新店的集大成之作改了名。那首诗原名就叫《回到1932年至1938年新店镇的日常生活》。黄斌喜欢日常，是因为前面提到了"自在"。"日常"与"自在"正是"在"这枚硬币的两面。不可分割。日常对于黄斌是一种温暖。一首诗名又叫《日常温暖》。

前面说到"现"在亦即日常，但不能说日常即现在。日常是一种常态，它必定包含古今未来。天天都这样，说的是永恒。是一种穿透。如果我们理解了这一点，我们就理解了黄斌的这首《日常之诗或在全球化时代如何做一个中国诗人》：

偶尔在白天走过汉口洞庭街和黎黄陂路

在高大的法国梧桐树边上时不时

看到用火砖围着的老院落拱着欧式尖顶

上面铺着红瓦或花岗岩底墙的灰黄色洋楼

立着一排有凹痕的花岗岩廊柱顶上有着卷花的装饰

有时看到鼓着铜门钉的院门或已锈蚀的生铁黑栅门

看见人家的窗户仍旧是红漆的木百叶窗

顶上是一个完整的半圆甚至伸着弧状的遮阳花布帘

让人不分中西新旧在白天的光线中

老墙上看得到订牛奶的盒子报箱上插着《中国青年报》

　《深圳特区报》

或本地的几家报纸老梧桐树的树干上

挂着一块块还没脱落的树皮

扯在手上像握着同样新旧不辨的时间或历史

有一种色彩斑驳的感觉

我和行人一样穿着时尚

像穿着我们自己的时代

走过新旧不一的门店招牌

甚至记不起这是曾经的殖民之地

晚上和朋友在车站路的神曲

一座天主教堂改装的酒吧里喝啤酒

或者在南京路吴佩孚的帅府（已改装为茶楼）的吴家花

　园喝茶

有如和黑夜一起陷身于汉口的近现代史

但又是以当下最日常的方式

在南京路口还立着一座原日本某银行的大楼

据说是中国最早的后现代建筑　至今

这座大楼上还疏疏地染有一层绿漆

据说是日侨在抗战期间告知日本空军的信号（避免被轰炸）

在江边由北向南依次是日租界德租界法租界俄租界英租界

沿江以前是五码头四码头三码头……

我曾在江边长海大酒店的墙上看到提示牌——

俄顺丰洋行旧址建于 1873 年

迁自湖北蒲圻县羊楼洞系武汉市第一家外资工厂等字样

不觉想到老家老武昌府的蒲圻县和我自己的老家蒲圻县

　新店镇

那里离我的身体很远了虽说有我消失了的童年

由租界继续沿江向南是龙王庙和老汉水码头

是汉水的终点或者说汉水死在了这里

但两江交汇确是天下真正的奇观

江汉汤汤我想到汉水汉字汉族还有韩国的汉江

包括我都是这个天下的一部分

我想就是我在场的这个时空

时时都蕴蓄了无尽的诗意

还有它如阳光般的未来根本看不出色彩

而历史和时间不过就是我白天在租界看到的

事物的那些发黑的部分

积淀着痛爱悲欢或曾经的生命的热量

现在不可避免的清凉黑是它唯一的形式

唯一能被看到的方式

这个所谓的全球在我的生活中如此虚拟

终不如我站在江汉交汇之地

朗诵苏轼《赤壁赋》中的句子西望夏口东望武昌

山川相缪郁乎苍苍

但又想到长江在上海死在海里当然也是活在海里

如此死活并不是一个哈姆莱特式的问题

也不是一个全球化的问题

由此说到中国诗人那不过是一群用汉字写诗的人

这有如汉水虽然死在长江但千百年来仍是汉水

江汉汤汤不捐细流

大海茫茫不辨点滴

苟能点滴于江海

做一个中国诗人

是幸福的

　　这是一首表面悲凉、内心幸福的诗。它所表现的生死达观的境界足以感染它的所有读者。

　　它由老武汉留给现在的武汉的历史遗迹引发的一场对于时空、生死的思考，很好地阐述了黄斌的日常观。"包括我都是这个天下的一部分/我想就是我在场的这个时空/时时都蕴蓄了无尽的诗意""而历史和时间不过就是我白天在租界看到的/事物的那些发黑的部分/积淀着痛爱悲欢或曾经的生命的热量/现在不可避免的清凉黑是它唯一的形式/唯一能被看到的方式"。

　　"我和行人一样穿着时尚/像穿着我们自己的时代"，在古意浓郁的老汉口喝啤酒，喝茶。"陷身于汉口的近现代史""但又是以当下最日常的方式"。日常在这里很不起眼地暴露了一个秘密：面对过去，日常镇定自如（在）。由此，它才能引发诗人上面诸多感慨和下面的感悟："这个所谓的全球在我的生活中如此虚拟""如此死活并不是一个哈姆莱特式的问题/也不是一个全球化的问题"，最终，"做一个中国诗人/是幸福的"。因为如前所述答案：中国诗人是一个关注日常的诗人。

黄斌写武汉的诗可谓最多了。这里不必一一读到了。

至此，我以为的黄斌的"在"就是两点，一是中国一脉相传的文气——自在，一是"一个人天天都一个样"的日常。它偶然地和武汉发生了关联，从此也就再也无法分离。我最后要说的是，"在武汉"的黄斌就是一个常态的诗人黄斌。他工作，生活，读书，写诗，好饮酒，抽烟，一个人漫步。偶尔和朋友交流。他的诗歌从新店到蒲圻再在武汉，关注他个人的历史，血液，所在的土地，和包围他的日常生活。他以一个极其正常的平凡的人的姿态写诗。写出了一个个人。

在这里，我用曾经为《象形 2008》选黄斌的诗写的一个随感作为此文的结束吧：

　　　　黄斌之诗，是天地万物心
　　　　开阔而纵深，细微而博大
　　　　浑然一体，亦轻亦重
　　　　非唯学问能解，非唯情致能悟
　　　　涉及自然，人文，现实，个体
　　　　酝酿情怀，滋生风骨。
　　　　为真诗。

"把诗写在密封的心脏"

——我给雷平阳做编辑

最初的朋友雷平阳

人一辈子总会有些朋友，像我活到知天命之年，新朋友不会再有多少，老朋友也越来越少。但我在老朋友中又有不一定最老却一定最珍惜的朋友，他们被我称为最初的朋友，最能保持初心、纯粹如初的朋友。雷平阳是其中之一。

几个月前，他把他的最新诗集《送流水》电子稿发给我。这是我给他编的第四本诗集了。书上要放他一张照片，他发来一张背靠在北方低矮的天空忧郁仰望的近照，被我当即否定。我对他说，有那么苦大仇深吗？有那么愤怒吗？即使有，有必要在脸上表现出来吗？我不等他反驳便挂了电话，换上了我给他偷拍的一张。那张照片是我们一帮朋友在五祖寺住了一晚上第二天早上步行下山时我给他抓拍的，他满面孩童般略带着羞涩又特别开心的笑，步调轻松从容。这是我印象中本真的雷平阳，从我二十年前认识他，这印象一直保存至今的善良、聪慧、真诚、信义的雷平阳。这个笑容和十多年前他第一本诗集《雷平阳诗选》中的一张照片里的笑容完全一样，像一个复制品。因此，我认定了，"送走流水"后的雷平阳就是这个笑嘻嘻的样子，哪怕他真的做了个"心僧"，也应该是快乐的。但没法子否认，每个人都有着不为人知的痛苦，平阳的痛苦不仅有，也应该不少，这和他的身份有关。从《雷平阳诗选》里的一篇《我为什么歌颂家乡》中可以看出。出身于一个地地道道的农民家庭，整个家族就数他后来最有出息。这种低微的生存背景从根本上说就是痛苦。来自山野，又成长为一个城市的知识分子，受到中西双重文化的教育影响，有一棵大树的根，又长了双天使的翅膀，我思便我苦。一种身份——山野中的知识分子，这是他写作的出发点。从而决定了他所有文本，不论是小说、散文，还是诗歌，都有着大地一样丰富的沉甸甸的生活元素，又有着传统知识分子的悲天悯人和担当的情怀。他几乎没有轻灵、欢喜、浪漫、幽默的作品，他也不会写那样的作品。卡尔唯诺关于未来文学的第一个特点，轻，他就不具备。他读博尔赫斯、卡夫卡，他熟知拉美一大批所谓魔幻现实主义作家作品，但到了他的笔下，魔幻的东西就是现实的，惊心动魄的，很少趣味的。他无趣，却让很多读者不是喜欢，而是爱。

现在，他的最新诗集终于出来了。年轻的诗人、我的同事谈骁抢着去做了责任编辑，让我挂了个策划之名。也罢，"结果自然成"。不妨趁此平阳的光辉岁月，我来讲讲给他做编辑的故事吧。

一声"长途"改命运，两次相晤成弟兄

讲我给雷平阳做编辑的故事，先得讲讲雷平阳做编辑的事。

1998年12月的某一天上午，一个正在二楼给高二学生讲《归园田居》的年轻语文老师被楼下门房李大爷推开教室门喊道："何老师电话，长途！"那是个还没有普及电话的时代，一般一个单位门房有一个电话供人使用。如果是某人的长途电话，肯定是有什么重要的事情发生了，门房师傅一定要通知到本人接听的。何老师交代学生看会书，便匆匆下楼，脑子里飞快地运转，是谁呢？应该不是农村老家的亲人，他们还不知道怎么打电话，也无电话可打。外地的朋友也很少，尽管何老师是个文学爱好者，但并不擅交游，和外地的文友联系最多也是书信往来，收到的信函

最多的都是退稿信。当然也有很薄的用稿信。何老师接起了电话："喂，您好！我是何性松。"话筒里传来一个低哑却让人感到很温馨的不标准的普通话："是沉河吧？我是《大家》杂志的雷平阳，你寄来的散文我准备全部用在明年的第二期，你快给我寄一张四寸的生活照和一封百字内的个人简介来。""好的。"笔名"沉河"的何老师兴奋地挂了电话：长途电话很贵的，何况还有一大群学生等着他上课呢。

　　这个电话的确很重要，它成为一个改变何老师命运的契机。我就是那个何老师。那一天，我刚刚过完三十一岁生日没几天，做一个中学语文老师已八年多了，感觉到自己已进入人生停滞不前的中年。三十而立，而并没有立什么东西，工作上只有照本宣科的无限循环。所幸从大学时代开始写诗，一直坚持着，并结识了几位志同道合的朋友，在当时这个中国最大的市井城市——武汉里生活不至于无聊空虚。1998年夏，武汉的几个诗友在哑君的带领下办了一个诗歌民刊《声样》，参与者有刘洁岷、鲁西西、黄斌、李建春、江雪等一大批当时活跃在湖北的年轻诗人。我把当时写作的被大家一致认可的长诗《河边公园》和一大批写在诗余的小散文随笔放在《声样》里发表。后来，那些散文引起的关注超过了我的诗歌。鲁西西建议我给《大家》的编辑雷平阳投稿。《大家》是当时突然出现的一本非常具有全国影响的文学刊物，它恰逢1989年后中国当代文学的一个中兴时代，主编李巍先生大胆改革，顺应了一股新的文学潮流，大量发表一些具有先锋意识的小说、散文和诗歌，且封面都是一个诺贝尔文学奖获得者的大头像，其显目纯粹的文学立场使全国一大批优秀的中青年作家云集于此。我那些诗不像诗、散文不像散文的小文很少投稿，这次听了鲁西西的建议把一大堆共计四五万字的小文寄给了从来没有听说过名字的雷平阳。一个星期后，接到了雷平阳上文所说的电话。三个月后，收到了《大家》1999 年第二期的样刊。没有全部发，发了一半，二万多字，总题目叫《游戏之梦》。我在照相馆正襟危坐的大幅照片和没有几个字的简介赫然占了半页纸。又过了两个月，一张二千三百多元的稿费单引起了全校的轰动。那时我的工资一个月不到一千元。那期《大家》给我带来的影响巨大。很多认识的朋友重新认识了我，已到《长江文艺》去打工的鲁西西也几次向我约稿推荐，可惜，还是没有受到那个本地权威刊物的待见。但第二年《人民文学》的编辑陈永春先生又从北大的研究生学刊上看到了我的散文并编发了一组《几种手工》发表。百花文艺出版社的总编谢大光先生看到了这两组散文后也很喜欢，专门推荐《我的手工》到《散文选刊》并写了几百字的小评，把《游戏之梦》也收入了他主编的《建国五十周年散文选》里……我的文学上的好运接踵而至，这一切似乎都起源于雷平阳的那个长途电话。

1999 年的 4 月，我在武汉见到了雷平阳本人。他和李巍主编跑到武汉来秘密编辑一套口袋诗集。我记得入选的诗人有臧棣、海男等。云南的设计印刷他们不放心，认为武汉的图书出版水平较为发达，便跑来武汉租住在一个小宾馆里，每天吃着武汉的热干面和大排档，做着他们认为的一件大事。我对雷平阳这个长着一幅农民工模样的兄长有种天然的亲切，马上把他介绍给我在武汉玩得最好的几位朋友，比如钱文亮、黄斌、夏宏。他们轮着请他吃饭，喝酒，聊天，我甚至陪他看了一场云南队和湖北队的足球甲级联赛。武汉的主场。云南红塔山队做梦都没想到还有一个它的球迷来给它加油。尽管我也算一个足球爱好者，但不是一个球迷，我看着旁边的雷平阳一个人孤独地为红塔山叫好时，觉得他有点像堂吉诃德。

期间和程光炜先生有过一个电话，他告诉我正在北京盘锋开一个诗会，诗人们吵架了，争得很厉害。一帮所谓民间诗人和所谓知识分子诗人开仗了。雷平阳听到这个消息后反应很敏锐，马上和李主编商量，在两大阵营中各组了几篇稿子，做一个论战专辑。这是我第一次目睹一个编辑的高效工作。两年后，当我也成为一个出版社编辑时，我的眼前总是闪现出雷平阳当时闪亮的眼睛来。

第二次见到雷平阳是在 2000 年的湖南衡山。吕叶做了个诗会，请了一大帮三十岁左右的诗人借"盘锋论争"的余波去"衡山论剑"。所谓知识分子诗人的大腕们都没去，一帮年轻的"民间"诗人带着刚出炉的"下半身"诗刊让衡山颇为热闹。雷平阳在会场上几乎不发言。晚上，我们一帮朋友在钱文亮的主持下在我居住的房间开了一个小型的会中会。钱文亮才去长江文艺出版社工作，带着他才责编的程光炜先生任主编的一本《时间的钻石之歌》送给大家。其中收录的诗人里当时在衡山的就有雷平阳、鲁西西、哑石和我等。结果，在大会场上不发言的雷平阳在小会上讲起话来就滔滔不绝。我们都是正儿八经地讨论诗学问题，他却是讲他在云南听到的故事，那些神秘的不可思议的故事把我们都吸引住了，一直到第二天黎明都还没有倦意。其实他在谈诗歌。只不过是以我们从没有想到的方式谈诗歌，里面充满了象征和寓言。会后我听录音整理大家的发言大约有五万多字，他的占了一半以上。他的这种思维方式直接决定了他的诗歌写作方式，不到四年，他以这种几乎是"神神道道"地讲故事的方式写诗歌把自己写成了当今最优秀的诗人。当然这是后话。

是的，三十岁左右的雷平阳还不是一个著名的诗人作家，只是一个优秀的期刊编辑，编辑发表了一大批年轻的诗人、散文作者、评论作者的作品；他的写作也主要以一些小说不像小说、散文不像散文的文章为主。是一个从云南昭通跑到昆明的文学打工者，为生计奔波，做文学梦。我小孩都上了幼儿园中班，而比我大一岁多的他还是一个光棍。但雷平阳精力充沛，衡山诗会前，他因某种原因离开了《大家》，又回到了一个国企编一个企业报，还是天天在那个报纸上发些全国一流的诗人作家的作品，不亦乐乎。2003 年他又到《滇池》做编辑，继续保持他的伯乐身份。我们基本上不通电话，保持着较少的书信往来，前些天我找到一张旧纸，上面有我给他写的一篇小文《影子主人雷平阳》的开头：

雷平阳是谁？

他是你的兄弟。说不清，道不明。

同时。他是一个影子主人，这有些来历。

我写过的唯一的故事里有这样一个细节，它说某城来了一队灵魂考察组，结果他们遍寻无获，离开的路上，回头眺望，发现城市里的某个房间飘逸出一丝灵魂的轻烟。那个飘逸出轻烟的房子里居住的就是影子主人。雷平阳是他的城市的影子主人，他统率着云贵高原的山山水水，城市村庄里出没的幽灵，并伸出长长的手来和我相握，到其他的城市和其他兄弟朋友相握。他一共给我寄过三本书：《作家们的作家》（副题为"博尔赫斯谈写作"）、《我们的祖先》、《通往烟雨山的道路》，他常常做这样的事情，把他喜欢的书多买几本，然后把它们送给朋友们，于是博尔赫斯、卡尔维诺代表他给远方的朋友问候。在我看来，那三本书组成他全部的写作，组成他自己。在漫无边际的黑色夜晚里，从天空中飘荡而来到朋友们精神共憩的空间，像博尔赫斯一样，他写作诗歌、散文、小说，用同一的气质格调，叙述与"我们的祖先"的诡秘人性，而他通往烟雨山的写作道路……

我们的通信也是很文青的那种。比如 1999 年年底我写给他的：

老雷：

　　别来无恙。

　　这个夏天，失去了一切想象。还拥有一点温情。在家乡，在音乐中，在陌生的女孩以及一本旧书里。想云南哪。我们都是可怜的人：不可能到过去与未来中，也不可能找到永恒的故乡。因此我既不重视历史，也不向往流浪。或者正好相反。正反我是一个不知道自己是谁的人。所以大脑里想啊想，实际上一派空茫。如果是真正的空茫也好，偏偏又想啊想。想说，又所谓"不到非说不可的时候不说"；想说，又无从表达。于是把自己陷在一个问题里：生活在哪里。

　　在这个世界上，有哪些快乐的人？幸福的人是有的。对于我而言，快乐是属于尘世的，幸福属于天堂。我想，我们都难得享有尘世的快乐，注定去享受天堂的幸福吧。所以当我去年的此时说我幸福时，我是屏住了呼吸啊。仿佛借助于此，可以延缓时间的步伐。

　　但那个根本的问题没解决。不知道哪是真。一切都是假。所以幸福是假，不幸是假。你是虚构的，我是想象的。只有一件是真的：死亡。可谁又见过它呢？当写作变成一种人生活动时，它肯定与我这虚幻的人生无异，是双重的虚幻。这就像这些天来我办公桌前一对男女的调情，公然的调情，是本能的也是目的性的，是可怜的也是可恶的。也许现代给我的唯一一个词就是加缪的"厌恶"。我因美而激动时，也是对它的仇视之时。家乡只存在于遥远时间的探视中，音乐只在孤独的夜深中拥有，陌生的女孩三天后就会变成同一个女孩，同一个女孩是同一种乏味；旧书的气息也不过是过去时间里自己的体息。厌恶。流逝的一切。一切都在流逝……

这一晃都是二十世纪的故事啊，那一代朋友很幸运，他们的交往留下了一些或淡或显的痕迹，每每找到都有一些温暖流过身心。雷平阳的几封书信我应该都收藏在某个安全的角落，他的书法很好，应该是用水性笔写的字，竖排繁体，颇有古风。

《亲人》《母亲》得褒奖，澜沧江水起波澜

命运的神奇性就表现在它的不可想象的转变上。接到平阳那个长途电话后的第三年，我因为文学上的一些成绩在长江文艺出版社唯一的一次对社会人员的招聘中被录取到该社工作。当然这里钱文亮兄的推荐和时任长江社社长的周百义先生的开明起了关键作用。而雷平阳已经从一个活跃的编辑变成了一个勤奋的写作者并开始慢慢引起国内诗坛的关注。我的写作中断了，他的写作开始了一个新阶段。

这个转变可以以 2003 年谢大光先生主编出版的一套"后散文书系"为标志。雷平阳和我都出版了自己的第一本书。他的是《云南黄昏的秩序》，我的是《在细草间》。谢大光先生当时在全

国散文编辑出版界是泰山北斗似的人物。百花文艺出版社不仅编辑着全国最好的散文刊物《散文》，还是中国散文出版重镇，引领着中国散文出版写作潮流。谢先生敏感到一批年轻诗人的散文写作与传统散文有很大的不同，在散文意识和语言方式上更加诗性化，也与当时冠名"新散文"作家如张锐锋、苇岸、祝勇、周晓枫等更加深入细致的散文有区别，因此委托我约几个这类写作的朋友出一套散文书系。名字是我和钱文亮、夏宏等在武汉想的，那时代流行个"后"字，我们便把这套书叫"后散文书系"。我约了雷平阳、黑陶、蒋浩、森子（森子因为某种原因没有加入第一辑，第二辑有他）等。黑陶推荐了汗漫。书是2001年年底约的，一直到2003年元月出现在北京举办的全国最大的书展上。《云南黄昏的秩序》里的一些文章我记得好些在《大家》上发表时就被冠以"跨文体"写作。它们到底是小说还是《世说新语》类笔记真是说不清楚。但可以想见的是，一年后，当雷平阳拿出一批如《杀狗的过程》《存文学讲的故事》等让人过目不忘、触目惊心的诗作时，当时诗歌界的震撼。

我的编辑生涯开始得也比较显目。2001年12月1日到长江社报到，一个月后，第一本自己责编的书出炉。这本顾城《英儿》的女主角"英儿（麦琪）"与诗人刘湛秋的情书集《爱情伊妹儿》在2002年元月的北京图书博览会上引起了轰动，吸引了各大媒体的眼球，包括《南方周末》这样当时顶级的纸媒也派了文化记者拉家渡从广州专程飞到北京采访"英儿"。我针对"英儿"的负面形象，提出的宣传核心点是包容：英儿八年后首次面对北京灿烂阳光。"英儿"也在我的劝说下从澳大利亚回到北京勇敢地接受了中国当时最有影响力的媒体采访。我编辑的第二本书是一武汉高中生胡坚（网名刺小刀）的三个小说合集《愤青时代》。书名是我给他起的，宣传点是胡坚要"出本书上北大"，并把出版研讨会开在了北大门前的一个书店，请了一大批如钱理群、温儒敏、曹文轩等北大老师，以及当时很火的青年学者余杰、孔庆东还有北大研究生诗人胡续冬、姜涛以及诗人尹丽川等。这次图书营销策划很成功，我甚至为此二上中央电视台，胡坚最终也被武汉大学破格录取。作为一个写作者，我觉得自己做起图书宣传来无师自通。当时民营出版界做得很好的也都是一些诗人，如万夏、张小波；现在磨铁文化总裁沈浩波那时也刚刚投身出版界，他同时期做了春树的小说《北京娃娃》也很轰动。这些事情当然也让我和诗歌毫无关系，但和很多诗人建立了联系，因为诗人们有很多在媒体工作或关注媒体文化动向，我的新身份也从此广为人知。

2003 年年底，雷平阳参加完当年的"青春诗会"后交到《诗刊》的一组诗，其中就包括后来广为人知的《亲人》《母亲》《背着母亲上高山》《存文学讲的故事》等，我是在社里的报刊阅览室看到的。当时的感觉至今记忆犹新。雷平阳找到了他自己的诗歌表达方式，冷静的叙事、浓烈的抒情二者融为一体，让人读时震撼，读后难忘。二十世纪九十年代的诗歌兴起过一种叙事性写作的潮流，但叙事性不是叙事，只是借助了小说散文中叙事的技巧，而表达的还是更多隐晦复杂的事实和情感，"知识分子写作"中被人诟病的，这种叙事性首当其冲。而平阳的叙事简明直接，他是真正的叙事，就是小说散文的叙事，因此面目清晰；同时又区别于当年已大兴其时且后来蔚为大观的口语写作。口语写作一般也会喜欢写一件事，但我认为它是讲述，而不是叙事。"讲"自然是口语的，"叙"自然是书面的。这是雷平阳的与众不同之处。其次便是他的抒情，有时浓烈到极致，这当然和他个人性情有关。他是个爱恨分明的人，爱人爱得深，恨人也是一直放不下的。他把情感抒发到不可回旋之地，令人不禁嘘叹。就以那首《亲人》为例："我爱我所寄居的云南省/其他省我都不爱……"到最后直抒："我的爱狭隘偏执。"这就有种情到深处反绝情的味了。让我居然想到了弘一法师最后与他妻子诀别时的话。其妻问法师：什么是爱？法师答：爱是慈悲。法师所言的最大的爱和平阳所言的最小的爱其实是同一的性质。《存文学讲的故事》里写一只八哥和他主人的爱。写得让人"不寒而栗"。平阳的这故事不用去论其真伪，这没有意义，他是不仅把它写真了，更把它写实了，"实情"的"实"。实在的情感，这种情感恰恰是当代中国诗歌中最缺少的。我们写了多少年的假大空的情，现在又写了多少矫情、畸情、无情。因此平阳的这一组诗一下子成为他诗歌写作的里程碑，他从一个文学编辑彻底转变为一个纯粹的诗人。

2004 年的初夏，雷平阳已经进入作协，到了鲁迅文学院去学习。尽管我不属于作协体制中人，但我不介意我的朋友成为体制中人，雷平阳到鲁院能习到什么不重要，重要的是他有了一大段自由的时间与朋友交流和写作。我去北京出差的间隙去看过他一次，其他朋友去北京也会去看看他。我第一次听他唱歌是在鲁院边上的一个小酒馆里，云南民间唱本《柳荫记》里一段《莲花落》。他粗哑的嗓音唱起来很让人动情。唱完后，他一般会露出他经典的笑：腼腆，宽厚。有人意犹未尽，要他再唱一遍，他一般会说"等等等等"，后来基本不会再唱了。唱那伤心。雷平阳是个内心有伤悲的人，由悲而愤，由愤而悯。他从鲁院回去后，一首引起人震撼甚至产生不适感的诗《杀狗的过程》正充分而深刻地表现出这一点。这首诗发表于当时李少君主编的《天涯》杂志上，其以入木三分的笔力描写一只狗对杀它主人的忠诚，至今都让人读后无语。

一场风暴等着他，2005年，他的一首诗《澜沧江在云南兰坪县境内的三十二条支流》在全国引起了广泛讨论。这首相当于照搬于地理书的诗得到的赞扬和批评居然一样多。全诗只有一个"一意"词不属于地理书，它强调着河流的方向：向南。有人说这样搬得好，是最冷的叙事，最深的抒情。有人说这是一首投机取巧的诗，根本不是诗。8月6日《羊城晚报》发了一整版专辑约人写评论文章讨论。客观地说，这首诗谈不上好或不好，但对平阳的影响是很大的，一是让他出了个虚名，二是在随后的鲁迅文学奖评选中，有评委以这首诗为理由在终评时让他止步于十进五。这也是后话了。

我继续着我的畅销书的策划编辑工作，每天的时间都是看编稿、写图书的宣传文稿。一直到2005年，其间，我编辑的书中与诗有关的书除了剑男兄的一本诗集外就是已在北大读博的钱文亮策划的《在北大课堂读诗》。那本书是洪子诚先生在北大开的一堂诗歌细读讨论课的实录，收录了姜涛、胡续冬、周瓒、钱文亮等北大博士的读诗笔记。编此书，我还是受益匪浅的，但也有感喟：我不写诗已多年了！转机出现在2005年夏天，张执浩在湖北洪湖组织召开了一个"平行诗会"，之前我已有了些写诗的冲动，开始捡起搁置已久的诗笔。诗会中，重新和一大帮诗人朋友们喝酒聊诗，冲动之下，答应给多年的老友余笑忠出一本诗集。一想那些年真是一个诗歌出版的低谷，是一个写诗的比读诗的人还多的时代，也是一个羞于谈诗的时代，多少诗人写了几十年诗都到了不惑之年还没法出一本自己的诗集。雷平阳不也是如此吗？因为诗集的确很难给出版社带来利润，甚至会亏钱，而出版社又已经转制为一个纯粹的企业，怎么可能做赔本的生意呢？酒后答应的事也得践诺，幸好规定时间。但心中与诗歌的亲近感又彻底回来了！等我重新关注诗歌时，发现雷平阳又有了爆发，他在《人民文学》上发表的一组以《秋风辞》为代表的短章又一次让他被诗坛瞩目。这些短章情感已收敛节制，叙述却更加随意自如，它们超出日常、平庸的生活，更加带有云南独有的偏远神秘的气息，以至十多年后，在他的最新诗集《送流水》里还能闻到这种气息。

2006 年的春天来了，雷平阳又给我打了一个长途电话，当然那时都已经普及手机了，有什么事随时都可以交流。平阳说，这次华语文学传媒大奖，《秋风辞》本来是很有希望获得的，可惜人家都是一本厚厚的诗集参评，它是一组诗，分量不足啊。谢有顺说还是要出一本诗集。华语文学传媒大奖在当时的青年才俊谢有顺的主持下已经是中国最有威望的民间文学奖，在好多真正的作家诗人心里，是远超过鲁奖的。平阳的话里还是有一些失落。

是时候了，这些朋友们的诗集是应该好好出版了！机缘巧合，长江社换了社长，周百义社长高就出版集团的总编辑，新来的社长让人有些不适应，社里有些不平静。我是个相对的逍遥派，和武汉一帮老朋友做了个《象形》民间诗刊，经常和朋友们在东湖边饮酒谈诗，竟爆发性地写了一百多首诗。社长还是希望团结好编辑开展长江社新局面的，我趁机提出了早有的想法：给当今的实力诗人出一套诗丛。当时，真正有品牌的当代诗丛只有人民文学出版社的"蓝星诗库"，是诗人清平在那儿主持，但出版的诗人基本上是二十世纪八九十年代已成名的诗人如北岛、顾城，一直到王家新、孙文波等。后来基本上停滞不前，因为大多数的诗集实在是不赚钱。人文社那套诗丛以"某某的诗"方式取名，我不敢照搬，便以"某某诗选"为名。尽管，一个诗人的第一本诗集还不适合叫"某某诗选"，但想，我准备选择的诗人都写了二十多年的诗，不"选"下怎么出呢？在当时的情形下，谁又可能出很多本诗集呢？于是，我暗地里拟定了自己的标准：写诗二十年左右，未正规出版过一本诗集，为我心目中的优秀诗人。于是我便全国东西南北中找了五个代表：东杨键、西哑石、南雷平阳、北桑克、中余笑忠。后来听说杨键马上在别的社有一本诗集要出来，于是就近加入了身边的优秀诗人刘洁岷。这里面当然有私心，但自认为这私心也是属公的。因为他们的确是我认为的全国的优秀诗人。方案写出来了，向社长百般鼓动，并许诺可以去申请一些出版资金的资助，社长或许是在我的热情感染下一口气签下了五本合同。现在回过头来看，这是一个正确而重大的决策，它应该是长江诗歌出版中心诞生的基石。

2006年12月，编辑较早的《雷平阳诗选》《余笑忠诗选》终于下厂了。诗集的体例我完全按照经典化的标准精心制定：一个诗丛的出版说明，个人生活照二帧，一份详细的诗人简历，二则诗人的诗观。封面请了社里最优秀的美编精心设计，还在封面上加上了最新工艺烫银，烫银部分我选了一首诗中的一些词放大，它们是我认为的这整本诗集的关键词。这项工作是最难的，我得在整本诗集中翻来覆去地找，最终还居然让我都找到了，如有神助。比如平阳的诗集我找的诗就是《亲人》，把里面的"昭通市""爱""悲悯"等放大，它们就构成了雷平阳诗歌的核心。

《雷平阳诗选》我印了六千册，胆子也够大的！因为当时如果不印六千册，社里根本通不过，六千册是一个保本印数，少于六千册，卖完了也基本上是亏损的。当然最终还是亏损了。这些一线的优秀诗人的诗集没有那么大的市场，做得好，也只有三四千册的量。

这套诗丛的影响力这里就不多说了，一直延续至今，已经成了一个重要的诗歌品牌。《雷平阳诗选》出版后，不仅引起了诗人们的关注，还引起了作家韩少功、贾平凹，评论家李敬泽、谢有顺的推荐。

雷平阳也因《雷平阳诗选》顺理成章地获得了 2006 年的华语传媒文学奖的诗人奖。

颇为波折的是，《雷平阳诗选》和《余笑忠诗选》付梓后，来了一年的社长就离开了长江社，新来的社长对后面的三本诗集不了解情况，不让付梓。后来被我天天软磨，过了大半年他才同意印出。2007 年，我的年终奖金是负数，每本诗集亏了一两万元，我体会到市场的冷酷，但同时也促使我思考诗歌出版的出路。当时的诗歌出版只有两种情况：一种是出版社或政府部门投资，投放到市场上，亏损累累。卖不动的诗集收回仓库化为纸浆。一种是作者自费出版，拉一车书回家，送人，一送送几年。但民营出版商已经很活跃，他们有编辑能力和发行渠道，只需要和出版社合作，取得出版社的书号便可以正规出版各类畅销书。我从这里受到启发，不妨把有出版需求的诗人当成一个书商对待，诗人投资，我出版发行，销售利润与出版社分成，卖不完的书返回作者。这样就顺利地解决了前面两种方式存在的问题。结果诗丛出来后的巨大影响引起了很多诗人对出版的关注，我一律采用以上合作出版的模式，不知不觉，市场上到处是长江文艺出版社出版的当代一线诗人的诗集。

附：一套诗丛的出版随感

今年的冬天到达得很突然，因此感觉到更大的寒意。在这样的一个冬天里，城市的夜比以往要黑，也要冷清许多。我的桌上放着两本诗集：《雷平阳诗选》和《余笑忠诗选》。尽管它们在我心里涌动着巨大的暖意，但与窗外整个世界的寒意相比，还是显得分外单薄啊！

做编辑五年来，这两本书的付梓是最让我欣慰的。因为它们的最终得以出版是最艰难的也是最幸运的。我不知道将来还会不会有这样的事情发生，但至少在目前的出版情形下是不可能再发生了。

是的，一本诗集的正规出版是越来越难了。相对一年二十万新书品种而言，一本正规出版的诗集屈指可数，几以个位数计。当然这不包括那些诗人自己掏钱买书号出版的诗集和选来选去的诗选本。每年会产生大批眼花缭乱的所谓少年作家的大作，却鲜有一本成熟诗人的诗集问世，这种现象我不知道是否中国独有。

诗集的出版为什么这么难呢？一个简单且现实的原因是诗集卖不动。这几乎是事实。但出版的现状却是百分之二十的书养活百分之八十的书。有更多的平庸的小说和种种少儿生活类的图书同样出现大量退货，最终血本无归。只是与诗集不同的是，它们最初在申报选题时不像诗集一目了然似的会亏本而已。于是出版具有了赌博性质，最终所有的出版商都放弃了诗歌。

但细想，这又似乎不仅仅关乎钱的事。一个大老板是很容易掏出几万元给一个诗人出一本很漂亮的诗集的。一个大出版社也不是没有为诗人买单出诗集的实力。一个更重要的问题是：诗集的出版还有什么意义？大老板并不爱诗歌，出版社领导又有多少还喜欢诗歌，读诗歌？他们以己度人，会以为这天下爱诗读诗的人是没有的了。

在今天，没有什么文学体裁像诗歌这样尴尬的了。有的人说自己是诗人，说另一帮也说自己是诗人的人不是诗人；有的人说他看得懂哲学，却看不懂诗歌；有的人说现代诗歌没有存在的必要；有的人认为"梨花体"诗就是诗；有的人要保卫诗歌脱掉了衣服；有的人蔑视诗歌可以把脱了衣服的诗人依法抓起来。谁是诗人？谁在说自己是诗人呢？如果诗人都不存在，又有何诗集出版可言？这仿佛是一个诗歌和诗人没有了尊严的时代。

但现象之下的本质不是这样的：至少我知道云南有个诗人叫雷平阳，武汉有个诗人叫余笑忠，他们和他们的更多的朋友，还在做一个诗人，在尊重诗歌，守护内心，在用诗歌这种古老的声音抒情，一生只为找到世上一直存在而一直被遮蔽的心灵密码而写诗。

为这样的诗人出本诗集是有点意义的。

就在不久前一个媒体朋友问我这些天为什么这么安静？他是说没看我又宣传什么新书了。我说，我出了几本诗集。也问他能不能宣传一下这事。朋友很直接地说，这不是什么大事。我无语了。作为一个出版人，自身也是深以为耻的，因为自己也在制造这些"大事"。也许，有一天，我们的文学史中就充满了这些大事的。因为在报纸网络上铺天盖地都是这样的"大事"了。

一本两本诗集的出版的确是小得不能再小的事了。我就是把我用尽心思出的这两本诗集送人也是没多少人要的。因此，我也做过这样的事：有同事按惯例见我拿了样书就要一本留着，我问她，你看吗？不看就不浪费了吧。是的，这诗集也就印了几千本，我是舍不得送给无关的人的！更不必送给附庸风雅之人。想要的拿钱来，这诗集是有价的。

因为我还想对得起这本诗集的主人。我还想多卖点就可以给他们稿费，也可以继续为更多的诗人出诗集。

是有这样的一个计划：这套所谓的"中国二十一世纪诗丛"马上还要推出《哑石诗选》《桑克诗选》《刘洁岷诗选》，而以后还要推更多的诗人，十个二十个，而且让他们在中国这么大的国土里的每一个经度和纬度都有它们的身影存在。让它们也有可能在某个小书店蒙尘多年突然在某一天被一个少年惊喜地发现。就像并不久远的时代发现过的事情一样。

诗歌永远替世界保留着最美好的东西啊。

大理夏日"美梦"现，平阳鲁奖终得成

2008年5月28日，我第一次到云南。我从昆明长水国际机场出来后，平阳直接把我接到他家里，我见到了他年轻美丽的妻子和三岁娇儿。春风得意的平阳住在翠湖边，工作单位《滇池》杂志社也在附近。雷平阳在2007年再次编发了我的作品，这次是一大组诗，并把当年的"滇池文学奖（诗歌）"评给了我。散文是江苏诗人庞培。汶川大地震刚发生不久，举国上下都在捐钱捐物救灾。奖金我自然捐了。平阳看我来一次云南不容易，和一个朋友开车带我和庞培到大理玩。那时的大理干净、清静。晚上在一个香港人开的一家家庭酒馆喝老板自己泡的玫瑰花酒，酒红艳艳的，香香甜甜，都是一些好朋友，放松地喝，不知不觉喝了几

杯下去，我就知道我已经醉了。这是我有生以来的第二次醉，第一次是大学毕业会餐。大理美丽的夜空我无缘欣赏。我只记得平阳和庞培一边一位扶着我，我像被押送的犯人，嘴里念念叨叨着："我的唐朝在哪里！我的宋朝在哪里！"那两年，我到处宣扬一个观点：二十世纪八十年代是中国一个重要的历史分水岭。大家都在怀念一个文化启蒙的八十年代，我却在怀念一个自然的最后的农耕文明的八十年代。因此，回归中国文化已经是我和朋友们的一种追求，这也是我们办的同人书《象形》名字的由来。平阳在云南还没有太多地感觉到自然文明灭绝的可怕程度，他还在云南的荒山野岭里到处跑，当然他也观察到了自然的不断被破坏，内心的疼痛丝毫不亚于我。他为这些疼痛留下了诗篇，就是他的第二本诗集《云南记》。

还是回到大理。第二天清早，我清醒过来后，一个人在没有什么人烟的街道上瞎转，不远处的洱海闪着蓝幽的光，转头向上是苍山的一道白色的苍凉。与平阳会合后，我们到苍山上的感通寺喝茶。那里曾经是担当和尚住持的地方，平阳最喜欢抄写担当和尚的诗。晚上我们去了双琅镇。离开双琅的路上，绕着洱海车行。喜爱游泳的庞培坚持要在洱海裸泳一次以作纪念。光天化日下，我们三个大男人还是没有脱光，保持了一点底线，在凉飕飕的洱海水中清洗了下身子。用平阳的话说，又弄脏了洱海一点点。

附：受奖辞

尊敬的各位评委，各位朋友：

当我获悉自己得到这个文学奖时，内心里除了喜悦，更多的是不安。因为我知道自己的诗歌是如此渺小、无力，如我的心灵一样只有着仅能照亮自己的某一部分的光亮。它们不应该得到更多的爱和关照，它们在聚光灯似的奖项下只会显得更加苍白。但我还是要感谢尊敬的评委们，是你们注意到了这点光亮，这点个人的微弱光芒。

我很早就向往来看看云南。高中时代读过一本诗集，里面有公刘先生的一篇写云南的诗。诗题不记得了，有哪些句子也不记得了。我记得的是一种感觉。一种对云南的云的感觉。它是轻的，彩色的，极美的。它给我一种关于云南最初的印象，即极美的自然。那是二十世纪八十年代。我的家乡湖北的乡村也有着美的自然，树也是绿的，水也是清的，也有彩云飞过。但现在已没有自然了。这两年，我常常和朋友们在谈论的时候，认为二十世纪八十年代是中国的一个重要的分水岭。在自然环境、民风民俗等方面，很多地区发生了几千年来才有的变化。在八十年代前，我们还能够回到中国的古典诗词里，回到"鸟鸣山更幽"，回到"小桥流水人家"。但之后，特别是现在，水，空气，植物，动物，等等，我们的家园已不是那个天人合一的家园了。当我说回家时，我不知道回到何处去。但我却改不了我的黄皮肤、黑头发，改不了我的象形文字，我的乡音。中国人生成是和自然和谐在一起的。在中国画中，山水画里的人是很小很小的一个黑点，它没有一根草大。仕女画里的女人和花别无二致。在中国的音乐里，是风在吟，鸟在鸣，泉水在呜咽。当我们苦难而幸福的农民几千年来匍匐在大地上时，他黄色的身体就是一片能够生长万物的泥土。可是现在，我们都失去了自己的家园。住在水泥房子里，穿着西装，并不知道上帝是谁。唯有在回忆中，闭上双眼看到月亮，才知道那还是中国的月亮。月光下是古老的中国绵绵不绝的流水。

我并不是一个复古主义者，我只是一个想保留一颗轻灵的中国心的人。我看到狼奔豕突的现代人，一生的追逐就是在大地上占有一个窄小空间时，感到深深的自怜。我的园子到哪里去了？我的八十年代何在？这两年也有很多人在回忆八十年代，在回忆那一个所谓思想启蒙和反思的时代。在回忆曾经得到的所谓建立在西方人文思想上的精神家园。但没有人回忆八十年代我们的自然家园。在某些方面，我也是一个八十年代的受益者。我在那一个西方现代思潮涌动的时代，认识到了个体这个词，也认识到了尊严这个词。我狂热地阅读西方的哲学，文学。我体会着孤独，自由，爱。但八十年代过去了。我们的自然也没有了。没有就没有了吧，可我们热爱自然的诗歌，绘画，音乐也没有了。我觉得我要老了。如果我老了，我要离开这个世界时，我要埋在哪里？陪伴在我身边的会是谁？我想，不会是我曾经喜爱的唯特根斯坦，里尔克。我希望是屈大夫，是陶渊明，是他们指引我到另一个世界。现在我抱着这一种固执的思想在生活：我不再想读任何外国书，不再想看任何一首翻译诗，不再想引用任何一位外国大师的名言。我知道我的这种态度会让我的很多朋友不愉快，但我并不反对其他人去读外国书，看外国诗，引用外国大师的名言。请朋友们理解我个人的偏执。我的偏执只来源于我个人的性格和反省。我只是惊慌地想抓住一块失去植被保护的泥土。那是喂养我，又要埋葬我的泥土。

今天我来到了云南。在十几年里，二十几年里，来到云南是我的梦想。我希望找到那个关于自然的梦。

但我来的不是最好的时机。因为我们的祖国正遭受着大自然带来的创痛。当接到来自云南的邀请时，我的心在悸动，泪在流淌。如果我仅是抱着回归一个梦的目的来到云南，如果我仅是为着寻找一份美丽来到云南，我会深深自责。因为在爱的面前，我宁愿不要自然。我并不能勘破生死，我会为生赞美，为死哀叹。我赞美生存中的爱与善良，我希望每一个平凡的人过完他平安的一生。我的诗歌是无力的，但我希望它是充满爱的，是一颗善良心灵的表达！既然今天我不能拒绝云南朋友们给我的厚爱，我愿意在此朗诵自己一篇给汶川同胞祈福的文字，以答谢所有在我们这块古老大地上互相关心、互相扶助的人们。另外，我想我没有资格拿取这份奖金。我想麻烦评委们代表美丽的云南把它捐给美丽的汶川。再次谢谢大家！

云南一别，再次得到平阳的消息是他劳苦的父亲去世了。"原本山川，极命草木。"悲痛不已的平阳以诗的形式为他的农民父亲写了一个传记。这就是《祭父帖》。为什么叫帖？问过平阳，原来他在这个电脑时代一直是坚持笔墨手写。这是诗作，也是书法作品。《祭父帖》给当年平淡的诗潭投下了一块沉重的石头。尽管这样以强有力的记叙体写悼念父亲的诗在当时中国他不是第一人，比如我们的朋友黄斌在之前就写过一首《冰棺里的父亲》的长诗，但平阳细致绵密的叙述功力他所独具，像一幅灰暗色调的木刻画把他的父亲永远镌刻在一张硕大的木板上。

再次和平阳见面已经是 2009 年 10 月份了。一个月前他把《雷平阳诗选》后的新作请人打出来传到我的电子信箱里。没有目录，他写作也不习惯标注日期。我只能以一个职业的资深编辑身份给他好好整理。整理完后，他正要到武汉附近某地开会，我让他转道武汉看看清样。给他编书是最累同时也是最轻松的。累是他什么都不管，目录也没有，一大堆稿子给你。轻松也是他什么都不管，有什么意见只是轻微地提出，我觉得对，听取；不对，坚持我的意见，他也就放弃争辩。其口头禅是"管他的呢"。所以来看清样是借口，和朋友见面才是正事。那时，我和武汉一帮办《象形》的老朋友正打得火热。我的朋友雷平阳也就是大家的好朋友，几乎每次去玩都是集体出游，访武大，看东湖。最奢华的是黄斌请他到汉口江滩一极隐秘的地方吃了一桌饭，不算酒水，花了六千元。当然黄斌是自费的，他也没有公款。黄斌的豪气历来如此，最初见平阳时，他送平阳一珍藏几十年的羊楼洞砖茶。听说那块茶已价值二十多万元人民币，唉，也不知道平阳是否还留在自己手里。因为平阳也是一个喜欢随手把自己喜爱的东西送人的。清样一页没看，管他的呢。他回到了离开很长时间的家。送他到机场的那天，临别时，一同送别的朋友夏宏说今天是他的生日，弄得平阳恨不得退票再留下来陪夏宏喝场酒。武汉啊，如我把云南当作第二故乡一样，已成为平阳的第二故乡。

两个月后，《云南记》到达了全国各地的诗友手中，比《雷平阳诗选》更为沉甸有力有如云南的高山大水的诗篇引起了轰动。集中的《大江东去帖》《春风咒》《怒江，怒江集》《村庄，村庄集》和《祭父帖》等中型诗中气十足，大气磅礴，才华毕露，让我想到孟夫子的一句："吾善养吾浩然之气。"而一些短章如《光辉》《穷人啃骨头舞》《基诺山上的祷辞》等保持着他在上一本诗集中的风格，只是有了更多节制和神秘。

不仅如此，其朴素到奢华的装帧也引起了许多优秀诗人的喜欢。白纸黑字，平阳自己题写的书名，一个朋友给刻的"云南记"的闲章。精装双封面，里面硬壳上书名只是淡淡地烫金。素雅到极致。诗人柏桦收到书的第一时间就爱不释手，在"今天论坛"对书的装帧和内容连续几天发帖大加赞赏。后来，陈先发、张执浩、余怒出版新诗集都要求采用《云南记》的开本和装帧风格。白纸黑字，朋友们戏称这些书是诗坛的"白皮书"。

《云南记》于2010年获得了"鲁迅文学奖"。我沾他的光，继所编的一部小说刚刚获得"五个一工程奖"后，又获一责编大奖，做诗歌出版的劲头越来越足了。

我是如何看待《云南记》的，我照抄当时为他写的一个编辑手记来说明吧：

《云南记》的意义
——《云南记》编辑手记

我可能是个如此固执地相信意义的人。不仅相信，在判断一部诗集的好与坏时，首先考问的也是它的意义，甚而世俗价值，以及它对于人性的裨益。也许这来源于孔子的教诲：诗言志，思无邪。由之，当我想为雷平阳刚出版的《云南记》写点什么的时候，首先想到的主题词就是"意义"，即《云南记》作为一部诗集在今天这个时代的意义。

两千多年前，有一位诗人行吟于我现在身处的这片大地上，此诗人姓屈名平字原，此地为楚地。那是个混乱的时代，诸侯林立，即将归于一统。比战事更为纷争的是人们的思想。中国前所未有地来了一次思想大爆炸，诸子百家对人世天命都表达了他们各自的"一孔之见"。而偏于一隅，还被称为蛮夷之地的楚国里，大夫屈原却在抒情。两百多年后，秦亡汉兴，一个叫刘向的人整理太平盛世所需歌乐时，才发现自《诗》后，两百多年间，只余了一个诗人屈原，一地诗歌《楚辞》。在今天看来，屈原的伟大几乎是不言而喻的。他开创了一个个体抒情的诗歌时代，他保留了一个独特地域的独特文化。他是柔弱的，伤感的，决绝又优雅的，他以异于他的同时代的文字让战国文明的空气中多了一片清新之气。以至于后人常笼统称他的文字为中国浪漫主义文学之源头。也许"浪漫"的原初只是《楚辞》里那些绚烂至极的诗吧，但屈原却无论如何都称不上今天所谓的"浪漫"之人。我相信那两百多年间，还有更多的诗人在写作，但问题是为什么今天我们只看到了一个屈原，只看到了《楚辞》。我想这只能归于他的宿命，他偏生于楚国，而不在中原。在中原众声喧哗碰撞中，他只听到了自己单调的声音。在中原，没有人去抒情；也没有人去野地、民间自由地跳舞。而在楚国，在那个诞生楚狂、庄子的地方，人们唱的是《凤歌》，游的是逍遥。这就是屈原的宿命，他没有做成一个成功的士大夫，而成为一个不同流合污的千古君子，以一己之力承担了一个时代的诗歌和文字之美。

两千多年后的今天，我看到《云南记》突然就想到了《楚辞》。我感觉到《云南记》在今天的意义就是《楚辞》在战国时代的意义。我知道这话说得是如此之大，每个听到的人本能地会反对。但我还是要说出它来。因为在我个人的意识中，这个时代和战国无异，某种承袭正在黯然消失，众声喧哗，人类在一个更大的被称之为全球的中原上，面对着一个眼见却无能为力的混乱未来。小到诗歌方面而言，也是如此。一个诗歌要打败另一个诗歌，一个气泡要破裂另一个气泡。就这几十年间，所谓诗歌的风云纷涌兴起，诗歌的阴雨也是绵绵不绝。是谁在今天的"楚国"独自默默地吟唱呢？

三年前，编雷平阳的第一部诗集《雷平阳诗选》时想，一个人写了二十年诗歌，也就留下了二百多页的诗作，而真正会流传千古的诗篇又有几首？而探究这又有何意义？那本诗集，标志着雷平阳开始显示出他个人的清晰面目来，但那是一个成长期的面目，少了些黑色素的沉淀和皱纹。尽管那里的一些诗歌得到的好评如潮，但没有到令我惊异的地步。

而《云南记》不同。当雷平阳把这三年的诗作命名为"云南记"一股脑地给我编辑时，我感到面对的是一个混沌，它里面包含着一个新的充满漫长生命的宇宙。我自作主张地为它分了四卷：蓝、流淌、隐身术和尘土。我试图分辨出这里面的天空，大地，风土，人情。我让它成为一个可以让现世人接受的模样，但它的灵魂是断断不许可分开的，哪怕是被一张空白的纸。因为《云南记》是一个血肉相连的整体，它是雷平阳用其只能说是云南的神赋予他的神笔，一笔笔刻制出来的，刻到哪一处，哪一处就活了。就活成了在我们这个世界之外的另一个更为自然，更为人性，更为神秘和美好的世界。我看到过太多没有根据的诗，不知所云的诗，促狭的诗，放大的诗，我已看不到《诗经》，更看不到《楚辞》。但《云南记》让我看到了一个自然而然生长的诗，出自心灵和人世的诗，它无关地域，无关才情，或者说地域才情都不重要，我感觉到的是雷平阳写这些诗时，他的身体在融化，在化为一句句诗行。然后这些诗行又凝结为一体。现代在哪里？全球在哪里？人民在哪里？我在哪里？诗歌又在哪里？

都不在这里。这里只有一团氤氲之气，在云南最高的山上。过多少年后，还在那里。

因为，我看到《云南记》突然就想到了《楚辞》。《楚辞》的香味在两千年后的今天依然芬芳的原因是它就像高山上的雪莲，一个完美的生命，不受外界的渲染。《云南记》也是这样。

写至此，罢了。读一首雷平阳的诗：

光　辉

天上掉下飞鸟，在空中时
已经死了。它们死于飞翔？林中
有很多树，没有长高长直，也死了
它们死于生长？地下有一些田鼠
悄悄地死了，不须埋葬
它们死于无光？人世间
有许多人，死得不明不白
像它们一样

人世间有许多诗，死得不明不白，是否也像它们一样，死于无光？

基诺山上行酒令，滋兰馆里闻茶香

得"鲁迅文学奖"之后的雷平阳已经从《滇池》离开了，调到了省文联文学院。但这个做习惯了编辑的诗人，还是对编刊物情有不舍，当起主编，做了一本《艺术云南》。他擅交友，为人忠厚豪气，可以给这个刊物找到一些资金赞助，也经常组织一些诗人作家到云南采风，大力向朋友们介绍云南的美，做的工作和影响不亚于当地的旅游官员。2013年夏天，我又被他邀请去了西双版纳采风。同去的包括他有十二位诗人作家。我们跑了大半个西双版纳。在几座茶山上喝茶，饮酒。西双版纳人的行酒令很有特点，有的民族叫"射射射射射射"，有的叫"水水水水水水"，弄得一帮文人骚客兴奋不已，我这个不胜酒力的人又醉了一次。

在西双版纳，我最感兴趣的当然不是酒，而是茶。从2009年起，我已经被雷平阳教化成一个普洱茶迷。普洱茶会让人上瘾，越陷越深。茶的瘾于身心是有益的，清澈、香苦、温润的普洱古树生普已经是我唯一的茶饮。这一切当归功于雷平阳。雷平阳是普洱茶专家。他写过最早的普洱茶专著《普洱茶记》，又跑遍了西双版纳的八大古茶山，为它们立传，写了本《天上攸乐》。普洱茶现在在茶界的盛名、地位，和平阳也有较大关系。至少，现在喝普洱的文人们大多和雷平阳脱不了干系。这次，我们在古茶山上喝茶，满山的茶香一直飘向西双版纳透蓝的天空。平阳跑茶山二十多年来乐此不疲。我怀疑他的诗才都是普洱茶仙赋予他的。好的普洱茶先苦后甜，回甘浓郁，平阳的诗正如此。茶，古人造字就已预示人的命运：人在草木间。平阳正是一个自然之子。以此身份再看他的诗，一切便了然了。澜沧江穿过西双版纳全境，平阳也为这条西双版纳和东南亚国家的生命之河流写过无数的诗。其中，最好的是《渡口》。这首可能是他写的最长的诗，以一个守渡的艄公为核心写尽了这人世沧桑。我相信这渡口就是真实存在于澜沧江上的一个渡口，但也是天堂与地狱，今生与往生的渡口。苍凉，沉重，整篇诗再次让人喘不过气来。这首诗就收入在了我给他编的第三本诗集《基诺山》中。

除了他的家乡昭通外，平阳最爱的就是西双版纳了，《基诺山》收入的基本上是他为西双版纳写的诗。共分三章：渡口、偏安、基诺山。他本来还有一辑叫"出游"，是他出游外地写的诗，被我再次以责编的权力拿掉了。我觉得他一离开云南，就会失魂落魄，写的诗已与他无关。当然，他自从得"鲁奖"后，已经是一个著名诗人了，各个出版社给他的诗出的选本他自己都记不清。最初他还问我别的出版社要出他的诗选有没有侵犯我们出版社的版权问题，我说，出诗集都是做善事，哪能计较这些，尽管出吧！于是，各种版本纷至沓来。所以我拿掉的诗，他不愁没有出版社收，也便不和我争。但他强调一定要布面精装，我也得遵从他的。三本诗集，随着他名声越来越大，装帧也越来越豪化了。唉，其实我最喜欢的还是简单的平装，拿在手上很好翻阅，时间一长，封皮皱皱的，软软的，有种亲人的感觉。

《基诺山》里的雷平阳已经是一个成熟的优秀诗人。他已经不存在怎么写的问题了，而是在不断地收缩他写作的范畴。从地域上看，他关注的是自己的家乡云南。而传统与现代、自然与科技这两大相对立的元素在云南这块特殊的地域显现得最为鲜明。我不能说《基诺山》比《云南记》写得更好，但我认为《基诺山》的写作比雷平阳以往的写作更为深刻。《渡口》里的宗教情怀已经非常明显。我经常说，平阳前世是个和尚，用一个字来概括他的诗，是空。空不是空虚，不是空无，空是佛家的真谛。由空而悲，由悲而求解脱之道。而解脱之道无非在于"见五蕴皆空"。平阳在《基诺山》里一如既往地叙事，讲那些只有他才能看到听到的故事，但语调已经更为沉稳，激情被压抑着，也许是刻意的，也许是自然的。他不能不开始更关注一些终极性问题。

编完《基诺山》，已经到了 2014 年年底。我主持的长江诗歌出版中心已蓬勃地运行了两年半，办公室里以绿萝、常春藤为主的植物也蓬勃地生长成热带雨林样。中心的宣传语之一是屈原的"既滋兰之九畹兮，又树蕙之百亩"。编辑诗集好比种兰花，我们的办公室便叫"滋兰馆"。我已经为不下一百位成名诗人出版过诗集，编诗累了，便想心思做点有趣的事。比如跑到宜兴丁蜀镇找黑陶姐夫做紫砂壶，壶上刻上"基诺山""宽阔""写碑之心""我看见"等诗集的名字，除送给作者外，自己也留一把做纪念。

有了壶又想做普洱茶。做茶当然要找平阳。钱不多，做了一百饼基诺山的古树茶。然后让平阳在每饼茶上随意写上几个词句并签上他的名，钤上他的印，茶纸是当地抄纸的构树皮纸。茶喝完了，包茶的纸上就是平阳的书法作品。平阳很认真地做这件事，每个茶饼上像写诗一样写着"滋兰""抱松眠""云朵""大象""万物生"等词句。我觉得我赚大了，平阳不会不知道，他的书法作品现在值不少钱的，比他卖书的钱还多。我把一幅"滋兰"裱好后就挂在了我办公室。这是 2015 年春天的事。到了夏天，自己越来越感觉到不能这样占他的便宜，便接他和妻儿陪我及钱文亮、黄斌、夏宏、舒飞廉、亦来等共七个老友到神农架玩了几天。湖北的自然哪里赶得上云南，至今也没见他给神农架写首诗。当然，我也没写。可能是因为黄斌有首写神农架很牛的诗《咏神农架冷杉》在，大家都不敢下笔。

守界园内诉悲苦，流水声中长叹息

2016 年和雷平阳有关的故事我在一篇小文《抄经习书小记》

（一）里有记述："去年的谷雨时节，龙泉又邀请雷平阳、朱零等朋友去讲课，我顺便去看看老雷。讲完课，龙泉又带一帮朋友去另一位书法家处喝茶，那朋友做毛笔，龙泉买了几支送老雷们，我不写字却推辞不掉也沾光得了几支。返回宾馆的路上，闲聊中，朱零说回家去练毛笔字，不然浪费这笔了。我说，那我也去练吧，一起练，较量下，雷平阳做监工。平阳这个诗人书法家很兴奋，一口答应，忙给一些朋友电话让准备纸墨之类的侍候着。当然这都是好玩的事。"一言以蔽之，因他的某种关系，我也拿毛笔写字了，前不久，还把自己抄的一幅《心经》装裱后也挂在了办公室。

今年六月份，我请雷平阳和李少君、陈先发、霍俊明去给我家乡潜江诗歌免费站了次台。顺便参观了我准备在老家修建而迟迟未动工的"守界园"。我的家乡在江汉平原腹地，盛产粮棉油鱼，自古以来就是较为富庶之地，我的童年也受过苦，但并没有挨过多少饿。不管有多大的灾荒，那一带也没有听说过有饿死人的事，倒是不断地接纳一些从其他地方逃难的人。当晚，雷平阳在一张不知从哪弄出的纸上写了首诗。大意是我比他幸福，有美丽的故园，他只有废墟。看他如此悲苦样，我手写一打油诗赠他："原知悲苦本虚空，哪得解脱在人间，此岸彼岸皆是岸，何劳艄公渡多年。"还是借他的《渡口》一诗说话。回汉后，我和他及霍俊明、钱文亮、石头、剑男、田华又是七子到黄梅拜访四祖寺、五祖寺。我知道他内心里总有座庙宇，那里供养着他的诗。在五祖寺，他是快活的。于是第二天下山时，我拍下他快活的样子。

一回到云南，他便寄来了他的诗稿：《送流水》。

不久给雷平阳的一首诗写了个小赏析，里面有我读他的新诗的一点感受：

　　雷平阳即将出版的诗集《送流水》，在我看来正一步步地实现着他的宣示：我的爱越来越狭隘。从世界性的《雷平阳诗选》到一个省的《云南记》，再到一个山头的《基诺山》，现在送走流水后，雷平阳前不久在书房里不经意间写了两幅字：无我，无趣。一个成熟透了的诗人，到后来就渐渐地没有了姿态性写作甚至失去了风格。甚好。

　　再来看这首写到了流水的《三川坝观鹭》，我便释然了。雷平阳的诗歌风格在这首诗里只余下了"刀子"和"动用"两个词的痕迹。如果没有那个直接出现的观察者"我"，整首诗是一幅古意盎然的风景画。但这个"我"不寻常。这个"我"现在动用了孔子、老子、观音菩萨这儒道释三大家来画这个风景。"子在川上曰：逝者如斯夫。"女子在流水中洗菜也罢，洗衣也罢，喜悦也罢，苦难也罢，这生活的"俗物"，在孔子看来都将逝去。但尽管"世者如逝"，大多数人还是选择了入世。只有那只白鹭却像老子的坐骑，等待出世而成仙。而"我"心中最为淡然，"不在乎"。入世出世和"我"无关。"我"在这里看到的是"莲根"。女子们所洗的莲根在我而言是雷平阳特意安排的"慧根"。春去春又回，流水和夕阳都是不朽之物。这里有般若。

　　11 月 18 日，立冬已有几天了，我从老家带回的野菊花在我家楼顶的小院子里一点也不认生地开放着。《送流水》的样书也到了我的手中。我们在中心的公众号这样给它发布着：

11 月 18 日，良辰吉日，雷平阳来武汉《送流水》。雷平阳为什么要送流水？他送走的是流水吗？流水送走之后又意欲何为？长江诗歌出版中心今天推出的雷平阳最新诗集《送流水》会告诉你全部答案！三年前，他还在《基诺山》上，"偏安"，观望一个混杂时代的"渡口"，上个月又去北京《击壤歌》，今天他送流水！他在这部令他自己都最为满意的诗集里表达了一种强烈的还原诗、离开诗、这就是诗的强烈的转型愿望，从沉重转向轻硬，从复杂转向简洁，从他转向我，从我转向无我。无聊，无趣，随性，大度。从送流水到看淡风云，全部百余首诗是一个长长的叹息。

写到这里，按照惯例，以平阳的一首诗《春事》来结束这篇回头看来不知何体的长文吧：

情绪暴躁，心上尘土飞扬
对万事万物总是出言不逊
其实，这个春天
我不适合行游江南
应该在云南山中纵酒或者酣睡
中缅边境两侧
漫山遍野灰色的鲜花开了
我可以带去滇中平原所有的颜料
等把花朵都染红的时候
我对落红与枯叶也该有了善意
届时再返江南，才会弹铗而歌：
"风在空中凉了，碎了，我来送一送流水

人在世上笑了，哭了，我来送一送流水
爱在雾里生了，灭了，我来送一送流水……"

2017 年 11 月 24 日于滋兰馆

不 知 辑

1. "善"现在是个大词，原本是小根据，是所谓的道德底线。在宗教意义上，它属"不"字系列：不杀，不偷，不奸淫……即"戒"。这应该是一种保守性的"善"，中国文人崇尚的"独善其身"的"善"。小善也。与"独"字关系紧密，可以说，真正的孤独者，与人群保持距离者都是这类"善"人。有悲悯情怀，无献身实际，不会割肉，继而同为悲悯中人。继而成为继续"独善其身"的理由。在道德层面上、文化的嬗变中，小善必然被要求成为建设性的"大善"，得有牺牲精神和舍得情怀。所谓"仁"，所谓"爱"。于是"善"就变成了大词，不仁，不爱，就成了不善，因而在任何情况之下，你都不应该独自悄悄走开。反过来，你还要热闹地离去。现在应该思索的就是孤独与热情的关系问题，它在怎样的情形下会成为一个普适性的问题。我的理想是做小事而大思。这也许是进入热情与孤独相结合的一种途径。

2. 天气冷了下来。阳光却好。如果你相信外面的朗朗晴空，然后再感受冰针般一触即化的凉意，秋天就带着他干净的面容到了你心里。我喜欢这个季节，这个暗藏杀机的日子。它要灭掉你沸腾了一个春天和夏天的爱欲，还要灭掉你心有不甘的躁动。大地是心满意足的。

3. 视而不见，听而不闻，缥缈于熙攘的闹市中。没有前因，也无后果，迷失于今生。这个孤魂野鬼。无声无息。当世人仍当他是人时，他当世人俱为鬼魂。

4. 不要回头。但她是回了头。她并非违背什么，她只是与生俱来的情感使然。上帝没有告诉她回头后会发生什么。于是她变为一座石像，成为永恒而麻木的真相知晓者。哦，她并不是去寻求真相的，她只是关心真相。然后她为守着一个她不需要的真相缄默一生。

5. "沉迷"是个很好的词。我的生活是在沉迷中度过的。不是永恒的，绝对不是了，但是唯一的，在某一个时间里。我喜欢沉迷在某一种爱里。我不喜欢沉迷在某些物里。

6. 对于帕斯卡尔的喜爱几乎是天然的。可惜，这样的人物，时代没有让他们成为源头，而只是一座巍峨的桥。沟通古今。因此他当然有后来思想史上的建筑意义。为什么想到帕斯卡尔时又居然想到苏轼了呢？这是一个悬而不决的问题。

7. 基督教里"复活"的概念非常重要，几乎是其信仰的基础。耶稣上十字架前说过三天后他会复活，但很多人半信半疑。其实这之前已经有个复活的神迹显示，但很少人把它和这次自身的复活联系起来。为什么不相信复活呢？而对于佛教而言，转生的概念就可信多了。你的前生是猫是狗也不知道，但你乐意相信。人死不能复活，人却能转生。这里面的区别就在于差异性。复活是还本原，转生却是承继。所以从这点看基督教是一种强势的宗教，而佛教更人性化了。

8. 这是个很奇怪的问题：梦中我是谁？梦中的我在很不现实的时间地点里。那这个我是谁呢？如果这人不是我，为什么又以我的身份出现？譬如上个梦里，我在一个江南的院子里。我怎么会出现在江南的院子里？我在那儿去做什么？我又是什么身份的人？我是那个院子的主人无疑，但我为什么会是那个院子的主人呢？身高体重又是否有变化呢？人永远看不清自己的面目，即使在梦中也是看不见自己的面目的。这足以让我再次绝望！当我说在梦中遇见某人时，最能够颠覆这一切的并不是梦，而是那个遇见某人的人并不是我。我可以走出我的梦境了。但显而易见的事实是，我还是走进了生动的虚幻的一切中。

9. 这些节日也日益虚幻了。传统的人还在狂欢。从圣诞到元旦到春节，这些文化杂糅的节日每一年来一次，抽空了你所有的期待。有些东西不是越多越好，比如节日，比如情人，比如朋友，比如理想。当狂欢无休无止时，就如爆开的烟花，更深的黑暗马上席卷而来。当爱一开始泛滥，相思也不再甜蜜。当朋友如点头相遇，心头亦变为一块石头。当理想只要有两个，它也就成为两堆青草。愚笨的驴也只得饿死。此刻怀念我背后的村庄。寒凝大地，万物萧瑟，但一个盛大的节日让我老家的亲人们一年一次形而上，来了精神。

10. "存在的被遗忘"也好，"存在的被遮蔽"也好，这被海德格尔一再强调的词，却仍然被我及他人遗忘或遮蔽着。现在把它放在这儿，可以有时提醒自己在终老之日，回忆将是一个完整体，构成一个句号，而非其他，比如省略号、问号，等等。

11. 记起米兰·昆德拉在谈论他的《存在之中不能承受之轻》的主题词"媚俗"时就说过："我们在没有被忘记之前，就会变成一种媚俗，媚俗是存在与忘却之间的中途停歇站。""存在的被遗忘"算是深入其心。这种被遗忘似乎是一种无意识的，然后变成一种命定的东西。然后存在与忘却之间有一条通道，然后从存在到忘却，从存在的起点到忘却的终点。而存在无关生死。生不等于存在，死也不等于忘却。哲学的起点是"认识你自己"，换一种说法也应该是"认识你的存在"。这也是一个真正的写作者的基本出发点。

12. 做了一个很污的梦，有必要记在这里：

第一个场景：我正陪小孩吃麦当劳，突然就被四周窗子里伸进来的枪口包围了。应该被称为黑污帮的黑社会组织说，如果我不加入他们，他们就将对我的孩子如何如何。我很容易便变节啊，在爱的名义下面。

第二个场景：我穿着一件纯白的衬衣和他们老大走在一起。突然就从身后和两旁冲过人来往我的白衬衣上涂抹粪便和污泥，这是加入他们的仪式。我愤怒至极，但无论如何愤怒也改变不了白衬衣被污的事实。

第三个场景：我和老大谈判。我说，我可以加入你的帮，但你必须让我穿上白衬衣。它肯定会变黑，但是自然的渐进的变黑，而不是这样原本是白非得涂上污秽东西让它变黑不可！我这样说时，有着无限尊严的样子。

梦到此是完结了。但醒来思考却继续不已。首先想到的居然是下半身写作，是否也是反自然的呢，非得把情感的变成肉感的不可？还有那些貌合神离的朋友群，非得把本质的孤独变成热闹不可？但谁又不在寻找理由来忍受这种变化呢？为了孩子。

13. 我坚信爱情和友谊的存在，因为它们到来又可能离开。

正如我坚信神的存在，因为我不明白我从何而来。

14. 有一天，我对自己说，我一定要有力量。我要把某事坚持写下去，每天如此，不要让日子留下空白。但事实是总有空虚得把日子都忘了的日子。那些醉酒欢歌的日子如此，那些悲哀至死的日子亦如此。这样想来就老了。"老"这个词就像一个烙印，心里有了，就再也去不了了。很多词亦如此。

15. "林中有路。这些路多半突然断绝在杳无人迹处。这些路叫作林中路。……"

突然想起这句话来。才知道它有多美。它理性而伤感。它毅然决然，叫林中路。

那些神秘诡异的林子，通常就表面安静地待在我们的通途旁。我不知道这一生会走进多少个林子，会在多少条林中路上迷醉不知归途。会怀想多少条林中路到了尽头那无须痛苦的绝望。

16. 有些东西是不是只能说而不能写下来呢？它们只具有说的形体而已。它们能在一起被说，只有一个理由：它们是被搅乱了的生活。比如永远不会再被发现或者根本没有存在过的桃花源。又随意联想一词：平凡生活的奴化。如果我们的生活永远像卡夫卡所揭示的平凡而荒诞，绝望而孤独；如果没有历史的大波澜掀翻了个体的鱼虾生活……这说的都是如果，而并不是存在。

17. 我听到了春雷。这是不常见的。相比起来月亮是很寻常可见的了，它常常美丽地出现在我的窗前。这样想来，月亮是近的事物，春雷是远的事物。而和我常在一起的，是"你"和

"你"以及我想到的"你"。

18. 空，你可能已经想到这里面什么都没有。我也许是要表明我即将让它有什么，但现在它是空。一切沉默俱如此，比如我要告诉你什么，但实在是不知从何说起。或者它们是曾经说过的那么些话，你并不曾理解，如我们对待任何陌生的语言一样，不曾完全地理解。这样顺便给了重复一个理由。由此带来了诗意又真正地违背诗意。诗意要我们总是在误解中生活下去，一个个误解最终让你我的人生五彩斑斓或者面目全非。因为初始还是有初始，那说出之前的都不属于你。那说出之后的又会真正属于你吗？所以是空，还是空。它会在以后的日子里不断地填充，直至它是满载了时光与万物的空。

19. 已经很久没有体会到傍晚的到来。像这样，偶尔看向窗外，发现整个城市即将被黑暗笼罩。灯光从路旁和人家的窗子里有的已放出苍白。楼下的巷子间，孩子们玩耍的声音响起，有些像鸟儿要归巢时，还是透露出了惊慌。于是间杂着哭叫，嘶喊，呼应，嘈杂一片。复杂的诗歌也不过如此。作为一个足不出户的人，看些文字之外，这夜晚的到来便是馈赠一般。黑暗是冬天，是缓慢，是重，是迟滞了时光的旧梦。

20. 向上瞻望，是生命中某种天然的情结。而绝大多数的时候，是什么都没有看到。因为我或者你想要看到的东西并不在这个世界上存在。

21. 从某一天开始我发现自己在不断地填塞自己的生存空间。

我不得不开始有一种绝望。同时，我也就发现我并没有面对"生"或"活"说话，我总是面对着那个不可预知的未来。如果我看到了"生"或"活"，如果我认定了我的"生"或"活"是无可替代的，我就不会有"我的世界"的这个有限的概念存在。如果我仅仅面对"生"或"活"本身，我的世界就是一个不断生长的概念。就像这个春天一样。而且是一个永恒的春天。而死亡是那个唯一的秋天。而冬天就是无我的冬天，永恒的无边无际的冬天。

此时，我觉得自己是个无，像很多人所认为的那样，而我因此无所不在。尽管我只是一个个体。

22. 有人问旧欢是什么？我说旧欢就是一块老木头或者旧茶杯，还未及破碎。不要把目光总是停留在人的身上。不要比拟。人和物分开得越远越好。

23. 它的忧伤只露出忧伤的双眼，它的悲凉只露出悲凉的额尖。我这样说一块冰山，也是不对的。

24. "四月是残忍的月份。"因为春花尽逝，而爱情总是在这时轰轰烈烈。有四季是这样的好：不断地慢慢地变化，不断地重新开始。而四月和十一月是两个转折点，像季节的两扇门。有时候生活，有时候艺术。原来都是和温度有关。

25. 在高处或者在低处，可以是同一个人的选择。但这个人肯定在不同的年龄阶段。

年轻时，如果让我选择居住楼层，我会毫不犹豫地选择顶层。我向往过高处。喜欢站在高处遥望那些遥不可及的事物。喜欢看向那些过去得久远的事情。喜欢想念远在他乡的女孩。喜欢把人生放在哲学的高度上考量。你是谁？你从哪里来？你往何处去？不时地纠缠住自己多少的光阴。高处会带来晕眩似的迷醉。诗歌是天空，爱情是月亮，人生如星际。这表现在肢体上，也是仰首向上，快步前行。仰卧多于俯睡。

而人到中年后，我会毫不犹豫地选择住在第一楼。出门就是大地，触手即是草木，低头遇见虫蚁，不一会儿自己也融入滚滚红尘中了。生活的浊流也好，清流也罢，都在低处汇聚，如果我是低处的一分子，我的身上一定沾满了那些热切的泪水。不再彷徨，不再飘摇，有所承担，脚步迟缓。低处总是最后的归宿。人生这场宿醉最终也是以匍匐于大地之上而告结束。

26. 今夜天空中挂的是一弯月镰。它使人想到情感的痛苦总是如刀割一般。念叨着苏东坡的两句：此生此夜不长好，明月明年何处看？他看到圆月时势必看到了弯月。诗人内心之涌动如此明暗转换间。

27. 对于好诗的追逐不也是这样吗：一生为之所惑，好像没有完结。由于与生俱来自我的羞涩和对于他物的迷茫，以及不知其源的想象。对于柏拉图而言再好的诗歌也只是影子的影子啊！

28. 反省，忏悔，顿悟。这三个不同来源的词如今却是可以混淆在一起的了。儒教、基督教和吸纳了道教的中国禅一塌糊涂地完成了中国知识分子的内心结构。反省原是内求诸己。忏悔原是告诸上帝，顿悟有些邪门，物我浑忘，色即是空，空即是色。

而现在是反省无从找到道德根基，我依据什么而反省？忏悔而没有上帝，我向谁忏悔？顿悟更是物我一团乱麻，或一片虚无。老友说到因颓废而醉酒，我说因空虚而虚爱。今日我欲反省或忏悔或顿悟，却与概念纠缠不清。

29. 读某人的诗知道他在哪里；读某人的诗知道他在做什么；读某人的诗知道他在冥思；读某人的诗知道他在歌颂。读老友的诗知道他在诗人合一，参悟大道，正本清源；读自己的诗知道自己在百无聊赖地发乎情止乎礼。

30. 有小同学问什么叫"枯叶终化蝶"，我随口答曰：有些好的诗像叶子一样，先新鲜，好看；再老去，不好看；秋天了就落下来，又像蝶一样飞了，又很好看。其实枯叶就是枯叶，好看终是一种心境。譬如植物，经一次春夏秋冬的草本，才是让人厌了的重复，而历无尽春夏秋冬的木本，却是可以不厌倦地变化。因为栽培总是越少越好，生长总是越长越好。长到一定时候，枯叶就真化为蝶了。

31. 核桃硬硬的壳包裹在肉外面，于是人们敲碎了它，吃掉了里面的肉。蜜桃的软软的肉在外面，于是人们吃掉了它，留下了里面硬硬的核。

形式过于鲜明的诗一击就碎了，失败得一塌糊涂；本分的诗则洒脱地留下了它的本源。

32. 有多少爱是唯一的？——你相信爱是唯一的？

有多少爱是永恒的？你相信爱是永恒的？

也许我能做到的是不爱更多的，不断地不断地缩小爱，让它只是一个人。我还能做到的是让爱更长些许，不断地不断地延缓它，让永恒接近。

这一生越来越接近真相的爱是我不忍说出的。

33. "荷花荷花几时开，一月不开二月开，二月不开三月开，快跑哦。"女孩子们围成一圈，绕着中间一个女孩边转圈边唱着这首童谣。唱到"快跑哦"时，就四散开，由中间的那女孩去抓她们。那些跑不快的，在快被抓到前，如马上蹲在地上，两手张开做荷花开状，就可以被免抓了。待到中间那女孩跑去抓另一人时，蹲下的女孩又可以跑开。但总是有女孩会笑得忘了蹲下去，忘了做一朵荷花开，于是她便被抓住，成了下一轮游戏里中间的女孩。

这是纯粹由女孩子们玩的游戏。这些女孩子们笑着，唱着，跑着，真是快乐啊！而她们蹲下来做荷花的样子美极了，那时的她们努力地抿住嘴，不笑出声来，要做一朵静静的花，把平安和幸福藏在心里。

其实这一切的美起源于那一首简单的童谣。

34. 这世上只有三个女人。

第一个，如果时间在她的身上没有发生作用，或者说好像没有作用，一定是她精神饱满，身体虚幻。她好像要把身体的物质的因子，这种燃烧的元素变成水一样地射出。因为方向又大致一样，而力量比火焰更强。一个人老了，是因为时间和他的身体发生了无数次的交错。而她在与时间平行，并试图超越之。当然这是永远不可能的。人不可能返老还童。但她做到了更关心看来是虚幻的东西，如，爱；如，诗歌；如，一念的执着。

而对于另一个她而言，她把身体当作干冰一样守护着。她把自己当作自己能够手握的东西，并可以传递出去。有温度地传递。这样你可以隐隐地感受到她内部的跳动，像一颗心脏的安静的跳动。它跳动的幅度就构成了一个人的限度。

谁也不知道这两个人如何变老。

还有一个她就是你的姐妹、母亲，她的身体就是一个生长的东西，我们像看一朵花的生长一样。她属于摘她的人。她是珍贵的。

35. 和最亲密的人在一起，我就在时空窄小的间隙里，没有他人，也没有未来、过去。

36. 为什么你说我的优点我都知道，而你刺我的刺会被遗忘呢？因为我还是会继续我的缺点，它们就好比是我不敢直面的欲望，存在而被遮掩。

比如虚爱，就像虚词一样，它的意义是使其他的一切突现意义。我可以结束以虚词来建构世界的历史，却不能结束虚词的宿命。

37. 法律才是真正懦弱的。它不能探讨人性的真实。这是看了一个小说家写的一个女杀人犯的故事发出的感慨。也是看了一场足球赛发出的感慨。女孩杀了侮辱她的男人，足球赛里一个男人用动作回击了用语言侮辱了他的人。然后我看到法律的大棒挥向了最初的受害者。而不是相反，那些因为人性的恶而此刻幸灾乐祸的人。

38. 因为诗歌更多时候是一个慢动作，所以古时候出门远行是一个多么重大的事情啊。在诗人们的一生中都是会成为历史事件记载下来的。诗人们一路缓慢地行走，无处不陌生，无处不神秘，只有一个故乡，而世界俱为异乡。也因此诗人们给后人留下了多少栩栩如生的旧日风情。

今天我又要出门远行。由于交通的快捷，我不知道哪里是我的"远方"。我突然有一种厌倦之感，一切是那样熟悉，到哪里也逃避不脱这个没有快感的世界了啊。

而当我远行归来。时间消失了。这世界没有任何表面的变化。天上的星星，多少年了，能看见的还在。

39. "行到水穷处"就得返璞归真了，"坐看云起时"已是无思无欲。忽然和一个朋友谈起"拙"来，便想到这两句的属性，是拙还是不拙？我说的"拙"就是有拘束，有限制，是走遍千山万水后的无力与穷途。朋友说的"拙"是无拘束，是自由浪漫后的随意。由此争论不休。

40. 多年未回的老家，这个占据我十八年光阴的老家，巨大而变化着的旧物，就变成了一封薄薄的旧信，静静地躺在我的抽屉深处。它把时间变成了一件干货，只待我的一滴墨水，过去就会发涨起来。语言真的有膨胀万物的力量吗？

41. 这是阳历的九月，却还是让我想到了深秋。"九月"于此也只是一种符号，却带来了世界。古人们大约是不会有这种体验的吧。他们会在真正的九月里体会秋的真切的萧瑟。而我们是在不断地克己复礼中做异乡人，做一个不与时间而只与语言同构的人。

42. 一代人，他们的旧梦里还是革命。

一代人，他们的生活里都有点文学。

一代人，他们的偶像总是新鲜的。

这一代比一代要短，他们的聚会时间也是这样。

43. 尽管我们知道了月明的真相，也还是会为每一次月明感动。尽管我们知道星星之外还有星星，科学之对情感的影响鲜矣。

44. 以舍弃为目的的生活是平安快乐的。另一个人生秘密是时间比金钱更重要，只是多少人没法守住这个秘密。与人为善才是善。其实这些一听就明白的话也够人说一生的，我也可以不要再说些不明所以的话，我也不要读那些不明所以的文字。

45. 有的人如西西弗斯把石头推到了山顶，石头再下来。有的人比西西弗斯不如，他的石头永远都到达不了山顶，就滚下来了。尽管他已知晓西西弗斯的命运不过如此，他仍是在荒诞中增添了些绝望和无奈以及伤感。

关于西西弗斯的神话的另一解是：他的人生总是从低谷到达高峰再回到低谷而往复不已。还有一解是：那块被推的石头很可怜。

46. "把割伤手的刀包扎起来。"这是张志扬先生说过（或引用?）的一句话。很早以前听到时不以为然，甚至以为是一种语言的炫功夫而已。年轻时把哲学当作诗歌读，把诗歌当作哲学读。现在稍许明白，事理的本来面目是清晰的，实感的，有着明确的未来。

这里说的是宽容和爱。

47. 有人在搞政变啊。若干年后，它就会成为历史中最深刻而有趣的事情。历史上留不下痕迹的人，他们的生活大多是：对牛且弹琴，此生竟蹉跎。

48. 孟子关于"义"的论述有一句是极富现代诗性的，他说：义者，人之路也。"义"从"羊"从"我"，羊代表美好的事物，"我"为"以戈护己"，"义"便引申为让我来保护美好的事物。而在孔子看来，"义"为宜，是适宜、应该的意思，同"仁"一样是本体的概念。就是这样，孔子总是指出方向，孟子总是开辟道路。

49. 科学在告诉我，七千万年前恐龙的生活。七千万年啊，而我们的爱情只有短暂的一天、一月、一年、十年、一百年。但这短暂的光阴是我能感受的。

今日有酒可以不畅饮，今日视酒可以如外物。今日此刻可以是一生。

50. 阳光灿烂的日子，黑暗是坚硬的。那些少年像一块块小石头，在干燥的大地上滚动。带着呼啸之声。那些少女的性欲也是硬邦邦的。她们神经质的笑让少年更忧郁。这是一部电影讲述的寓言。

51. 一场大雨过后，气温竟有回升。它预示着这年的秋天仍然没有到来。或者我们将要失去秋天？但尽管这样，人类的悲凉却永远不会失去。她的哭泣依然会痛彻心扉。

52. 这是疲倦至极的睡眠，也是放下一切的睡眠。每次醒来，世界还在，除了不可挽回的时间。一个结绳记事的人感到了灵魂的存在。灵魂就是一团或一点积聚的光亮，它是我想要记住的一切，它把众多的"今日平安无事"压扁，压成最终的一点质地，发光。每天我会用这点光照亮自己睡眠的道路，直到每次醒来，像忘记以往无数日子样迅即地忘掉昨天。这是一个很有趣的过程。我从来没有过这种不是靠记忆而是靠遗忘去体会存在的经历。我体会到一种纯黑。想到死亡，它可以就是一种有意的遗忘吗？那种没有一点点光亮的遗忘？是一片纯黑？多年的老友，带着自己的光来和我相会。这么多年来，灵魂小小的光亮只照亮着小小的地方，它们互相寻找着，如果有一方熄灭，另一方必定孤单。

53. 当我们多次美好地分手在城市暗淡灯光下，各自踏上回程，那满贮在心里的蜜意就将被未来每一个黎明化为片片光华。从这条马路上望过去，可谓流光溢彩。城市的空中是一场灯火的狂欢。星星都隐没不见。却有月亮半悬于天，已没了清冷的风骨。这就是现代城市的意象。

54. "本书的全部意义可概括如下：凡可以说的都可以清楚

地说；而对于不可说的东西必须沉默。"这句话是维特根斯坦在其《逻辑哲学论》的自序中说的。很多年前我和很多人一直引用着冒号后的文字，而今天我突然注意到了冒号前的文字：本书的全部意义可概括如下。

为什么这么多年过去了，我才注意到我是在断章取义呢？为什么多年前，我喜欢断章取义呢？我攫取着宝石上的光华，像一面镜子一样，却忘了镜子并不是宝石。那句话仅仅是对于《逻辑哲学论》才有其本质意义吧。现在如果我要引用，只能是这样：本文的"全部意义可概括如下：凡可以说的都可以清楚地说；而对于不可说的东西必须沉默。"哈哈，这就有可能成为笑话了。

55. 这都是一些多么古老的真理：狼永远是狼，只要它有一次露出了狼的本性，就永远得记住它是狼。可人类的记忆力并不比一条鱼强多少，当狼没吃人时，人们就忘记了它是一只狼。一个写诗的人就是一只吃语言的狼。

56. 他一下子愤怒了，于是他开始表达。他的喋喋不休的表达很容易让人大摇其头：这又是一个无可救药的人啊！不通世故，让自己腹背受敌，或者暴露在敌人的枪口下。他人是地狱。门外的天气很冷，人得学会沉默地度过这些日子。但干柴总是在这样的日子里遇见烈火。

57. 雪花要埋葬一片秋叶。第一片第二片第三片雪花都是要被秋叶自身的温度化掉的。是第几片雪花睡眠在秋叶枯黄的叶脉上呢？然后将一生化为泪水流出，把秋叶濡湿呢？后来雪花不见了，是一座雪白的坟墓，那里面埋葬了一片秋叶。

58. 我心中有一条黑暗中的道路。平坦，柔软，笔直向前。产生飞快的速度。属于孤寂中的个人。你的乱于我无力。你的困顿于我悲凉。

59. 人确乎有着有限的生命和有限的选择力，而有着无限的选择对象。人的生命也随自然的律动而蓬勃、朝气，和大地有着和谐一致的心跳。

60. 山上一棵野树，树旁一丛荆棘。一个被称为名士，一个被称为赤子。他们一起变老，是俩老好兄弟。

61. 我在用从上帝那偷来的智慧研习佛理。
我想到蝙蝠的翅膀和脚分属不同的宗教。

62. 这时光走到了哪儿了呢？由于人类为自己疯狂地制定节日，想以此留住时光，却任温度、色彩自走其路，我可能陷入一个乱伦的季节。

63. 当我想到空间和时间的时候，我想到了孔子和庄子。
孔子周游天下，却一生只在与时间赛跑，逝者如斯夫，时不我待。
庄子坐在自家院落里，鼓盆而歌，入梦化蝶，洞穿死生之秘密，却臆想逍遥一游，终游不出一个空字。
时——间，空——间，俱为一间。
佛家说，色不异空，空不异色。色乃万物，万物有始终。

64. 人是否是在为一个身体活着？但活着活着就忘记这一点了。并以此为耻。然后走在春光明媚的大街上，以为自己可以散发出香气来。

65. 当我回顾时，我只是在幻想我一生的众多可能性……你也如此。

66. 知我者，谓我心忧；不知我者，谓我何求。这是我喜欢的句子之一。它几乎是有效的真理。

把人与我的关系可以概括为两种：知我者和不知我者。或者是把世上人分为两类：知我者和不知我者。

然后把人生的境界也分出高低：心忧者和有所求者。然后清者自清，浊者自浊。近朱者赤，近墨者黑。

然后念天地之悠悠，独怆然而涕下。

有大美而无言。

67. 到了中年，我的人生开始准备往回走，不然，我是再没有力气回去的。我不想老于陌途。请用爱管住过去……

68. 趣味。"趣"字古意为疾走。通俗地说是跑步去取东西。但我只看重它里面的"耳"部，和有着"口"部的"味"字结合起来，这趣味就是我们的感官感受的东西。诗人是感官敏感之人，其感觉器官也许更为发达，趣味相比他人要多些吧。过多强调道听途说之事，着重讴歌口腹之欲，此趣味之诗终脱不了一个小俗。所谓趣味皆小也。

情怀。俱从"心"。情，《说文》曰，人之阴气有欲者；怀，夹也。怀人之怀，怀古之怀。情怀，即人之内心所夹无限光阴缥缈之行迹。情之如春时芽生，接阳气而茁壮；怀之如春水荡漾，纳雨露而恣肆。情怀之高远而浩大如此矣。

风骨，风，万物之流谓风；骨，肉之覈（核）也。风骨，所谓无中之有，有中之无。于人为人气，于神为神气，于剑为剑气，于空为空气。于风为风气，于骨为骨气，唯风骨合一，为诗之高妙境界，为诗气也。

69. 一段时间，我为此自豪：我总是站在年轻人的一边。我还有力量和勇气学习新兴的一些事，并看着他们更为快乐。"相信一切新鲜的事物。"以前的诗句对此有着见证。但现在是不想再去学习新的生活，对那些陌生的新鲜事物保持了距离；开始更多地步行，好像走在旧马路上。

70. 再黑暗的天空也遮掩不了一颗星星的小明亮。
再欢乐的身体也替代不了一颗心灵的小沉重。

71. 乡愁是什么？是不得回乡之愁，是乡已不再之愁。古人的乡愁大致在前者。他们漂泊异地，乡愁像蚊虫噬咬着一颗孤寂的心。而今天，乡愁多在后者，像一块巨石锤打着一颗绝望的心。乡已不再。几千年来一直在那儿的乡正以流水一样的速度消逝。

这就是我的渺茫的乡愁。

72. 还是讲点"仁义道德"吧。

"仁义"来源于孔夫子，"道德"来源于老子。本来先有道德再有仁义，应称道德仁义的，后来儒家为主流，道家为次，便"仁义道德"罢。现如今，有多少人有"仁义"呢？更遑论"道德"了。

于是有一解是：道有不同，道不同不相与谋也！

73. 我们已老了，有着腐朽或者干枯的肉体，呼吸也难免混浊。那我们以灵魂来交流吧！

74. 我把现在忘记，却记住了过去。

这是奇冷的一天。雪还在下。窗玻璃上结起了童年的冰花。

打开一首老歌。青春的热血翻涌。"一样的伤感，一样的彷徨。一样的激情，一样的无奈。"

一样的时光。

75. "溃逃的军队里谁最先站住？"这是现今的一个显著的问题。我却想，溃逃的军队中最先站住的人面对的倒不是敌人的子弹，而是继续溃逃者的冲撞。最先站住的人依靠的也不是勇气和力量，而只是留恋的眼泪。那些溃逃者最终也不会逃到一个新世界里，结局只能是背叛与归顺。不知道有没有人想到，如果当初都能站住，是不是就能站住了。

假设是多么的无意义啊。为一个灿烂五千年而已不能再辉煌一时的文化，我有过流泪。我只想怀念一个根据，有一个根据。我只想关心与我有关的事物，而不关心于我没有根据的事物。活着并不只是流光和口水。

76. 光的速度是这样被我确定的：灯一开，满屋子光明；灯一关，满屋子黑暗。所谓无影无踪，说的就是时光的速度啊。我对着我所把握的世界想：你们真是慢啊，我目睹着你们的消逝，耳闻着余音缭绕，我体会着我也是一个缓慢的事物。

77. 古希腊讲逻辑，古中国讲道、理。逻辑产生了哲学时代，道理产生了人情社会。都不著作的苏格拉底和孔子是不同的两个人。

78. 一个朋友非常有才华，最近十多年几乎把他所理解的一切都置于一个"余"字中。此"余"最初由庄子的鱼引申出。在我的理解里，它既有溢出之义，又有限制之味。因为余即我，我即余。当此，我是独有的，也是多余的。如果用佛家的眼光看，"余"既不着相，又着了我相。所以"余"以对抗"空"矣。

79. 某天，我站在一个荷塘边，望着初夏清凉干净的雨水打在荷叶上，尽管当时因为母亲得重病心情悲伤，却有种亮光从心田划过，想起六祖的偈子。

多少天后，第一次想画出那偈子。

"菩提本无树"，这是说的荷花。其亭亭玉立，其实非树。潜意识里却画了几片树叶。

"明镜亦非台"，说的应该是荷花下的水面。于是画了雨点。气凝为雨，雨落为水。水聚为镜，大地为台。

"本来无一物"。画了莫名其妙的东西，黑乎乎的。里面隐藏着一双张开的手，它想接住一滴水，接住了，又滑落了；它想抓住那个空空如也。水中月，雾中花。

"何处惹尘埃"。画了莲蓬，莲蓬真的是水尘不沾的。画得不像，和球鞋印倒没区别。就是了，鞋底天天惹尘埃，又何处惹尘埃呢！

一个形而上主义者，一个想象主义者，一个抄经者，画了四条屏。

80. 最后一班公交车上，除了一事无成的酒鬼、某某工作者、少年老成的学生，还有谁呢？

81. 你不可随地大小便，因为处处有监控。

82. 一次诗会，下午讨论朗诵时，我出去逛街。回来时，人们正坐在车上准备返程。车后排座椅上堆满了行李，我忘了自己的行李是否在，正准备翻找时，梦醒了。

一次同事们出去学习，早上，一群人都拥向单位食堂吃早餐。我拐向一条小巷子的早点摊，排好队正准备接一碗热干面时，梦醒了。

一次朋友出游，过一条小溪，大家都奔向景区指向的小桥去。我看中了当地人为方便自己搭的一座独木桥，桥下浪花飞溅，打湿了木头。正待试行，梦醒了。

这三个记忆犹新的梦，醒来时都试着继续睡着再回到梦中，看看行李到底在不在，热干面味道如何，自己能否过独木桥。

83. 每次从故乡返回城里，只需看着后备箱里满满的水果蔬菜，便满血复活。

84. 当初说 70 后时，在说年轻；后来，80 后代表了年轻；再后来，90 后代表了年轻。现在，00 后才是年轻。作为一个 60 后，我感觉到悲哀：我们这一代人从来没有过年轻。

85. 被诗歌藐视已久后，"人类、希望、理想、命运、历史、国家"这些大词只有在前面加个"小"字，诗人们才觉得恰如其分。

86. 微信朋友圈里增加了两类人：一类是不相识的熟人，一类是相识的陌生人。

这应该是深有同感的话。不是诗。

古典诗人们是用陌生的语言表述同感。

现在的诗人一部分是用熟悉的语言表述非同感，一部分是用陌生的语言表述同感。

87. 当孩子有了自己的思想后，父母之为父母的使命就结束了。代沟产生了。"尊重"取代了"爱护"。

88. 烛火照虫眼，细水流华年。

89. 要么左，要么右。可以中间偏左，或者中间偏右。这世上根本没有一条叫中间的路。中间是实线或虚线或栏杆。在高速公路上是宽宽的隔离带。如此，我常觉得如果不能左右逢源便只能无路可走。

90. 小时候生活的村子里有两个"邪子"。一个邪子没日没夜地拉一把二胡，一辈子也没能拉成一首悲伤的曲子。另一个邪子则铺天盖地地骂架，人和事都骂，也没能骂一个说法出来。四十年后，两人死了，这个村子也死了。想起来这些，有点心伤。

91. 我已习惯了办公室门外穿梭的脚步声。它们都不是奔我而来。找我的人往往无声无息地走近，敲敲我的桌子，便看见我刚刚打开的脸充满了讶异或惊喜。

92. 令人沮丧的事情是：一个自恋者在不经意间得知自己的丑陋。比如我总是霍然发现我所赞美的东西并不值得赞美，它们只是曾经显得重要。令人难堪的事情是：昨日安慰他人的话，今天却用来安慰自己，并且不起任何作用。

93. 幼小的树苗也有着看上去苍老的根，这些不发一言的生物并不在意地上的喧嚣与热闹。它们在黑暗中摸索，探寻。其苦难、坚韧、自得其乐的生活，看上去和人类写字、画画、雕刻的状态相同。其实都是谋生。

94. 天主教义中，所谓的七宗罪本为七罪宗。其为傲慢、贪婪、嫉妒、暴食、暴怒、懒惰、淫欲。这不算罪，却是罪的根源。偏激者总把可能性当作必然性，为消除人的劣根性而消灭人本身。也许，中国的儒释道结合起来可以治愈这种种毛病。但也只是一种可能性。

95. 旧岁下的雪，在屋顶的还在屋顶，在墙角的还在墙角。白白地待着。未曾变化的人们往来于未曾改变的街道与房间。这年就有些白白地过了。

96. 整个夏天最需要凉风时，却常常烈日炎炎。整个冬天最需要暖阳时，却常常阴雨绵绵。这是否证明：人性就是违背自然的。

97. 在冬天，还待在树上不落下的都是些苦果。那些落在地上无人捡拾的果子说：我们更苦。那些落在土里准备来年春天发芽的果子说：我们还要受苦。

98. 古之君子可以做到坐怀不乱。我想了想：这样太难。我只能做到不乱坐怀。

99. 对太多炫技与炫义的诗歌，我能想到的评价是：如梦境，如浪花，如云图。我喜欢的诗歌如寒冰烈火，如山川草木，如衣裳食物。

100. 一人受命潜伏于敌方阵营，与敌为友。他说自己反对的话，做自己反对的事。问题是他潜伏得极其成功，直到战争结束，他也没有浮出。他除了没有忘记自己的身份，早已忘了他应该说的话，应该做的事。他的敌人成了他真正的朋友；曾经苟且的生活成了他一辈子的生活。以上是看一部电视剧臆想的真正结局。

101. 老子的思想逻辑是把自己弱小得不能再弱小，以至于所有人不屑于与你为敌。佛陀的思想逻辑是你既然如梦幻泡影又何来爱恨情仇？达尔文说：等着吧，有人来吃了你。

102. 从甲骨文到钟鼎文，从小篆到小楷，从繁体到简体，从表意到拼音。从步行到骑马，从汽车到火车，从飞机到飞船，从原子到量子。我到底要说什么呢？两种生活我都想走相反的路。

103. 每个小孩哭闹的目的几乎是：求关注。现在，这句话时时出现在朋友圈里。每每看到此，我的耳边就响起了小孩子的哭闹声。太阳和月亮不求关注，遥远的星星不求关注。小伙伴举个灯笼边跑边喊着：求关注。我看到他的灯笼和我的没有什么不同。

104. 他从不说"傻×"二字。对任何人都不说。这与他从小体弱文静无关，与他从不说粗话脏话无关。这几年来，他明白了一个道理：如果说身体有残疾的人值得悲悯，那么一个人如果智力、心灵、精神、情绪、性格等组成一个人之所以为人更重要的部分有残疾不是更值得悲悯吗？耶稣的爱与佛陀的爱俱是如此。
他知道，当他说完这段话马上会得到一句：傻。

105. 道法自然。"归根复命"好理解：无非是春种秋收。今日大雪纷飞，白茫茫一片，一着黑袍老人，独坐草堂门前。我方知何为"知白守黑"。

106. 每次打菜，习惯性地捡两块肉；每次吃完饭，碗里仅剩下两块肉。我还是吃了它们，以不浪费的理由，认识自己的虎狼之性。

107. 某人到山清水秀之处便说此话：好个世外桃源，真想在此做陶渊明。我望着远处漫长的高压线和随处可见的标语，默默地说：桃源无政府，陶公要种田。

108. 伟大的导演兼演员老聃说：道可道，非常道。伟大的导演兼演员仲尼说：学而时习之，不亦说乎。小角色们一生缅怀这些前辈，做流浪汉也好，做清洁工也罢。再好的戏也得终结。

谢幕时，大导和群演的区别是：他在前排正中。

109. 佛家强调众生平等，这是一切爱的源泉。在道家看来，"自然"最尊贵。自然又名"无"，为万有之师。

儒家的爱只限于人，人分为君子与小人。请敬惜君子吧！

基督的爱是强势的。主啊！天上的父！不信的人将下地狱。

110. 天上可看之物：云和月。

地上可看之物：历史与风景。

人间只剩小美女一看。

111. 生机勃勃的春天，百无聊赖的老人们，早早起床了。搬起塑料凳，排起长队伍，乐意去领一份嗟来之食。

112. 记忆是最快的飞行器，最喜欢它带我回到少年时那可遇不可求的一阵酸甜。

113. 窗外割草机发出比草的呼喊更痛苦的声音。不远处，高枝上的蝉一味地鸣叫。受伤的人来不及捂住伤口，他有更重要的事要做。

114. 只有置身于大合唱中，才体会到南郭先生的可贵。我努力学习滥竽充数、哑口无言，可他们说我对不准口型。

115. 谦虚总是表象。骄傲却是本质。

116. 躲藏在田野的夜里，只有天上的星星和地上的萤火虫能够发现我。我听到自己陌生的呼吸声。握紧的拳头也不属于自己。

117. 天气清凉，心情阴郁。请君读首无字诗。

118. 那些失去了故乡的人都变成了宅男。冬天窗外明晃晃的阳光只抚慰着故乡的枯水河，和老屋顶。

119. 在一波又一波的赞美声中，我看了看祖国的蓝天白云，怀念起再也不见的旧物事。童年相伴的那些叫不出名的小虫子，在秋天的田野上，一个素颜的姑娘，指挥着它们不知疲倦地歌唱着金黄的稻穗，洁白的棉朵，干净的空气和河水。那么快乐！

120. 最近耳边时常响起的声音是英语：stop stop stop，中文：退，退，退。我先听英语，再听中文，回到了出发的地方。

在而之言（十二则）

"在而之"是一个名字。这名字是某次和老友黄斌在一次聊天时"偶得"的。

"在"和"之"出自孔子编订的中国第一本诗集《诗三百》中的第一首诗中的第一句:"关关雎鸠,在河之洲。"先"在",再"之","而"出自《论语》的第一句:"学而时习之,不亦乐乎?"故"在而之"。

这当然好牵强。但我曾经很喜欢以此为别名。古人称"号"。

我在哪里

"我是谁,我在哪里?我往何处去?"这曾经是西学启蒙史上一个重要命题。由此开端了世界的现代意识。个体意识的觉醒,对个体的尊重现在已经不可能再成为一个哲学命题,而是一个实践途径。老拍在他的言说里说:"我们已经彻底告别革命,接着,我们还要彻底告别启蒙。"我很赞同。可惜的是,要革命的还大有人在,要启蒙的更不在少数。而不知晓,天光大亮,全球化铺天盖地地席卷而来,是经济在驱动着文化滚动,人伦都已岌岌可危,人生的根本更待匡扶!于是,在而之言:我在哪里?

在《说文》里,"我,施身自谓也"。我只是隐身于一张旗帜下的一员。微不足道。(段玉裁注"施身自谓"曰:不但云自谓而云施身自谓者,取施与我古为叠韵。施读施舍之施,谓用己身厕于众中而自称则为我也。施者，旗貌也）我是奉献者，谓"予"；是多余者，谓"余"。是一个应答者，谓"吾"。因为是这个我，所以有承担，不惜命，家国绝对大于个体。"仁义礼智信"是行为准则。"温良恭俭让"是处事态度。也因为这个我，才无为，不争，顺乎自然之道。还是因为这个我，才要放下一切妄念，色即是空，空即是色。这个弱弱的我就这样一直走到了二十世纪。

然后，我是独立的个体，是自由的生命，是小宇宙；是荒原上孤独的迷路者，是城堡外不得其门而入的徘徊者，是在大道上等待戈多的无聊者，也是刺向虚空找不到对手的战士。

而天光大亮，戏已谢幕。现在，我是社会主义的一个劳动者，是初级阶段的一个职业者。而我在哪里？没有旗帜，没有呼唤，我站在一个可能性上。往者不可谏，而无有来者。

在而之叹曰：其人是何人，哪里又是哪里？

欲之何处

我只有两条道路，一条向前，一条向后。我绝不走旁门左道。我欲之何处？

前路是荆棘，是无路之路；后路是沼泽，是怀旧陷阱。我欲之何处？

在而之曰：且倒退着前进之。用脊背蹚出一条旧的新路。

水 与 光

中国的哲学大抵起源于水，这已经是有共识了的。水"近乎道"，一部《道德经》就是一部水的"道理"。而在孔子那里，逝者如斯夫，他的十五，三十，四十之类敢情也是在说水啊。如果说，水是道，那山就是德了。道行以深浅计，德行以高重计。一个人得道，就像水蒸气一样升天；一个人有德，就让人"高山仰止"。山水自然就筑就了中国思想的基本。因为它不是建立在一个逻辑的基础之上，如果两个人要打嘴仗，就不得不一个比喻对另一个比喻了。高下是自分的。所以王国维说中国的哲学是"可爱者不可信"。而西哲呢？一半来源于那著名的论断："神说，要有光，就有了光。"这种近乎武断的开端等于把开端悬置起来了。然后道德判断随之而来：神说，光是好的。光是什么？光是我们不得仰视之物。是无色无形无味又实有的存在。一句话，是绝对。没有变化，不可爱，但可信。这信也是信仰之信。

现在的问题是，信仰光的人不喜欢水，喜欢水的人不信仰光。

更大的问题是，信仰光的人现在信的是太阳光而已，喜欢水的人找不到一潭干净的水。

何以"知足"不"知手"

　　曾想到一个问题：人何以说要知"足"，而不是知"手"呢？今日得闲，半天百度，也没找到一个所以然来。只怪自己不曾读多少典籍，学识浅薄，这个问题不得解了。

　　《说文解字》里说："足，人之足也。在下。从口止。凡足之属皆从足。"这话实在无趣，说了等于没说。也许在许慎看来，足即一对身体器官的命名，在身体下部，无须多言。也可谓不言自明。而"足"何时有了"满足"之意，也许他也不明了。倒是段玉裁的注于我有些启发。他说："口，犹人也。……次之以足，上口下止……""止"原本就是足的象形，足何以又在"止"上加一"口"呢？也许在这个"口"一加上的刹那，足即不是足了，而是"满足"了。因为现在看来"足"字更像一个"人"的象形。侧过身子的站立着的人，有些怡然自得的样子。足是站得稳的样子。这样讲当然很是牵强。但足在人类的生活史中的确意义巨大。老子曰："千里之行，始于足下。"风流才子唐伯虎言："一失足成千古恨，再回头是百年人。"足就是一个人的根本。知足大约也可以理解为人要知晓自己的根本，不可逾矩了。

　　言于此，还是惶惑。且不管它。看到两个与知足有关的对句，抄于此：

　　"知足知不足，有为有不为。"此联曾悬于冰心的客厅。

　　"待足几时足知足自足，求闲何日闲偷闲便闲。"——清·朱应镐《楹联新话·卷一·格言》。

由"耻"到"恥"

恥和耻据说是一个字，不同的写法。先有恥再有耻。后来耻逐渐取代了恥。两个字都是会意字。只是一个从心，一个从止。一个从意，一个从行。一个凌空蹈虚，一个身体践行。我就要想，写恥时是老子的作为，写耻时是孔子的作为。说到底，孔子是个急性子。他需要人们听到不好的东西就马上止住别做。而这不好的东西是什么呢？还是得过过心才知。恥我有时把它理解为止耳，就是这种东西听都不要听到。假如不幸听到了就要跑到河边洗洗耳朵。可惜今人不仅要听到一些事，还要把下水道的盖子打开，让人嗅到，看到。真乃无耻也。

爱 与 忘

很多人怀念爱这个字写成"愛"。说是要两颗心一起才是爱。其实爱就是一颗心。所谓一心一意地爱。而忘也是一颗心。爱的心要包裹着，忘的心是要"亡（无）"的。"无心"即忘了。爱时是"友"，左手牵右手。而忘时，你的手在哪里？

简体字的学问

　　正如白话文也可以写诗一样，简体字里也有学问的。比如前面讲的"爱"字。再比如"尘"字，古写作"塵"，上鹿下土。是说鹿跑过的地方就会扬起尘土。简化后，由形象变为抽象：小土为尘。毕竟不仅有鹿跑过的地方才会扬起尘土呵。再如"梦"字，古人写着"夢"，说文说，从"夕"，"不明"意。字体构成是"举形声包会意也"。甲骨文的梦还形象地描写了一个人做梦的情况，而且还做了一个噩梦。可见那个造梦的对于梦是害怕的。古人对于大自然的认识是崇敬且惧怕的。梦字可说明。而现在时代变了，人们知道梦有好有坏，梦也不是那么神秘。"梦"只是太阳下山，落在林子里，人们睡觉了可能产生的一种现象而已。……这些都说明那些简化汉字的先生不仅是老的，也是新的，在创造，在更新。有兴趣的人真的可以做一门简体字的学问呵。

南辕北辙

　　如果要我说最让我内心有所警醒的成语是什么的话，我就会说是"南辕北辙"。做一个自己想成为的人是自己的理想吧。可每每不是这样，活得不是自己想的样子。这就是南辕北辙。那个南辕北辙的人并非愚蠢。他只是无法反抗命定的现实而已。他想到南方去，却偏选择了北边的方向。而且还要做着努力的样子。宁愿理想离自己越来越远。我是不是一个南辕北辙的人呢？肯定是。只是不断地纠正自己的方向，让它尽量地偏向北方罢。哪怕绕了一个圈子，才说，这才是我真正要的生活，这才是我真正的朋友，这才是我真正爱的人。

最哲学的一个字：省

省即少目。意即少看多思。世界太大了，关己的东西很少。看应该看的，不看不必要看的，也是"省"。除此之外，还得内省。即曾子所说："吾日三省吾身——为人谋而不忠乎？与朋友交而不信乎？传不习乎？"曾子是君子的典范。他按一个君子的行为准则要求自身。一个忠，一个信，一个习，从品德、才能和知识三方面完善自己。

种瓜得瓜，种豆得豆

《圣经》上说，你播种什么，就收获什么。佛说，善花结善果，恶花结恶果。中国农民说，种瓜得瓜，种豆得豆。

一个意思，三种表述方式。有意思也。由此可以看出三种文化的些许差异来。神性的或纯粹理性的，不及物的；感性的，唯美的；具象的，切己的。

学问、知识、善知识

我的一个观点是，知识越多，不代表学问越大。有知识的人认为地球是圆的。这知识是如此正确，然后它引导人类朝着已知的宇宙世界进发。而无知识的人以地球是方的，天圆地方，来锻造出一番神秘无休止的学问。学问常言有学有问，非问无以学也。这是说有学必问。学问还有一意应为"学会问"。无尽地问，导致玄学来。文艺皆是此类。所以说有学问的人并不是知识正确的。倒是"智"与"识"而已。智慧与识见。佛家把人分为两类，一类善知识，一类恶知识。教人走正道的是善知识，反之，是恶知识。善知识其实是"懂事的人"，即明白事理的人。事有理即通，不只关事实。

非者，非也

在中国的诸子百家之中，我是不喜欢韩非子又有些同情他的。这个口吃患者，不善言谈，只能把一切想法都诉诸文字，在当时那个讲口才更甚于比文才的时代，不受宠爱并最终死于同门师弟李斯之手，是他注定的命运。此不幸的命运倒模糊了他性格中乖戾的一面：用法严酷，绝少施恩，最终是背弃了他的祖师爷——极善言谈，不善为文，中国历史上最富人格魅力的人物之一——孔老夫子，而始创"法家"一派。

当然说法家一派的创立起源于一个口吃的毛病那是有些夸张的话，但设想韩非子当其风华正茂之时，而没有口吃，那么以其韩国公子的身份，与某位有沉鱼落雁之貌的女子流连于花前月下的可能性肯定是远大于其形影相吊，闭门苦思的事实的。

所谓性格决定命运，也可谓身体决定思想。

韩非的口吃决定了他的愤世嫉俗。当然，是否所有的口吃者都是愤世嫉俗者，我不敢肯定，但我想韩非绝对是的。不然，就不会写《孤愤》，不会以为"儒者用文乱法，侠者以武犯禁"。当然也就不会对一个宋国的富人一个并不算荒谬的看法产生非议。

宋国富人的钱被盗了，是于情于理不会怀疑到儿子的头上的，儿子当然聪明；其邻居知道屋子的破绽，倒也是极有可能去盗。感情固然影响认知，能否达到决定的程度，还有个"利益"这不可或缺的因素。如果儿子闹着要与老子分家，我想那富人也未尝不怀疑儿子，而认为邻居聪明的。但由于韩非子口吃，在他那个时代孤僻，而愤世嫉俗，就只能"引绳墨，切事情，明是非"了，把一切罪过都算在感情的分上。

一句话，韩非子是不通情理，抛弃了讲仁的儒家；不通道理，抛弃了讲自然的道家；而只通法理。

于是，"情人眼里出西施""儿子是自己的亲，老婆是人家的好"这些俗人们的俗理，在韩非们的眼里，也是要"引绳墨"来"明是非"的了。殊不知，世上若没有一意孤行的痴恋、苦恋，没有了半夜里火辣辣的偷情，这人世的趣味会少几多。

原本人之一物，情感与理智的混合体。两者如江水与堤坝，相依相存。水总是要冲击堤的，堤总是要阻挡水的。滔滔东流者师的是自然大法。又怎能在乎一滴水的短暂走向？为国谋者，强兵富民，是硬道理，但也要顺人情，通世故，才有得欢腾景象。不然，总也是一潭死水罢了。

所以我说，受非议的不应是那位宋国富人，实应是韩非。非者，非也！

《在细草间》选

生　命

　　这个词在我活了三十多年后才占据了我的脑海。但是我仍然无法直接谈论它。我只能叙述几个与它有关的情景，来说明它占据我脑海的理由。

　　在我工作的学校旁边是一个小学，我们中学与它只隔一个院墙。我上课的那个教室走廊上正好可以看到它的操场。每天早自习，我的学生自读时，我就离开教室来到走廊上看小学的学生们早锻炼。我都不知他们究竟在进行着什么样名称的活动，我只看到他们在不停地跑着跳着，听到他们不停地叫着唱着。我呆呆地看着，听着，没有思想，大脑里是一片轻松的空茫，竟舍不得回到我的教室里。我的教室里多么安静。就是学生们在大声朗读时也显得多么安静。因为他们大致一个姿势地坐着，朗读的语调与声音也大致是一样的。这正好和小学生们形成一个显著的比较。很明显，我的思维中存在着那么浓烈的怀旧意识。当时我以为仅仅如此。

　　另一件事的发生让我改变了看法。我的另一个班的教室正好对着学校的足球场。说是足球场，其实不让踢足球，也不让随意活动。那只不过是一个草场。它被煤灰铺成的跑道和道旁的一圈法国梧桐树包围着，也是学校里最美的也唯一的景致。春夏秋冬，我没少看它。看着那儿的草由绿到黄，又由黄到绿；看着那儿的树也是如此。也看着太阳由低到高又由高到低。天上的云朵被风吹过，地上的树叶也被风吹得唰唰地响。看得多了，也为它写过诗，写过文章。它基本上是一个很安宁的所在。没有什么故事会在那儿发生。我的观察点也永远是我的教室的门口。我的目光永远是一个方向。如果说有什么变化的话，那就是我从它那里才能感受到的一点季节的变迁。但有一天开始，这儿几乎每天上午九十点钟左右，一群幼儿园的小孩子来到了草场。其中包括我的儿子。学校多余的教室出租给一个民办幼儿园。我的儿子也在那上学。每天他们吃过早点，做完早操，就被他们的老师领出来，到草场上玩耍。我的目光开始被这群天真无邪的孩子牵引。那一天的早晨我笑了。一种从心灵开始的笑。一个小孩也许是玩累了，也许就是调皮，坐在了草场上先前为升旗而准备的一个铁桩上，铁桩在一个两层的长方形的石台中央。如果那个小孩坐不稳或出现其他什么差错，是容易从铁桩上摔倒而弄伤自己的。因此他的老师很快呵斥他下来了。不料，其他的小孩开始从这上面找乐子。先是一个胖胖的小男孩趁老师不注意爬了上去，坐在了铁桩上，老师把他赶了下来；然后是一个扎两个小辫子的小女孩也跑了上去坐了下来，老师也很快把她赶了下来。后来又有几个小孩如法炮制。老师没了办法，最后她自己跑了上去，坐在那铁桩上不下来了。就在这时，我看到了生命。我感到了生命。那些小孩告诉了我生命这个最可爱的词。多么自由啊，不肯受压制。那么小的一个脑袋里，也有着自己的想法。也就是思想。生命，生命，就是活着，做自己的事。好像是很简单的事。就像一根草一样，就像一棵树一样。刹那间，我感到了万物的活，万物的生命。我笑了，我为那事而笑，但我的心灵湿润了。我为生命而感动，为一根草、一棵树，为万物。同时也为自己也拥有这样的生命而感动。我是这样带着感动回到我上课的教室的，因此我没再为教室里不听话的学生而恼怒，也没再为那些不用功的学生而感到失望。我用最动听的语言给他们讲课，用无限的耐心给他们解疑。我是这样带着感动回到我的办公室里的。因此我热情地听了同事们往常让我最厌恶的家常，听了他们的牢骚，他们的调侃。我看到了我的年轻的女同事的美貌，我的中年男同事过早到来的苍老。因为我所看到的是一个个可尊贵的生命，我的心中满是爱与敬意。如果说我在小学操场上看到的景象只是生命的表征的话，那么我在自己足球场上看到的已是生命的实质。我相信了我所看到的和感到的。

带着这种令我感到幸福的情感，我度过了以往失眠的夜晚。也正出于这种情感，我做了有生以来一件主动的事。我们学校的一个高二女生在放学路上出了车祸。肇事司机趁天黑人稀，把她扔在离路几米远的暗处。车轮已经碾碎了她的盆骨。但她凭着上天给予她的强大的生命力爬到了路边，尽管一个又一个过路的人暂时让他们的人性陷入可悲的黑暗之中，视而不见她的求救，她能够感触到她生命的血流淌在抚育她的大地上，但她没有绝望，她坚持着她生命的活。她也终于等到了她重获生命的机运。她躺在了医院里，她的农民父母此刻要抛弃更多的希望，而只留存唯一的希望。希望他们的女儿能够重新站起来，哪怕让他们躺下去。

我听到这个事时，已是事发的第三天了，那个女孩是星期五出的事。星期一的早晨，我感到自己的躯体颤抖着，感到自己就是那个痛苦中的人。我必须去帮助她，尽我可能有的力量。帮助她也就是救我自己。当晚，我把这事告诉了一个记者朋友。星期三，我陪她采访了这整件事。我给她讲了我读来的一个故事。也是一个关于生命的故事：

暴风雨后，一群小鱼儿被抛在大海岸边，一个小孩把它们一条一条地抛回大海。一个大人说，这么多，你救得完吗？谁又在乎呢？小孩一边扔鱼儿，一边说：这一条在乎，这一条在乎。

　　我承认我总是被这样的故事打动。记者朋友也把这个故事写进了她的报道里。少女的事惊动了市长，也感动了市长。政府付出了他们的努力。看到报道的很多人都在乎了一个陌生女孩的生命。那个学生得救了。但我的心里在说，谁也无法解救她躯体的痛苦，那常人都难以忍受的痛苦。尽管这样，我的心中感到的幸福仍是以往一切幸福的总和。

　　每天都有那么些陌生人给那个学生捐款，写信。有下岗女工，有退休老人，有大中小学生，有部队士兵；有国家公务员，有私企小老板。我很想知道那些有善心的人是怎样付出他们的善行的。我想善才是最高的道德，爱才是唯一的才能。我知道，我永远不是唯一地这样说的人，有太多太多的古人和今人这样说过，但我看重自己这样说了。我也知道，每个人只有当他自己这样说时，他才能够听到。这是没有其他人能够告诉他的。不仅如此，这里的说，是与行合一的。

　　有一次上菜场，看到一个跛腿的老妇人也拖着一个三轮车卖菜。抱着一丝怜悯，我买了她的豆子。菜钱算出了七毛四分。我给她一元钱，她口里念着找二毛六分，找了一会儿，终于没有找到分子钱。于是她找了我三毛钱。我没加思索地还给她一毛钱，她看着我，停顿了几秒，接过后，说了声"谢谢"。我感到惊异，为这个贫穷的老妇人保持至生命即将终了时的尊严。她的声音不那么小，所以她周围的菜贩们也听到了，他们也都看着我，也看着那个老妇人。他们的眼光是善良的。所有时间在此停顿。我觉察到喧闹的菜市场里有了片刻的宁静。

这种宁静也本源于心田。当我在大街上给一个乞丐扔一点零钱，在公共汽车上给老人孕妇小孩让座，甚至于遵守交通规则、卫生条例时，我就感受到了这种宁静。

这与道德有关吗？我不敢断定。因为道德总是相对存在的。有一次回农村老家，在乡村公路的一个小站上等车，目睹了一场争吵。一个中年妇女指着一个衣着时髦的年轻女子骂着不堪入耳的话。那年轻女子只是偶尔低声申辩。据旁边看热闹的人议论，那年轻的女子是个妓女，刚从外地回乡，可能在以前或现在与中年妇女的丈夫有了关系。这场争吵没有一个人来解劝。那个年轻女子在男人们看来有些楚楚动人，在与之不相关的女人们看来也是我见犹怜。但没有一个人来解劝，同时也没有一个人附和那个凶神恶煞似的中年妇女。这里，道德仿佛隐身了。因为两个女人都像是不道德的。或者就是都道德的。我同样不置可否。在那里，使两个女人发生联系的那个男人不在场，但他分明比任何人都更显目地存在着。我为两个女人感到难受。当我搭上车后，我还在难受着，即便现在提起这来，仍然感到难受。我为两个失去了尊严的生命难受。更重要的是，失去尊严不是由她们自己能避免的。这样想，我之所以难受是因为我仍然尊重这两个生命。她们没有理由不被尊重。

因为一个作家说过，我们都是可怜的魔鬼；因为我们都是有限的。最主要的是每个人也都是不同的。他是上帝的个体，不是社会的个体，因为社会中不存在真正的个体。只有最高的善才能审判任何一件恶，只有面对天堂，我们才能辨识大地的黑暗。在这里我理解了耶稣所说，如果有一个人打你的右脸，把你的左脸也伸过去。当然我也理解了一个中国人所信奉的"以德报怨"的道德准则。因为未来也许是未知的，但爱与恨的命运肯定有所不同。

　　不仅如此，还因为生命也有它的层次吧。每个层次都是互相宽容的。初春，我注意到一根梧桐树光秃秃的树枝上新的叶苞。星星点点的，很不起眼。显眼的还是去年冬天残留的一片枯叶，它顽强地占据在枝干上，同去年秋天的果实在一起。透过这丛丛枝干，我可以看到那遥远的蓝天，在蓝天的背景前面，新绿与旧叶，一同展示着。旧叶在飘动，它时刻提醒着生命是变幻着的。我便是由此看到生命的层次的。新与旧，美与丑，都存在于生命的某个层次中。一个善良的妇人，一个被迫的妓女，也许只是在生命的不同的层次上罢了。看到她们，我同样宁静，我的感受肯定不同于看到那些小孩，那些少女。前者是冬天，后者是春天。而我现在爱四季。

　　有一天，那个出车祸的女孩的父亲来学校，谈到肇事司机的事，女孩的父亲说，公安带了一对有很大嫌疑的父子司机去让女孩辨识，女孩说，记不清晰了。还说别找了，事情已经这样了找到了又能怎样？也许女孩的心里还在说，找到了只能又增加一个家庭的不幸。

　　这个少女已经从春天走过了。

　　每个人的心里可能都有被黑暗遮蔽的时候，不幸就在那时乘虚而入。每个人的心里可能都有脆弱的时候，他因此走上了歧途。但就是这些，都能够得到宽容。我想这生命就没有什么让我去鄙弃的。

　　比如说，一只小爬虫，米粒一般大小，浅灰色的，有繁多的细腿，生长在卫生间潮湿的环境中，把家安在小小的墙的缝隙里，在黑暗中才出来，遇到突然到来的灯光就四处躲闪，但有时就免不了被人不假思索地或下意识地一脚踩下去，呜呼哀哉了。

今天，我没有踩它，我看着它爬，它可能意识到没有危险了，就停留在一处光明之地，再没动一下。我看着它，就想，以前我为什么要踩它呢？它根本就没有妨碍我什么，唯一的坏处也是以我人类的标准强加给它的：它好像有碍我追求干净美好的视线。现在我看着它，发现它也并没有破坏我美好的视线，相反，还增添了我的房间的生动性。在我的平和的注视下，它的确是感到了安全，它可能就能度过它完整的一生，那么短暂的一生，几天，或者几十天。它以它的本能感知它所遇到的善。它的本能也可能因此得以一些改变了吧。而我同时注意到，我的房间除了人之外，几乎就没有什么活着的东西了。这只小爬虫是难得的一种。了不起，夏天门窗封闭不严时会混进几只苍蝇、蚊子。它们的命运和小爬虫一样，是人人见而歼灭之的。所以这只小爬虫，就是站在人类的角度上，也是应该活下来的。那些大的爬虫都快要灭光了，我们可能就剩下这些小爬虫了。它是我的伙伴。

但是为什么，在很多时候，我都没能意识到它也是一个生命呢？而且非置之于死地不可呢？

因为它的弱小。因为强大就仿佛获得了主宰其他生命的权力。就像我不喜欢的集体。集体相对个体而言是强大的。它因此就自以为获得了处置个体的权力。由此，众多的个体就容易丧失自己的生命原则去依附一个集体，做集体的一分子，公然无视其他的个体。而某个强大的个体如果也成为一个集体中的一员，同样也获得了处置同一集体中的其他个体的权力，并且善于利用集体的力量去加强他个体的权力。这是可怕的。生命的自由平等的原则已被践踏。一个人可以无视一只小爬虫的生命，一个集体就可以无视一个个体的生命。进而任何个人都可以无视他人的生命。

我想还是回到原初吧。回到我的小学，我的幼儿园。善才是最高的道德，爱才是唯一的才能。只有善才能拯救沉沦，只有爱才能避免绝望。我要这样去生活。显然我同时感到它是艰难的。我看到我的生命中有盛开的花朵，也有阴沉的淫雨。因为当我把这篇文章断断续续地写到这里时，我的心情已不像起初的轻盈，生命走到这里，它不禁沉重起来。

　　哦，生命。这不是一个去写的词。这是一个去做的活。没有开始，没有结束。我也许捕捉住了它的某一段时光，我永远不会捕捉住它的未来。但是现在我隐约地觉得我的生命的根。它应该在天堂。因为那些静止的植物把根扎在大地上。

清晨与黄昏

我同这世界表面喧闹的一切保持着一定距离。无非在说，我离另外的某种东西更近些。而这另外的东西，正是我孜孜以求，至今又不甚明白的神圣与神秘的事情。

活在内心的想象之中，活在无休止的寻求之中，这两者的结合就是美。不仅仅是美，还是一种悲痛，一种崇高。宗教似的献身，从走上这条道路开始。这条道路逐渐把它的本质显现，竟是不可能舍弃的。它以自己的血肉铺筑。我已经遗下了我的脚、我的腿、我的手、我的心脏，最终是我的双眼。所以说，当一个人合上他的双眼之时，他生命之路已铺筑完毕。

探询着某种可能性。某种可能的极限：一个人能够离他人的世界多远，能够孤独到何种程度？这种孤独是一颗过早到来的星的孤独。它饱含着善意的光芒，同另一种孤独遥相呼应。而拒绝不可能的援助。我是这样表达的，尽管这表达远不够熟练。它说，伟大品质的修炼在于个人。在某一个黄昏，我穿过喧杂的市井，我一定想得过多。我走着，感到孤寂、冷漠，又无上满足，摒弃了他人灵魂的需要，才这样说，"在于个人""在于纯粹的个人"，或者是"纯粹在于个人"。

这是一个结论。它表达着欲望的终结，及对此现状的体认；又是一种预示，预示了安宁，甚至安宁至时间的终止。

然后，我才开始了，所谓的真正的抒写。

——我们活在众多的纠缠不清之中。

——我们所能拥有的爱与被爱只能来自神圣的关怀。

——而爱是次要的。同时，必须禁欲。

这也是结论与预示。

而在某个清寒的早晨，我发现至高无上者的脚步点缀在大地的万物之上。晶莹的露珠反射出它的光芒。在万物最敏锐的部分，它还有所选择。而领悟是瞬间的事情。我明显地回到曙光初现的时代。那些古典先哲们须发冉冉。真理沉浸于无言之中。而那些"泄露的真理"，美而稍纵即逝。这是永恒的露珠啊！

也许清晨属于耕耘者：农民和诗人。梭罗正是两者的结合。他说"每一个早晨都是一个愉快的邀请，使得我的生活跟大自然自己同样简单，同样的纯洁无瑕"。其实，早晨就是简单和纯洁无瑕的时光。"一切知，俱在黎明中醒。"在这一时刻，至少可以开始对生命表达它应得的尊敬。

一个清瘦的人，在清寒的早晨，处于清冷的环境中，如何不保持清醒？但我停滞不前，我被某个问题缠住了，又怎能继续前行，若无其事样？而问题便是我离早晨多么遥远。我身陷黄昏之中。

四周是闲谈的人。朦胧的天色使身影丰硕，肉欲膨胀。谁在此刻享受精神？有人说，智慧的人在夜幕降临之时开始思考。现在，正是开始的时候。但他们清晨在做什么？人最终可能达到怎样的境界？又如何达到？那些声称找到意义的人对于我又有何关系？对于他们是否又真？肉体所需求的一切习惯于占据整个世界的中心。它提醒我须认真对待。这就是一个陷阱，一个有所诱惑的陷阱。以其浅显诱导人踏入荆棘。生活啊，我的姐妹，涂脂抹粉的姐妹！谁对你怀有爱情，怀有深深的罪过与反省？在你的面前，我只能停滞不前。

我只能有意地锻炼着内心。我要让内心离我的行动越来越远，离我生存的环境越来越远，直至它们各不相干。它游离于我的躯体之外，又包裹得严严实实。它就像冬天遥远的火焰，像黑夜稀疏的明星，以心灵给心灵的安慰。我就像一个在人间造自己的天堂的人，我把一切都寄寓了它，一颗永不腐蚀的心，像珠玉一般具有永恒性质的心。这也是我远离众人所做的事情。用建构还不足以说明，用孵育更贴切一些。而温度正来源于与爱情相似的情感与事迹。

我有着隐秘的关怀，我为她默默奉献。幻想支撑着这一切。不仅仅是幻想，还有某种高尚的情怀；不仅仅是高尚，还有自欺。它们夹杂着痛苦与幸福，悲哀与喜悦，及茫然的无奈与孤独。即使黎明的知也无法使之清晰，而恍然到黄昏。

我也有着诚挚的敬爱，对于他，一个老人。他的思想仍是新鲜的，富于启示性的。这热爱羞愧于表达，而变为一种激励。有时不禁会问：有了罪的人，还能爱上帝吗？如果他竟背着那罪，他已经无法解脱，罪的印迹永远烙在他脸上，他能爱上帝吗？一定能的。但我无法不羞愧。

我离开时间已经久远了。我的生活中没有物质的时钟。既然如此，我又如何可能知道时间的"久远"？这里面有自然的多少因素！正如老子所言："天下皆知美之为美，斯恶矣；皆知善之为善，斯不善矣。"当一切人工的时间标志隐遁，自然的时间就拥有了意义。多少个黄昏，我在思考；多少个清晨，我在昏眠。我长久地保持沉默，固然在于我找不到那个说话的人，还在于我如此偏爱这清晨与黄昏。这是天空中具有色彩的时刻。这是一个儿童的任性、老人的固执得以存在理由的时刻。因为这是开始和结束。世界在此时变得宁静。它正像一个历经久远的湖泊，隐藏在人迹罕至的高山峻岭之中，哪有沉渣泛起？在此，我生存的主题愈来愈显明。存在的表象就是这样：它动荡不安，动荡的范围总是从中心到边缘；动荡总是偶然的一刹那的事情，而宁静因此显得必然。

现实与梦呓

又应该说在这以前的事了。

时光是艰难的，它表现在人只能为生存而活着，而无法拥有让他的本体呈现自由的状态的时辰。它从世俗的角度看，只不过表现在劳累过度，缺少睡眠。而睡眠是唯一的休息，心须具备的休息。

很多写作者都谈论过这一问题：写作必须具备一定的物质条件；无生活之虞；稍许宽松的心灵空间。因为写作必须让心灵中有想象的居留之地。而现在我不具备任何一种。

因此，我的脾气变得暴躁起来。我缺少了耐性。理智被遮蔽。尽管它依然能够被感觉，它还存在。但它只到它丧失之时才显示它固有的力量。但这最后的力量已经无法支撑起我沉重的躯体，去过它向往中的生活，甚至过去的生活。

上帝说，人要堕落，连门板也挡不住。越来越感到无力，感到信心的丧失；越来越急，空虚的急。在生死的天平上，砝码已明显地向死亡移动。这天平即将失去平衡。要怎样谨慎思维才能避免最终的倾倒啊！

在这写的时刻，小儿又在哭闹。他有自己的睡眠方式：像马一样，保持高度的警觉。他必须与父母之肌体相拥，他必须在有节奏的摇晃中入眠，他身体的重心落在父母的手和双臂上，整个人就这样悬浮于空中，耳旁吹拂着温馨的催眠曲。竟很难改变。

他像马一样，保持高度的警觉，当睡神真正降伏他，在梦中他也会张开耳朵，睁大双眼，关注着环境的改变。

在这样的时刻，我的思考能进入到哪里的深度？

还有疾病，是那么有力地打击他，让他无所适从。他还没有丝毫的意志，但他有选择的能力，对颜色、声音、滋味和温度的选择：接受还是拒绝？

小儿的诞生预示着我的生命的自我已不在我生活的中心。太阳出来了，月亮只能退居于黑暗中，但就是这样，我依然看到了盛大的光明。

12月2日，我梦游一般到达了中心书店。离家越远，仿佛离生命中的外在的一切更远。小儿病中的黯然失色，暂时隐匿在意识的帷幕之后。在诗歌柜台前，我听到了一个少女的朗诵。在涌动的人群中，她占据着极小的空间，就在这极小的空间，她真纯的热情的声音形成了一个透明的玻璃罩。多少人在倾听。但他们没有显示出来。就像我一样。我的眼睛看着手中胡乱翻着的书页，我的脚步在这周围徘徊。因为此刻，全身的感觉都集中在两只耳朵上。她朗诵的是谁的诗？那个诗人如灵魂有知，应该感到最大的幸福。只那么轻的声音，正好把自己保护起来。好像只自己听得见，就像对恋人的絮语。但多少人听见了。他们听见了这真正的声音，沉淀在心灵深处的声音。诗歌永远在触动着人类的良知与良心。那是个普通的女孩，背着书包放学了的高中女生，扎两条朴素的辫子，穿一身白色的运动衣。那篇诗歌如此长，它永没到结束的时候，当我离开书店，尽管手中空空如也，我依然听到那朗诵，我仿佛带走了整个书店。

11月底，我没能感到冬天的寒意。严寒到使人无所作为的日子其实很少，冬天其实也是一笔巨大的时间财富。空气多清澈，蚊蝇之类失去了踪迹。甚至田野街道也是人迹罕见。世界因此变得宽阔多了，也给人一种自由的联想，美的联想。如果这个世界所有的街道都挤满了人，这些人与人之间存在着暧昧关系，这是无论如何也不能给人一种洁的感受的。只有冬天，把艺术家，把思想家，也把无家可归的人显示出来。孤独，不合时宜，更具热情的人点缀在世界的繁荣之地。

我的心中有所萌动。好像春天来了。我想，如果等到春天萌动就来不及了。在繁花似锦的春天，在热闹的日子里，我总是能够感到自己的疾病，虚无的疾病。在世界开始充实之时，我感到虚无。为什么会这样，我不想探究。我想写了，写过去的事情，题目中流露出忧伤与光芒。我想写更复杂、更厚重的东西。但如果是诗歌，我要让它有翅膀；如果是小说，我要让它有大象的脚。

于是，我离开家门，在妻儿热睡之时，我走在冷清的街道，我努力使自己意识到我的行动的本质：无所目的地行走，但绝不放弃思考。"我同世界表面喧闹的一切保持着一定的距离。"我在另一篇文章里这样说过。现在，我努力使自己付之于行动。维特根斯坦说，一种语言，决定一种生活方式。但行动仿佛更能说明一切。尽管它有时正好显示出内心与之的矛盾，或者是一种虚伪的生活。我走在坦露的街道，这时的街道在我眼里正像凡·高著名的《农鞋》里所表现的，海德格尔所揭示的，它是其所是。一个思考的人审视着它，正如一个画家的眼睛攫取了它。在空无的背景中，在消失了车迹人迹之后，它无限的延伸展开它的生命，它也需要此时的寂静与孤独来显现自身。

我们已不可能像梭罗一样隐居于湖滨森林。大自然已没有馈赠。对于思想的人，如果要寻找宁静，还可以从时间中获得。但终有一天，这样的光明也不会存留。到最后的时刻，只能获诸内心。没有了外在的影响，完全由于内心的萌发驱动，其自生自灭有如恶劣环境中的植物，存活的能有多少呢？

有一天，我遗忘了一个梦的写作。但从此我致力于回忆那已根本不存在的梦。写作创造的梦竟比真实的梦清晰又模糊。（我该怎样让人相信这话的真实？我还需要怎样的表达？）梦依然存在，而写作不在。而写作不在，梦又何以存在？这种遗失带给我的隐秘的伤痛超过了其他任何一种。这伤痛正在于它既清晰又确切地模糊。我说，人们致力并陶醉于非现实的存在。我说，我梦见自己走在一条仅容两人行走的小道上。道旁鲜花盛开，树木苍翠。世界像面镜子。典型地，我梦见自己在一个梦中。一个梦一个梦，它没有完成就已消失了，像一个人的夭折，坟头上满是青草。梦中的道路明显地等待着另一人。

"昨夜，我追出门去，只见到满地银霜。仰望天穹，那洁白的月亮正如你的脸含笑对我。我的心中满是出错。正像这世界遍布的阴影。谢谢这月光。谢谢你。给我留下那么些明丽的感觉及美好的怅惘。我已有一年多没见到这么美好的月光了。我每日每夜只关注身边琐屑，对这大光明就像对于青春、对于理想一般冷落了。哦，我把它们比作青色的大雾加以嘲讽。在这样的晚上，月光照亮了我的心灵。我猛然意识到人应该透明一些、清澈一些地活啊。沉重的是躯体本身，但思想必须反映出轻松的光辉。它显示于外的是何等从容的形象。"

于是，这一个上午，我听到了天堂鸟的叫声。我分明活在一个现实的梦中，或一个梦的现实中。

几种手工（一）

剪纸及粘贴

我准备好剪刀、胶水，也不尽是这些。实现同一种目的可以有多种手段，选择在条件具备下的一种——这可能不是最好的，但最方便，甚至对于此时此地它是唯一——也是对智慧最好的酬劳：检验了我们面临事情的应变能力，以及手——万物中最灵活者同思想的配合程度。

今天我进行两种：剪纸及粘贴。在目光的测量下，把纸剪成所需要的直线。从有所参照到无所参照，手愈来愈显示出它的方向，它的沉着、稳定。心与眼与手在直线上贯穿。心之所到即眼之所到，眼之所到即手之所到。万事万物在直线之外，而以之为轴心。这直线敏感，脆弱，又延伸至遥远。探测着某种深度，代表着我的时间，与一次铭刻于心的旅行相仿佛。

现在，我把这些直线粘贴在另一些直线上。粘贴的目的在此即手段。至于胶水，它是永远的隐蔽者，连接着表面与内在。正像诗人连接在大众与神之间，它重要到在它完成使命后，谁也不会想起它的重要。除非它逃跑，放弃，拒绝服务，让表面与内在永远无法沟通，让内在成为表面；让不该暴露的丑陋现形于世，应该宣扬的没有根基。而我把一些直线粘贴在另一些直线上，如果我做得好，它使三者都失去意义；如果我有些力不从心，直线、胶水、粘贴都把性质改变。

这或许是最简单的手工，却是最本质的手工，以无目的为目的的手工，是一切手工最好的准备。

而一个夜晚，我就在手工中度过，把一些纸剪成直线，又把它们互相粘贴在一起。它们仍然是些直线。我以此开始深入手工。它提醒我一个人的迷失、返回、专注种种。我会保留它们。

装 订

我不能把一些不能在一起的事物装订在一起，我只是把本应该在一起的事物装订在一起。我所做的最重要的事情就是寻找与选择。但现在我所做的是实现装订的最次要的目的：便于保存，便于携带。它像一个木头箱子，把那些可有可无的东西聚集在一起，随着时间的推移，事物的变迁，它们也从新到旧，成为历史的一部分。从这个意义上看，历史简略而言就是一种装订。但历史本身是有秩序的，历史的错误往往就是装订的错误。

但我仍然不能把一切都装订在一起。任何装订都会遗漏一部分，而保留另一部分。也许是其价值使然；也许原因很多。很偶然地就成了这样。但我对失去的并不甚惋惜，对留存的并不甚钟爱。

但装订作为一种手工，与剪纸及粘贴相反，最不具有形式上的意义。装订的意义在于被装订的意义。这有些像我们对于语言的态度：一些共有的语素，把它们装订在一起组成词和句子。语素不变，而句义的变化引人注目。"是不?""不是?"这是两种装订。我最看重这种变化的结果，而不把手的力量、针的尖锐铭记于心。材料已经准备好，秩序已经确定，装订实际上已经完成。

就像一幅画已经写就，最后的工序是装上木框，钉在墙上一样，装和订使事物显现了自身。所以装订的快乐又最高。

我在不同的装订中通过比较有如此体会：最高的快乐有不同。像我把金银珠宝装在一个箱子里，而把砖瓦土石装在另一个箱子里，前者体会到得到的快乐，后者体会到丢弃的快乐。它们怎能相同？

海德格尔说，诗人通过诗把永恒固定起来。他强调的是诗之本质。我在此强调的是通过装订固定起来的永恒。

制　琴

最高雅的手工是制琴。制琴的手绝对柔和又有力。同时它懂得音乐，它会倾听。这也是最复杂的手工。它不排除使用越来越先进的工具，但手是它的灵魂。制琴师从年轻到年老，他的手与木头一起受到磨砺。一双耳朵被磨砺得听得到无声。

从粗糙到精致，制琴涵括了艺术过程的始终。但它不能被称作艺术。它只是一种手工。如果我们换一种欣赏的眼光，它可能比艺术更美，更有价值。因为手是谦虚的。它在无用之时，从不张扬，而总是垂在下面；需要它时，手越过了身体的其他任何部分。一个人趴下时，它最先趴下；在一个人向上爬时，它抓在最高处。但它是谦虚的，它所有的劳动都被遮盖在大脑的劳动之下，正如制琴本身被淹没于一片琴声中。

我还是回到制琴本身。一把琴是没有样本的。制琴师或许知道它的形状，但要知道它的声音是艰难的。但我可以想象真正的制琴师，在他选择木头时，已经知道了它的声音。任何一种木头发出的声音都是不可代替的。因为木头也是不可代替的。但这并不意味着后面的工作已经不再具有刺激性。像脱衣舞一样，随着衣饰的脱落，美丽的胴体显现，同时，如巴尔特所言，在脱掉衣服的刹那，消失了性欲。制琴师刨剔、磨砺多余的木料，露出它的声音，他就从目的的苦欲中解脱出来，上升到一种陶醉中。

但制琴师不占有它的产物。他与琴相恋，而不拥有琴的一生。没有谁比他更知晓一把琴的历史，但他不是为一把琴而生存的。他或许会拥有一生中最后的一把琴，那或许的确是最好的，但那拥有的机会来自命运的赐予：他结束了手工，那把琴停留在最后的路途。

所以很难想象制琴的普及。在所有的手工中，它与手工业者联系得最紧。这种联系自然不仅仅靠手来完成。又，它像不是手工，实际上，我们说过，它是最高的手工。最高的也是本质的，制琴包含了手工的本质。

泡　菜

首先我探讨的是一个动宾词组，然后它变成名词。

泡菜是一个简单的过程。它选择那些朴素的蔬菜，洗净它们，然后放在一个缸里。缸里面首先已装上了用各种调味品配制的"水"，随后，时间把它们变成美味。其过程的终结就这样成为概念——一个名词。在此，时间显得分外重要。因为并不是所有的过程都会成为一个概念的，如"做工""写诗"等。也有另一种情况，过程即概念，如"生"与"死"之类。它们是一个过程，也是一个概念。

在我所能得到的关于泡菜的知识中，这一点值得注意：并不是所有的手都适宜做泡菜的。有些手会败坏泡菜，其原因不清楚。这跟手的清洁无关。仅从认识论的角度而言，可能是这些手的"成分"与泡菜所需的"水"产生了不良反应，而改变了"水"的性质。但这并没有科学根据，而且过分干巴。我情愿不知所以然，并且使用那些可用来做泡菜的手去做泡菜。这一点让我乐于认为泡菜自有它的神性。这一点也让我乐于认为它是一种最神秘的手工。也许正由于它太接近生活的缘故。

我在一个电视节目中了解到韩国是一个大规模生产泡菜的国度。泡菜成为一种生活的必需品。制作过程日趋复杂，并且从家庭泡菜转变为作坊经营。这种转变是否改变了泡菜的性质我不得而知。但我想，这种改变不是强调了作为动词词组的泡菜就是强调了作为名词的泡菜。对其中之一的强调，使时间已经被忽略了，往往时间即过程，或时间即概念。最初，泡菜的魅力在于等待——对时间的关注。

刺　绣

刺绣是种温柔的手工吗？

刺绣是种象征。象征是其不是。当我想象的目光投向刺绣，我看到的是中国女子古典模样，透明的手，等待的青春。这是漫长的手工，一针一线都是从一个黎明到另一个黎明的缩影。

那是阁楼上的女子，从她的少女时代开始，她就接受刺绣的训练。当她完成刺绣，她已像一幅绣花成熟而美丽。她的命运就系于那幅刺绣团裹成的小球上。

在它或她走向完成的途中，它或她是纯洁的；在它或她完成之后，它或她开始被使用。再美的刺绣也不是用来欣赏的。正像再美的女子也要生儿育女一样。

但这不是我应关注的。我关注的是刺绣何以完成，它有何根据如此漫长而细致，它又如此小！——这是女子的秘密。又，女子有何根据如此迷人，有何根据搅乱世界？——这是上帝的秘密。

刺绣的女子她绣的是自己。她刺的是恨，绣的是爱。刺绣中，情感日渐丰富起来。而每一个男人在刺绣面前会失去鉴别能力。他对刺绣一无所知。当他偶尔观察一下刺绣的过程，他感到心口发痛。刺绣绝对不是一种温柔的手工！最亮的小针更容易打败一个男人。如果我们留心一下医院里掀出臀部接受针刺的男人那绝望的表情，会有更确切的认识。

我原本怀着极大的温柔来叙述刺绣。我发现温柔隐藏在忍耐中。我继续看到一个女子在灯光下刺绣，我看到的只是她所在窗上的影子。这才是真正的刺绣，绝对温柔的手工。

补　牙

我的老师说："没有人能代替你牙疼。"但我不会对之姑息迁就，听之任之。现代人治疗牙疼的方式是找牙科医生，这使补牙成为一种现代时尚。从这里可以看出现代人对待痛苦的态度与以往的忍受不同：它是拔掉痛苦之根源。它敢于抛弃旧的、传统的根据，而获得一个新的人生基点。这也决定了现代的性质是信仰复杂多变或无信仰。

如果一个人缺乏对痛苦的忍受，那么，他同时缺乏他人给予的同情。对牙科医生而言，同情就是他手上的镊子、锥子和药棉，就是他给予牙痛者的石膏以及为数不多的话语。而在这些工具面前，牙痛者的疼痛神奇地消失了。当然，这是短暂的。当牙疼者重新孤独时，疼痛又来陪伴他。牙疼者就这样再次来到工具面前。他请求补牙。旧的已经腐蚀掉，在嘴里形成一个最黑的小洞。痛苦便因此而来。我便是那个痛苦的人，牙痛者说。而补牙的医生在一番消毒、敲打、塞棉、粘石膏之后，只是说，这是试补，再来看。因为并不是每个人都能习惯于在自己的嘴里增添一种根本不属于自己的东西的。人们更习惯于自己的东西腐朽，而非新生，如果此生再长出一排新牙来简直会要他的老命。

所以补牙的人依然少，牙疼的人依然多。问题还在于医生与病人都对这种新生的手工缺乏信心。手工大约是越古老越好。在一个人的嘴里动手毕竟太先进了。而且补牙也很中庸。革命的人倾向于拔掉那颗残缺的破牙，镶上金子；保守者愿意陪伴它的痛苦走完一生。只有甘于平凡的人去补牙。末了，补牙的人说，现在我的嘴里不知道是什么东西，我用难堪换取了痛苦。

无人可代替的牙疼是光荣的。而难堪要永远难堪下去。

附：手工的历史

手工诞生于手，消灭于手。当手制造了更多的机器，机器的工作便消灭了手工。手工起源于人类的初始时代。它能保持至今，完全是人性使然。但随着人性的逐渐丧失，手工最终成为我们的一种回忆。那时，人与机械已无两样。这不指人与机械一样聪明，而指人与机械一起愚蠢。

手工同其他任何事一样经历了准备、兴盛、没落的三个阶段。剪纸、粘贴及装订属于准备阶段，它训练了手。泡菜、刺绣和制琴属于兴盛阶段，它们使手与人类的生活、艺术息息相关。补牙无疑是没落阶段的产物，它已很难让人想到是一种手工。我们从补牙可以联想到文身、美容等。手工就这样从训练手到改变世界到改变人自身而走完它的历史。

唯物论认为人因为手和语言与其他生物区别开来。手和语言开创了人的历史。维特根斯坦说，我们在与语言搏斗，我们已卷入与语言的搏斗中，语言最终逼迫我走到了尽头。现在，手也如此。我们走到了手的尽头，手的死。

"或许谁都知道，生就是死，死就是生。"

——欧得庇得斯如是说。

几种手工（二）

微　雕

不能说微雕就是在微小的物体上雕刻。一个桃核，与一粒米，就相当于一棵大树与一根小草，一座房子与一块砖。如果我是一只蚂蚁，一棵大树就是我的庞大的王国，一座房子就是我的整个宇宙。而现在，我恰好是一只蚂蚁。因为我是一个微雕者。我的世界甚至比一般的蚂蚁的世界更小，它就是一个桃核、一粒米。在它们身上，我隐藏着我的一生。

与其说我是在用那尖细锋利而又无比坚硬的刻刀雕刻，不如说我用我的意志在雕刻。与其说我坚持一种信仰，不如说我坚持一种道德。生命的卑微全因为肉体欲望的庞大。而我正是在我从事的工作中找到了做人的尊严。因为我发现了一个秘密，我的世界在我手的把握中。而这一个秘密实际上就是那些自命高贵的人共有的秘密。我借此得以时刻展现我微笑的生活，在所有大刀阔斧地生活着的人们面前。

而且我的眼前总有着光明，强大的光明。正凭借着它，我才看清了我们世界的全部。它原本是那么的小，同我们的心一样的大小，但由于我们的心是一种"勃起性的器官"（罗兰·巴特语），我们的世界就被无限放大至一种虚无的存在。无边无际啊。而现在它展现在我面前，就仿佛是一个初生的婴儿。

我就抱着对一个婴儿的情感对待我的微雕作品,我的整个世界。因为我是一只蚂蚁,"一片叶子让我度过一生",我的弱小的身躯中没有仇恨的位置,只有爱,这爱只为报答我们短暂的一生。

食 雕

诗人张枣的一首诗中有这样一个句子:"大伙儿戴好耳机/表情团结如玉。"另一句为"他们猛地泻下了匹锦绣/虚空少于一朵花"。很奇怪,我居然能把它们与食雕联系在一起。由此可知,诗歌应是世界最大的涵旨最丰富的隐喻了。它的超越目的的行为就像普照大地的光亮,其本身只是展现,于万物又大有裨益。

食雕如昙花。再美的食雕最终也是让人大快朵颐。所以远于君子的庖厨对食物再怎么精雕细刻也改变不了它们消灭于人的食欲中的命运。这种悲剧命运的真正承担者还是那个"表情团结如玉"的厨师。他的一生岂止是用来取悦于饕餮者的!

当然我们站在人类文明的历史角度看食雕,情感倾向会有所改变。食雕相对进步于茹毛饮血。况且如今,在文明世界日渐沦入虚空时,食雕不正如一朵花,是聊胜于无的那种多。但尽管这样,文明仍是一种虚饰,食雕仍是一种矫情。因为在欣赏美与消灭美之间是无什么可调和的。人的肉体的欲望与精神的欲望也无法共存。在文明的餐桌上,没有真正的文明,只有推杯换盏,利益共享。可怜那些小人物,他们被吃的命运早已注定。世事如斯。发生在餐桌上的故事永远都在发生着。这就需要我们的食雕越来越精美,这样,文明的餐桌就更能有足够的空间与时间酝酿我们的下一个文明,把我们越来越远地带离纯朴的文明。

食雕便是一朵文明的花朵。

皮影雕刻

同样是把多余的东西镂空，但皮影雕刻与其他雕刻相比，它展现的并不是留下来的实体本身。它是以其本体的影子而得以显示它无穷的想象魅力的一种看似简单，却包含丰富哲理的一门艺术。它也是唯一的能动的雕刻。它的活动所表现的是世界的生命的层次。它对人说，你所看到的不是我的真实，你所听到的不是我的话语。但我的真实又不是我的思想，我的话语又无法表露我的情感。亦真亦幻，无真无幻。光影飘动之间，光即是影，影即是光。我的现在就是我的过去，我的过去就是我的未来。我生存的世界原本是一个虚空，我表现的世界也本是一块空白。我之存在的意义并不在于制造我的人，而在于面对我的人。如果没有另一双面对表象的眼睛，如果没有另一双倾听虚无的耳朵，我的生命就是一片孤寂。

但皮影雕刻者有另一种说法：我的真实就是我所表露的。我的影子抖动的就是我的吟唱。正像诗歌中，文字歌唱思想。我的影子才是我的情感和思想。

皮影雕刻者像一个羞涩的人。他脸上的红润并不是贴近他的灯光所带来，而正是来自他的内心。王侯将相，才子佳人是他的梦想。但如果是一个帝王也喜欢皮影，那么这个帝王天生就是一个向往平淡的诗人。

无论如何，这里有柏拉图的世界，却没有柏拉图的思想。因为影子对于实在并不是如它们的命名一样简单。在皮影雕刻中，对于第一实体而言，谁又能真的分清影子与实在？

面　具

　　面具是用来遮蔽自己的脸面的。但面具最本质的特点在于它的不被遮蔽之处，即空洞的眼。这双空洞的眼是来显示那双实在的眼的。在一场假面舞会上，每个人都有他特别喜欢的面具。这副面具不能说就是他的一直被遮蔽的真实的体现，但至少现在，他那双未被遮蔽的眼睛显示出更多的真实。同时，这双眼睛射出的光芒又在探寻着另一张面具下的真实。现在，一个少女可能就是一只老虎，一个绅士可能就是一匹狼，一位将军可能就是一只小白兔。面具时刻都在提醒着我：你所喜爱的未必能如你所愿，你所逃避的恰恰是你一生所求。当一次次的追寻归于失败时，你就没有理由再坚持你自己，于是寻找者变成了被寻找的人，他同样隐藏在面具下。

　　空洞的眼，空洞的眼在此有了非同小可的意义。它的笑容是各不相同的，它的色彩的层次也各不相同。也许真实就存在于一瞬的闪耀之中，但已足以与虚假区分。这种真真假假的对立与前面的皮影不同就在于它是共界的，即在同一个层次上展现。因为面具对原形的遮蔽是贴近，对原形的改变是即时。而皮影不仅仅只在于影子与原形保持着一定的距离，它们一为皮，一为影，而且在于这种改变有共同的渊源，即人心中的那象——心象。所谓心由境生，境由心出。真假问题在皮影中是较为统一的，所以我说它"无真无幻，亦真亦幻"。

　　而面具，与它被遮蔽的原形永远有那么显著的对立：善与恶，美与丑。正像一个人的外表与内心往往不能统一在一起一样，即使统一着，外表永远是外表，内心依然是内心。面具仍是面具，原形仍是原形。一场假面舞会后，一切面具俱被摘除，而人生本就是一场最大的假面舞会，所谓盖棺论定，只有死亡才有可能摘下一个人一生的面具。那时，我有理由提出一个问题：一个人一生的面具在多大程度上就是他的原形？

插 花

写过一首诗，命名为《插花》。我不是写一个人的插花艺术，我写上帝的插花。我把上帝称作一个最了不起的插花大师。他把太阳，这最美的花朵插在白日的天空。他把月亮和星星插在夜晚的天空。有时候，他还插上一些云彩。如果仔细分析一下他的插花艺术，可以得出人们的插花标准：美不胜收。像太阳的美就表现于它的灿烂光芒，它的耀眼夺目。这巨大的光耀，使人们不敢仰视，但又随处可见之。它把一千朵一万朵红红的玫瑰插在一起，它所表达的岂止是浓烈的爱情。简直是一个人爆发的全部生命。而月亮和星星就表现于它的清淡忧郁，它的诗情与画意，浅言与低语。它的朦胧与不定的变幻。它把大自然中清香暗放的花朵插在一起，给人的是一种情感的微醉，半梦半醒。

美不胜收。这说的的确是插花艺术。把美与美集中在一起而能得到更美，就是插花艺术。可是我看到了太多的恶劣的插花。它们扼杀了一朵单纯的花的天姿与芳香，把花变成了人恶俗的思想的体现，损坏了自然。花也因此丧失了鲜活的生命。那些插花者以为把美与美集中在一起就一定能得到一种更美。或者说，他们认为把世上最完美的器官集中在一起就能得到一个绝色大美人。他们没有认识到插花永远应该模仿自然，并力求不丧失花儿的灵魂。它所做的无非是制造了一个可以移动的自然。因为真正的自然是不动的。是必须让人自己去走近的。花朵只有开在大地上才是最美的，更多的花朵开在大地上永远更美。只是一到人的手上就发生了转变。也许这只是一种转变了的观点吧。

因此，我不讳言，我不赞美任何插在器皿里的花。我只能祝福它们，在短暂的生命日子里把美保持得更持久一些。我赞美那些在大地上插花的园艺大师。他们的花朵总是有一个又一个春天。

根　雕

让我来关注一个树根。尽管现在它成了另一种东西，譬如说，它是一头咆哮的老虎，一个轻吟的诗人，但它仍能让我看出它扭曲的形体，结实的躯干，仍能想象出它一生所经历的黑暗。

它老了，所承载的树干也早已腐烂。但它是不朽的。风雨吹刷尽遮蔽它的泥土，阳光炙烤过它一度春秋。现在它端坐于一个文人的书桌前，被雕刻家打磨过的身子甚至放出了光彩。它是一只老虎吗？它是一个诗人吗？我想，它与他们的唯一联系只能是他们也许与山有过关联。这个树根是老雕刻家亲自从山上采挖下来的。他雕刻它时听到了老虎的咆哮，诗人的轻吟。但他用了一种特殊方式来听。对于他而言，声音不是听来的，是看来的。他看到了一切，包括声音。在很多时候，雕刻家都是双耳失聪的人、哑巴。他不听不说。他可能一辈子都不听，不说。他又像盲人，用触摸来感知世界。所以一个树根在他的眼里，在他的手中就变成了世界的力与美、愤怒与喜悦、惩罚与安慰。

于是我想到自己的根。任何植物都有它触摸得到的根。而我的根在哪里？是因为我（包括其他人）的漂泊，从而失去了自己的根，还是我包括其他人原本就没有根，所以注定一生都在漂泊？静的物总是把根扎在地上。我的根一定是在天堂。如果我的根不牢固，不粗壮，我的生命就没有光彩，不能茁壮。如果我腐烂了我的根，我的生命就会没有未来的方向。

树的根一生都在黑暗中，我的根一生都沐浴着光明。它们都是源泉。

于是我们的诗歌、我们的艺术就是我们自己的"根雕"，永不腐朽的一生。

纺　纱

在我进入到更主要由女性完成的手工时，我停顿了。我的思等待着情感来启动。但我的情感是静默地到来的。它缓缓地浸染了我的身躯。就像色水进入到一件纺织品时，我的从内到外都改变了。时间都改变了，空间都改变了。

我的童年沉眠于祖母纺纱的"吱嗯啦"中。它在一个又一个夜晚永不停歇似的，这声音像祖母的怀抱一样安逸。"吱——嗯——啦"，绵长而细软，一圈又一圈，同纺车上的纱线的环绕相一致。它们不断地延伸，但又因这循环的方式，延伸进我的梦，然后将它缠绕，让梦有一个家，让梦温暖。昏黄的油灯光，在梦的狭小的世界里显得金碧辉煌。而我照在灯光里的祖母，变成了童话故事里神奇的老奶奶，她的神奇总是改变了一个弱小者的命运，让他的一生都在幸福中。

这就是我的记忆中的纺纱。

这是一种不需要太多技巧的手工。它依赖于一辆拙朴的木制纺车，女性的手一只摇着车柄，另一只牵绕着棉花，柔软的一团即变成较为结实的一根。其温暖的品质却没有改变。这全在于女性的耐心与柔情使然。而且它重复单调的劳作之所以没成为西西弗斯不堪忍受的苦役，也在于此。因为她所纺的是一个人冬天的幸福，而这幸福也是她一生的幸福。在她的眼里，白线与声音又共同构成一对相依相伴的恋爱中的人。一个在细语，一个在抚慰。这是朴素生活中所存留的稀少的诗意之一种。

但是久违了纺纱这种手工。没有了烛光，没有了"吱——嗯——啦"的声音。我的衣服中没有了女性的手的柔情。于是想说，谁能给我一个温暖的梦，给梦一个温暖的家？

游戏之梦

捉迷藏

请和我捉迷藏。我躲好了，请来找吧。——你自然找得到，但不是那么容易。并且你喜爱的不是我，也不是找到我这个可能的结果，而是你为此而飞快运转的思维、谨慎的行为、焦急而兴奋的心情。而我让你有兴趣参与的条件是我懂得如何隐藏自己。我不是那么容易袒露自己的人。我不会把所有的一切都告诉你。我当然会留下线索要你去发现。我也会保证最终被你找到。我不会躲藏到我们的世界之外。否则对你是不公平的。譬如，我们约定房间A不能躲藏，尽管房间A最具有躲藏自己的条件，我也不会永远待在它里面。我说"永远"是因为我不排除在我隐蔽的时候，未必就能保持自己在你面前的清白。很可能背叛了你，而你并不知悉。它是短暂的，也就是我们时常所说的偶然。你永远都不知悉。因为我可能去了A房间，又回到了被允许进入的房间。我背叛了你，又回到了你身边，目的只不过是使迷藏更添意味。当然，这一点现在告诉你，是因为我们再也不会做这种游戏了。

要隐蔽自己真难。那些小人物最容易隐蔽自己。他只需要太小的空间。在大多数人以为不可能隐藏的地方，他能进入。但也不是无法找到。小人物隐藏自己时往往露出的马脚也最多。因为他太不聪明，太老实，所以他永远只能是小人物。而且，他的忍耐力太差，时间稍稍一长，他便憋不住而发出笑声。否则，他也不会是小人物了。大人物则不一般。他可以在你的眼皮底下伪装；他不会永远待在一个地方。当你寻找完此处，他便待到了此处；当你寻找完彼处，他又从此处转移到彼处。仿佛不是你寻找他，而正相反。你不能不心慌，甚至于感到危险。你可能想到一个人消失了，神秘地消失了，不再回来。你自然更不会想到他待在不被允许躲避的地方（而如上所说，他恰恰可能待在那儿）以便出现在你的背后。当你失望地伤心地转过身来，他会装出一副被捉住的惊慌表情来取悦你。实际上他是导演，他操纵了你的一切，他让你晕头转向，而他分外清醒。

因此，一个人幼稚时，最喜欢的游戏就是捉迷藏。这仿佛有一种获得的乐趣：寻找过，迷茫过，最终如愿以偿。那时，他不知道越到后来，他的命运就越被某种东西摆布。因此，当他成熟后，他最不喜欢的游戏就是捉迷藏。尽管每个人已习惯于隐蔽自己，但恼火人寻找。这真与捉迷藏性质相反。

拍 拍 手

"一摸光，二摸财，三摸四摸打起来；你打铁，我打铁，打把剪子送姐姐；姐姐留我歇一歇，我不歇，我要回家泡茶叶；茶叶香，芫叶香，十个鸡蛋打过江；江这边，放大炮，江那边，放小炮；姑娘姑娘你莫哭，还有三天到你的屋；姑娘姑娘你莫笑，还有三天到你的庙；庙里有个恶鸡婆，吃我的饭，砸我的锅，一脚把我踢上坡。么坡——山坡；么山——高山；么高——塔高；么塔——宝塔；么宝——国宝；么国——中华人民共和国。"

请不要嫌我如此引用。在此，我只愿我所关注的能为他人所关注。对于任何值得关注的事与物，我除了说一声"你看"或"你听"之外，又需要多说什么？在此，我说出了我看见的一切或听见的一切。说毕竟意味着与看或听不是一回事。那么，我在听见这不知能否称为童谣的声音时，我还看见了一个小男孩和一个小女孩，他们面对面坐着，你的右手拍着我的右手，你的左手拍着我的左手，拍一下，唱一句，可以无穷无尽，永无休止似的。那种兴奋、专注只有热恋中的情侣可比吧！

在此，我注意到两点：手和语言。在手互相拍击的一瞬，同时包含了关怀与打击。在语言最初说出时，它只是一种节奏，一种音响，而思想还在后面。思想尾随于语言的后面，像猎人尾随着豹子。在游戏之后，进行的将是猎人与豹子的斗争。

但我们的童年意识不到这一点。自然意识不到。他们拍拍手，唱唱歌，这只是训练手与语言的一种方式。那么天真，我仿佛看到男孩儿的手臂渐渐粗壮，而女孩子的语言渐渐细腻，一只思想的豹子在跳跃。

与"拍拍手"相似的一种是跳橡皮筋。它太局限于性别，而且容易异化到运动上去。让我感兴趣的是它训练了腿和脚。语言是其次的。尽管可爱，但我怎能站在一旁饶有兴趣地看与听？这正好衬出了"拍拍手"的纯朴。

"一摸光，二摸财，三摸四摸打起来……"这里，一个"摸"字和一个"打"字已经概括出了人与人之间全部的关系。而"光"与"财"的音韵，显示出这个世界上毫不相关的事物之间存在的和谐。……请您不妨继续分析。

摸　瞎

谁都不愿做"瞎子"。但现在让我再玩这个游戏，我愿意做

"瞎子"。

我被蒙上双眼。这一刹那，我的眼前停留着我最后看到的景象，并且它一直持续到我重见光明。在这之前，我对于很多人事视而不见，而蒙上双眼的霎时，却永远地看见了。我看见了周围人们善意或恶意的笑容、他们退却到安全地带的慌乱、他们即将开始的狡猾。——他们盼望着这一切：他们抛弃一个人的心安理得。我不禁两眼湿润。在冠冕堂皇之下，我被蒙蔽的双目流出的泪水没有谁将看见。持续的生活突然被打断。不是忧烦的心情被突如其来的优美的音乐打断，而是一种善良、安全、理想的夜晚被噩梦打断。我突然陷入到彻底的黑暗之中，而所能听见的声音在失去了目光的寻觅之时，显得陌生而异常。就这样开始了摸索，小心翼翼地行走，比那些被寻找的人更谨慎。尽管脚下并没有陷阱，却有比之更可怕的盲目与人。逐渐地失去耐性，开始疯狂地扑向一个目标，结果仍是一场空。在肉体的疲劳袭来之前，心灵早已衰老，它更容易趋向死亡。需要安静下来，我对自己说，就站在原地不动，或者干脆坐在地上。这就开始了另一种精神：无为无不为。让所有的人都来摸我——摸"瞎"。他们不怀好意的手，肮脏的手，伸向我，在我的头顶，在我的背后，甚至于在我的鼻子尖上也留下了他们的得意——一个人对另一个人的胜利所拥有的得意。

只有一只手没动。那也许是上帝之手。我毫不犹豫地抓住了它。柔软的、热情的手，没有一点反抗。可以想象，它如果不是出自关怀，不会在我迫切的手中。我重见光明，而被蒙蔽双目的上帝此刻变成了如我的人。他即将被"摸"？即将被愚弄？他被蒙蔽的双眼此刻又看见了什么呢？那么我愿做"瞎子"，让上帝永远做洞察一切的上帝吧！谁都知道，我就是耶稣。

赶羊儿

音乐响起。突如其来的音乐，带来欢乐与紧张。狼在跳跃，群羊闪避，草原辽阔而沉默。

这里没有禁忌。弱肉强食本是天经地义。只是同情何在？

当我老了，鲜花和儿童离我更亲近。我喜欢吃更软的食物，睡更软的床铺，我的心灵更多敏感；然后，我告诉后人：上帝在不断地塑造人；时间播种着同情；人到死时，他的善良最多。相信这一点，足以原宥一生的过错。

但我年轻时迷恋于"赶羊儿"。我逃避着强大的一切，而在弱小者面前趾高气扬。尽管我做羊或做狼，并非我的自愿。它出于规则：被捉住的"羊"必须变成"狼"，抓住"羊"的"狼"便变成"羊"。整个游戏中，只有牧羊人是不被冒犯的。他是我们的老师或头领。他保护着羊儿，羊儿把他紧紧跟随。在狼、牧羊人、羊儿这三种角色中，牧羊人是不被替换的。这是值得特别注意的一点。没有羊希望自己被捉住而变成狼，也没有狼不希望自己捉住羊而变为羊的。因为狼是狡猾的、凶恶的，因而是丑陋的；羊是纯真的、善良的，因而是美丽的。其中的强大与弱小没有谁认得清。只有正义与邪恶受到足够的重视。于是此游戏的根本在于罪恶者的被替换。这不禁让我想起中国关于一些鬼的说法。如水鬼、吊颈鬼之类，它们必须找到一个人做替身重新投胎成人。否则他只能永远做鬼。随着罪恶者的被替换，存在于先前的狼身上的罪恶已被洗净，脏水泼在被替换的羊儿身上。当然它现在已被称作"狼"。那么现在我可以选择了：我做羊还是做狼？我不敢做牧羊人。牧羊人全身充满同情，但他终究消灭不了罪恶。

这种有趣的替换对天经地义进行了调侃：或许有更高的天经地义存在于幼稚中。

但上帝毕竟不能被替换。他永恒。

过家家

"小新娘，戴红纱，折青梅，骑竹马，一蹦一跳，一摇一晃，来我家。"我在此仿写童谣。所谓童谣，仅指儿童唱的歌。这里强调的是"唱"。且真正的童谣是非儿童不能唱的。为儿童所唱的情歌也仅仅是童谣。那么，结婚在儿童眼里便理所当然是一种游戏，甚至于当他们互相观看着对方小小的不同的器官时，也仅仅是一种游戏。

于是，我招呼我所有的女伴，一起过家家。结婚的仪式免了，她们都是我的新娘。我们来到一堆沙旁，就是建筑工地上的那种，做房子，做床，做面包。我的新娘们美丽而勤劳，渺小而快活。那最小的新娘偷来了月季、玫瑰在沙上堆。我们边忙活，边幻想；边建设，边破坏；边干边说边唱。和煦的阳光晒得身上暖洋洋。而一阵微风把所有的新娘吹得无影无踪。

这就是爱情，这就是青梅竹马；这就是我们理想的开端，不幸的根源。过家家，这就是游戏之梦的结束。当我们不再过家家时，我们投入到另一种追求中。人生的苦役展开，游戏改变了性质。一切本质的美丽都失去了光彩。其后的是欺诈玩弄、压迫攻击、不顾羞耻、恶心、丑陋、秃顶。——游戏的世界与生活的世界有深刻的不同。

这不是真的。但有一种东西悄然失去。我能抓住这流逝的河流中多少真实？当我撒网捕鱼，我的网中留下了怅惘。如果我只做撒网的游戏，我的心情焕然一新。如同我只是舞蹈，只是写作，只是歌唱。从我的血肉中不创造出另一血肉。如果我坐在高楼，望着天空，怜悯大地，我已经从生活的世界中脱身，我童年的新娘就来到了我的身旁。她可以把一切物质都变成生活的需要，她还可以在冬天找到春天的花朵。

"生活啊，我的姐妹！"——帕斯捷尔纳克不禁叹道。

棋

有诗《大象》，作者是我。它这样写道：音乐的炮/诗的马/哲学的士/道德之车/平凡而执拗的人民//它们守护着/我们柔弱的心//大象在窥视/阴谋的大象/它的脚印遍布了/我们的整个大地//而执拗的人民/他们离开家园/变得勇敢又机智。

仍有诗《大象》，作者也是我。它这样写着：在我的守护下/我的手帕飞向另一匹马//我的手帕是我的马/它覆盖了另一匹马/道路上都是战争/一些事物神秘消失/一些时辰分外安宁/这就是大象/这就是白大象//它产生陷阱/它跨越更多的陷阱/好像走过来的阳光/这就是白色的大象。

我一直无法确定走棋的游戏性质。我害怕自己沦入到某些理论的空洞神秘中。它们把很多人的活动都当作游戏，这种游戏已是一种思想概念。所谓"一场游戏一场梦"。而我乐意把游戏看作人类童年的特有活动。但下象棋或走围棋在儿童中并不普及，相反，它已成为一种体育项目，功利的竞争性特别强烈。我所拥有的游戏并不需要这些，输或赢并不会改变这个世界什么。

有一天，我能重温旧梦，与一儿童走起我小时常玩的一种棋。席地而坐，画几个方格，几根小木棍分成长和短或粗与细之类，摆在规定的格内，随后"金木水火土"地叫着。己方的木棍走到对方的木棍所在的格内，就吃掉了它。趣味盎然。我已想不起来该如何称呼它。我们只说来"金木水火土"吧，我们便开始"金木水火土"。它易于被人遗忘，因为它过于简单。没有人为它写下棋谱，更不谈众多的人一起比赛，它像民间故事，像老百姓自己的历史，只他们自己代代以口相传。相比之下，象棋或围棋总是容易让人联想着战争，联想着人世。这种"高雅"的东西需要一个"高雅"的世界来相配。显然，如果一切纷争都只通过一种游戏来解决，而不是一切游戏都变得像纷争，这个世界才能真正走向文明。

仍有诗《大象》，作者仍是我。它这样写着：从丛林中走出的/大象，回到丛林中/安上你美丽的白牙/娶一位人间的新娘……

玩 纸 牌

这里有天意。高明的玩家顺从天意又反抗之，拙劣的玩家往往破坏好的天意，而在坏的天意前一甩了之。有一种玩家是很难分辨其高明与拙劣的。他顺从自己的愿望，不以输赢为目的，往往出其不意。甚至，他永远微笑着，还闭着眼出牌。他乐意看到这张牌改变了桌面的整个形势。这种人把任何事物都加上他喜爱的色彩，他的任何行为都带有强烈的个人特征。譬如，玩牌，有表面的规则，有内在的规律。他遵守表面的规则（这是他能够参与的条件），而破坏了内在的规律，他抓住闪现的灵感，并把它赋予形式。灵感因此完成其生命。生命即其意义而已。最终，这个一意孤行的人或者一败涂地，几近伤心的边缘，游戏伤害了他的本质。或者，上帝惠顾他，他要风得风，春风得意，他对于天意较之他人更为虔诚，几近宗教的高度，他改变了游戏的性质。这都会让他的同伴忘却了游戏，进入到现实之中。原来任何游戏都是一种象征，一种仪式，一种纯粹形式的模仿。游戏中获得的胜利更高，游戏中遭受的失败更深。

但对更多人而言，并非如此。玩纸牌之类是消遣中最无聊者，最简便者。花样也最多。这都决定了它在人类整个游戏中地位之平凡、下贱。因此，缺少真正的玩纸牌者，因为太少的人能从普通平凡中悟到非凡，而更多的人都甘于平庸，并以前者为人生的敌人。至于小人物们，他们有的是光阴，游戏于他们更止于游戏而已。只要有两个人，四个人最好，又是常常见面的朋友，没有更多的交谈，晚餐尚早，他们便开始玩纸牌。他们得到的趣味和不玩的趣味一样多。唯一有趣的是，晚餐不知不觉中已准备好了。在餐桌上，每个人都会津津乐道于上天曾经给予他们的恩惠。

打 陀 螺

让某种东西在自己的手下被玩得团团转，这大概是最普遍的人性之一种吧。看看小孩们用鞭子抽打陀螺时自得其乐的嘴脸，我很难再用"天真"这个词来褒奖他们，我只能客观地认为他们是未来的人。未来的成年者，就是今日鞭打陀螺的儿童。

用鞭绳把它缠绕，用力一拽，使之直立旋转，再用力地抽打，不停地抽打，使之保持永远的直立旋转。这时候，你可以看到陀螺像要飞起来了，它的身子甚至笼罩着一圈光环。打陀螺者甚至于有理由说，正是我的鞭打才使陀螺有了生存的意义，不然，它就是死木头一坨！看来，陀螺天生就是来被人抽打的。人制造了陀螺就是用来抽打的，天经地义。

这些话听来多么熟悉。奴隶就是被奴役的，臣民就是被统治的，下属就是被管理的（更多更常见的现象是被"管"的）……天经地义。这些"东西"都必须用力抽打，不停地抽打，他们才能飞快地运转，才能有存在的意义。

一次旅游回来，给六岁的小儿带的礼物就是一组陀螺玩具。大陀螺，中陀螺，小陀螺。小儿第一次玩，一个个地都抽打一遍，还不懂技巧，不知道怎样让它们转得更长久，就恼羞成怒地使出吃奶的劲一味地抽。他还没有享受到抽打的乐趣，最终就放弃了。我把陀螺们收起来，束之高阁，心里说，孩子，再不要玩这种游戏了吧。

但是，我又怎样让他以后不变成一只陀螺呢？我和他，还有所有的人，又有谁不是命运的一只陀螺呢？旋转，飞快地旋转，不能停下来想想，为什么要那么旋转，不旋转又将如何。

记得小时候，小伙伴们自己用手刻陀螺，现在的陀螺已经是批量生产了。——这是题外话。

堆　沙

我在做堆沙的游戏。到一定的高度，它就会垮下来。要一粒沙上升一步，需要更多的沙下滑。到何处去挖掘足够的沙来达到我所向往的高度？况且岁月的侵蚀让它们趁我懒惰之时崩溃一地，只是掩盖了历史的坚硬，坎坷。那些沙就是我一生的风尘。我的脚改变大地的点滴。

这不是石头的寓言。石头是永恒不变的。不减少，也不增加。它上升或下降对于它自身而言毫无影响。我也不是西西弗斯。我没有沦入永远的重复。我不过是把坚硬的泥土或石头粉碎，在它们内部加入我人格的力量，并且试图把不可能的重新集结变为可能。甚至我成功过一次或者两次。它们也因此成为人为的短暂的风景。我无法使之更坚固一些，像那些著名的建筑，不朽的城堡。这完全是我注重纯粹的结果。用纯粹的沙是无法建筑我的纪念碑的。它需要水和水泥。这些具有圆滑品质的物和极易变质的物，由于我天生的懒惰及不屑，它们在我的生命里极为稀少。因此，我越来越成为一个掘沙人，仅仅是一个掘沙人而已。这些疯狂的沙对于我是宝贵的。我太清楚它们的来历。我能够区分出细小的这一粒与另一粒的差别。对于他人，这些沙只是沙而已，因为它们不是城堡，不是寓言或象征。它们比泥土更无用，泥土还是一个实用主义者。它的上面至少可以长出粮食和棉花以及树木。而沙，众所周知，它消灭着我们习以为常的生活。至此，我不仅是无用，更是有罪。我开始警告自己：必须把它们还原成泥土。于是我把艺术还原于生活。艺术不纯粹了。它们不是黄金，也不是心灵。

哎，这些存在的泥土，存在的沙粒，我是否能够改变存在？如果能，它一切问题就已解决。

有多少个春夏秋冬变成了沙，有多少个疑问与思索变成了沙。只是它们微不足道，既不能把我淹没，便不能使我更高一些。我大脑的风在吹动，它使存在变得更加温柔和诗意。沙随风启动，或多或少，我处在比较的茫然中。大地是不存在的，天空更如此。我梦想中的沙遮住了光，一直延续到黑夜。安宁的万物披上了月光，而沙把一切黑夜都已变白。

不知之知

——儿子丢丢零岁纪事

你是谁——胎中记

那事发生在春天。很难说我们是那种不善于控制自己的人。但那事就在我们确信不会发生的情形下发生了。一次春游回来，你母亲显得异常疲惫。有经验的人告诉她，你已在胎中默默无闻地待了一个多月了。那时对于生活不像现在这样看得清晰。一切都是生活给予我们的恩赐或者灾祸。而那绝对是一件应该喜悦的事。我们把消息告诉你的外公外婆、爷爷奶奶，以及你将要特别亲近的伯伯、叔叔、阿姨们。其中一位阿姨听到电话后，就连忙赶来看你母亲，以为会发现新大陆，哪知你迟迟不显山水。

那时，你母亲上班遥远，一早一晚就带着你从汉口到汉阳，从汉阳到汉口。那时，你与母亲生命同在，而我的一切为了你的未来。你的诞生来源于一次浪漫的结合，其实很现实；而我们开始现实时，其实前所未有的浪漫。你的母亲为了你的健康，她尽吃骨头；为了你的聪明，她尽吃鱼；为了你的美丽，她尽吃核桃。我们乐于相信一切科学与非科学，只要有利于你。就是对于显而易见的无稽之谈，也宁信其有不信其无。因此，你的母亲有多少禁忌啊！她再也不去逛她喜爱的商场，再也不去看她喜爱的电视，再也不吃她喜爱的辣椒；而音乐必须是柔和的，更柔和的，足以催她入眠。舞蹈绝对禁止；不可长时间坐，不可长时间站，当然也不可能走个不停。脾气要和顺，性子柔忍，思想更要纯洁。据称，她所想即你将要想，因为遗传因子无孔不入。现在，我想，那时，你最好在我体内，以便我的思想能遗传给你，等你一横空出世，会读康德与海德格尔。

那时，一切努力都看得见效果。你开始在母亲体内有规律地动荡起来。你的心脏的活泼跳动，我也可以听见。你的母亲不时说，你又在动；并试着分辨那动作的东西是你的手还是你的脚。这大概只有她自己说了算，我只能绝对相信。那时，你与你母亲团结起来，成了一对垂帘听政的母子皇帝，我只能是一个唯命是从的侍臣。我干干苦力，赔着笑脸，而心里有所觊觎：这江山最终还是我的。

夏天来了，又过去了；秋天来了，又过去了。季节没有亏待你。它们为你提供了丰盛的瓜果食粮。当严冬逼近时，我们心里都紧张得很。形势仿佛一下子变得严峻起来。你显然厌腻了黑暗潮润的世界，就要来到这个至少表面光明的世界。

但你要出来，这是所有生命的选择。当你柔弱地诞生时，其实你比任何时候都更坚强。这任何时候甚至于包括你的一生的光阴。

你的母亲一下子空了。

祝福你，孩子！——你的父亲字。

为丢丢正名

命名谈不上伟大，但无论如何值得重视。在我们如今面临的局势下，我或者有一个儿子，或者只有一个女儿。女儿是现实主义者的理想。在我的儿子未诞生时，我迫切地想自己的后代是一个美丽的女孩。这可能出自父亲的"恋女情结"吧。但儿子诞生了，他改变了我的态度。他是理想主义者的现实。对于现实，我说过，关注或不关注都没有多大意义了。他将有他的主义，他的女人，他的世界。但在此之前，我必须为他"负责"。

我为他取名"丢丢"。这有很多直接的缘由。但直接的往往表面化，不那么认真；也有很多冠冕堂皇的理由，恰恰是内心的想法。不认真的缘由如下：1. 我希望他原本是个女孩；2. 在他受到文字污染之前，我只能把他送给乡下爷爷奶奶养；3. 习俗是，名越贱，命越大，我自然希望他能长命百岁。内心的想法是：他作为上帝抛却在这个世界上的生灵，上帝会对他负责；让他与自然中的万物一同享受阳光的抚爱，经历风霜的袭击吧，一生中，多一些真，少一些虚伪。由此，他的大名就叫"牧野"，做一个原野的牧人。

我知道这很不可能。所谓无为即为，他最终的任何选择仿佛出自他的自然，但真的内心是否存在都无法肯定。他也可能如我一样越接近衰老，越反思生命中的真；一生都在清洗污垢，却永远没个完，也不知道这污垢从何而来，何以众多。可能来自内部的一个污秽之源，而非外部的尘灰烟雾。那么丢丢自然无法避免我的命运。顺其自然发展，让上帝去塑造他，这上帝究竟是谁呢？如果上帝竟是除我之外的一个集合体，我作为父亲应该感到恐惧。我不能更相信一个集体！所以为他取名丢丢，还反映了我的根深蒂固的"上帝"观。我相信上帝存在，它以主宰者身份存在，以善的身份存在，现在，我如此说出，除了心怀虔敬，别无他意。

但有人反对这名字。最主要的是他外公。老人希望他的外孙是"冬山"或"小老虎"。老人出自本能厌弃"丢丢"这个颇不吉雅的名字。老人即将逝去他曾拥有的一切，而因此特别珍视新生的一切。外孙即如新生的花草，老人不需要反讽，不需要后现代，不需要避其锋芒。他爱所爱，从内心到外形，一以贯之，直截了当。他实在不需要考虑漫长时光之后的事情。丢丢的一生是否真如"冬山"或"小老虎"都不重要，重要的在于现在的命名本身。

我不会违逆老人的意愿。我的儿子因而不只有一个乳名。这些名字如同全世界所有的名字一样都寄予了一种理想，一种心情。它说明丢丢的亲人们多么爱他。

看 与 听

我的儿子丢丢，在他未学会笑之前，他学会了冷静、忧郁地看世界。他那双大大的小眼睛里有一种引人探询的美。因为他看世界过于集中。我们早已对这个世界熟悉得厌倦了，或许我们根本没有时间去关注它，因为对自己都关注不过来。而丢丢发现的一切，绝对不会来源于"陌生"。现在的一切对于他都是新鲜的，又有何"陌生"可言？那么，他所看到的一定是某种秘密，是被我们所遗忘的一切，而它们应该被永远记住。丢丢保持着严肃的面容。我不敢保证他不在思考。我顺着他的视线可以发现一张风景画、一盏灯，或者是空空如也的蓝墙壁、白墙壁；可以发现傍晚在院子上空盘旋的鸟，被风吹动的树梢。我也可以思索。有时也思索到一些从来没有想过的问题。但我肯定我的思索与他的不同，而且我越来越迷惑于他的思索。我过分做作了，他也一定笑话我；但他是认真的，从他的脸上很容易看出，他仍一无所知。

尽管这样，他不做痛苦样，相反，他笑了，这是他诞生两个月之后的事情。

我发现丢丢的听是通过他的看完成的。他十几天时，由于他千方百计要入睡而不成，我放上一段恩雅之类温柔的声音给他催眠。效果不错。他的眼睛在我的期待中合上了，整个干净的脸透露出的和平足以让战争狂人熄灭内心的火焰。音乐在进行，但我依然不敢相信他真正在"听"。"听"对于人类而言可谓既被动又主动的事情。音乐进入丢丢的耳朵，但很可能没有进入他的记忆。但他创造了奇迹。在一首曲子与另一首之间，短暂的沉默使他睁开了眼睛。他分明在问：怎么了？它停止了？他分明在表明他的需求：我要听。他即将表达他的不满，另一支曲子开始了，他很快"听"见了，重合上他的双眼。此刻他的脸上洋溢着动人的笑容。这种睁眼闭眼的动作随着音乐的进行而进行着，我惊讶不已。他竟然没有入眠，他在欣赏音乐！在完成他人生的第一次审美活动。这种审美绝对消除了任何个人的非审美的因素。他实际上在替我选择真正的音乐。事实上也是如此。他拒绝当今歌坛上流行的大部分曲子，而对巴赫、柴可夫斯基迷恋不已。《天鹅湖》他能听完，保持两小时的安静。我实在不忍心把"悲怆"给他听。能够被丢丢听的音乐绝对是真的美的善的，被他拒绝的音乐，我有必要思考它们被拒绝的理由：音质粗糙？节奏紊乱？思想腐朽？

丢丢仿佛在说：就是这样！

睡眠与哭泣

丢丢的睡眠是漫长的。它至少提醒我：睡眠对于人类的一生何等重要！睡眠是隐者的行为。在一个人认清自己作为人的存在之前，生命的最大组成部分是睡眠。对于丢丢而言，睡眠是没有固定时间的，没有白昼与黑夜之分。夜晚的灯总是亮着，他闭上眼睛就是黑夜，睁开眼睛就是白天。世界因为他的睡眠分为两部分：一部分是记忆必须承担的，一部分是记忆必须忘却的。不仅如此，他在睡眠中迅速成长，是我们始料未及的。我真怀疑他的灵魂是否在他的睡眠中接受我所不能领悟的别一个世界的指示。我对于他到底是谁，在他的睡眠中，他莫名其妙地笑，莫名其妙地哭，这里面发生些什么，我永远不知道。他证明有灵魂的父亲存在。正因为此，人生才何等短暂。他本是过客，譬如朝露啊！从哪里来，回哪里去，睡眠如此沉静地告诉我。从丢丢睡眠的脸上我看到了神圣。

但有人要打扰他的睡眠。当人们迈着沉重的脚步走过，当人们大声喧哗，他平静的脸上仿佛起了微风。一阵阵涟漪荡漾起来，他开始了对这个世界无休止的抗议。他"哇哇"地哭着，谁知道他受了多大的委屈。这以后的哭声总是比他最初的要来得持久与洪亮。我从不把它当作生命力的象征。它们永远表示同一个词：烦。自下而上的烦，而且越来越烦。近乎不可抑制。成人们习惯了忍耐，灵魂更多的变得麻木。他们太少哭泣。就连他们送别死去的亲人时所能发出的哭声也无非表示着对即将到来的相同命运的恐惧及更多对于自己的同情。这并非意味着他们不烦。诸如此类，都不及丢丢来得敏锐与深沉。他本能地意识到人生漫长的苦难；本能地反抗。有什么比哭更能代表人的本能？性吗？生与死吗？性可能是上帝抛弃人的一种手段，生就是被抛的过程；而死，太伟大了，我最好遵循孔子的教导对它保持沉默。我们每个人心中都有一份死亡，只是不要说它。这三者都不是本能。它们都是"哭"这根藤上结的果。至少顺着丢丢的哭，可以寻找到他的所有需要：饥饿、寒冷到来了，尿布湿了，他要吃，要抱，要洗澡。我们不可误解为有需要才哭。事实就是事实：因为哭，才给他吃，才给他抱，才给他洗澡。我想萨特先生的存在主义可能诞生于这哭的基础之上。

我多么希望他总是静静地睡眠，而不是哭。但这又怎能由我的希望决定。

"哭泣"是另一个词。它是丢丢目前不具有的。哭泣者显示的悲伤总是透露出极端的柔弱与自私，它让人同情又从内心反感。所幸丢丢的哭中没有任何泣的成分。相反，他对于哭泣的人满怀最真诚的同情正是上帝在他睡眠中教导给他的。这个丢丢一定已经是两岁的丢丢了。

吃喝玩乐

他沉醉在吃奶里。"吧嗒、吧嗒"的声音实在不悦耳。一双眼睛朝向上方，明显地表示着对其他任何事的拒绝。仿佛在说，我只管吃，哪管这奶从哪来的，哪管这被吃的人是痛苦还是幸福。真是一只小老虎啊，这个家伙一生下来就长了两颗细细的小白牙！可能在胎中胃口就大，一天到晚就要吃。固然我们毫不吝惜，也不能不思考：这喂养的结果将是如何？大地给我们雨露，它要收回我们的汗水。在丢丢吃奶的过程中，我的心不禁沉重起来。我感到他的出生不由他决定，但他终究要自己决定他以后的命运。当他毫无智识、无所顾忌地吃时，我们饱经沧桑的脸上都会涌现出笑容。这是朴素的奉献的喜悦。我们给予他最高的尊重，仅仅因为他毫不付出的吃。这时，他才是纯洁的。他的任何决定都不带有偏见，他也根本没有自私的观点。他的前途寄予我们未曾实现的理想：超脱物质的束缚而进入到纯粹的精神愉悦之中。父母亲有时对孩子说：不要管我们，你去过你应该过的生活。这"应该过的生活"究竟是什么样的生活？我不禁再次疑惑。我一生所追求的境界就是超脱物质的苦役，让吃和穿像我们天生会用两只脚走路一样自然容易。哪里知道人类的童年早已有所预示。难道它也预示着伊甸园的真实？而这美梦的结局却是以我们犯下原罪而告终，然后投入到无休止的返回中？现在，对于任何婴儿来说，他所吸吮的都是上天的恩赐，是上天给我们返回的力量之源。我对丢丢说，吸吧，吸吧，越有劲越好。他母亲怎能不痛苦得幸福？

　　吃完了就玩。他东张西望，在一张大床上，手舞足"蹈"，自己给自己说话，"哇哩哇哪"的。可以说，此刻的他动用了全身的感官。而毫无目的地说，毫无目的地听听看看，我们会无聊得发疯。因为我们失去了玩的本质。

　　这让我又想到游戏上来。原来，游戏并不是与生俱来的。至少现在丢丢还不会做游戏。游戏的目的大约在于减轻一点人生的繁重。但不是每个人都能通过它而消灭无聊、孤独、悲凉等来源于无所目的的情感。这真是一个两难的问题。古人云：借酒浇愁愁更愁，抽刀断水水更流。说的就是这回事。但丢丢的玩是他"人之初"三大组成部分之一。吃玩睡这三件事情都让人羡慕。而玩最费解。这是美而可爱的时刻，这足以证明康德先生的无目的的目的性理论。

　　这一天丢丢开始笑了。从这里可以看出他的欢乐。他的玩从此变成了他的欢乐；而且，突然间他有了善与恶、好与坏的辨别力和悲与喜、乐与忧的不同感情。现在他玩得多快活！颇难堪的是，我们此刻什么都不能做（或许什么都不需要做）。必须抱着他，或者看护着他在床上翻腾。随着他的欢乐而欢乐，同时在担心这欢乐能持续多久。

苏　醒

《吠陀经》说："一切知，俱在黎明中醒。"这好像针对丢丢而言。在他开口说话之前，他随着第一缕曙光苏醒。由于我们对于他过分关心，得以目睹这全过程；而且我们后来确信，由于知的缘故，他在黎明中格外安全。前面我说过，丢丢的睡眠是漫长的。他在睡眠中接受着"神示"。而从漫长的睡眠中醒来的刹那，他整个人充满了激情。仿佛受了梭罗所说的"内心的新生力量和内心要求"的驱动。双手，那一双怎样柔嫩的小手在脸上胡乱抓抹；待睁开两眼，立即迅捷地翻了个身，由柔顺的仰卧变为双肘撑床，俯抬起上身，高仰着脸的模样。我在此用了"迅捷"二字，我想说，这动作灵敏如闪电，它大大超出我的想象。有几次，我想学他的这一翻身，顿感自己笨拙如一条大甲虫。

然后他笑了。这笑就是我所理解的"拈花微笑"。他看见万物而微笑，我猜想，更主要的来自光明。他看见了光明。这笑容也一定类似于上帝造世界的第一天的笑容，很纯粹，很本能，最出乎内心，而且最没有原因。微笑中的他最没有欲望。我们假装沉睡未醒，不打断他的喜悦；然后，他"咿呀"学语，他想表述他的知。我有理由更确信这房间里的一切都是他的老师，他的对话者。事物告诉他关于它们自己的全部知识，现在他把它们表述出来。这语言就是物语。

还不满足于此。他彻底地清醒后，有了追逐的目标。他捶打着我的背部，以此把我唤醒。对于他的母亲，则采用了最亲昵的以至于极端的形式——用他长出六颗小牙的小嘴咬住她的手臂及一切适合于咬啮的地方。由于确切的疼痛，他母亲发出了叫唤声，手挥开他又沉沉睡去。而丢丢毫不罢休，继续他的咬啮，直到抱他起床，开始夏日清晨的步行。

"我一觉醒来，发现我只要伸出手，就能抓住时间。"这句话也好像特地为丢丢而写。他有那么多属于他的未来。"黎明啊，一天中最值得纪念的时节，是觉醒的时节……"梭罗这样说时，我为丢丢感到骄傲。作为一个黎明即起的孩子，作为黎明即献出他的笑容的人。

失　错

古典的悲剧理论认为——如果我没有领会错的话——悲剧人物应属那些好心办错事的人，以及错事影响下的受害者。两者都是不幸的，他们得到了不该得的惩罚。对于前者而言，惩罚来自良心的自我谴责，有时情绪失控而残害自身，而悲上加悲；后者所受的惩罚显而易见，而且其不幸正好是前者不幸的基础。它们二者之间的关系呈正比，越不幸越不幸。

在我老家，人们无心伤害了他人，向人自我道歉且自我责怪时，常用"失错"二字表达。"失错，失错，……"一迭声地说着，它的意思是：对不起，这是我的错。怎么会这样？我不是故意的。这到底是为什么？我哪里得罪了老天，老天惩罚我？让这不幸降临到我身上吧，让我割破了手。让我摔破了头。这该怎么办呢？我该死，但愿不会太严重，但愿这一切都会好。为什么我要寻找欢乐？这刚才都那么好，这刚才都那么好！等等。但其中一定缺少"原谅我"的含义。他们是不请求原谅的,正因为这一切不幸出自他们的过失(错失?)。而且,他是怎样地爱对方!

我爱我的儿子,爱那个一天天长大、一天天开始调皮、开始摸爬滚打的家伙。胆战心惊地爱着。担心他从任何高处跌落下来,或者抓住了锋利的器具。当他手的反应越来越灵活时,仿佛世界上任何东西都变成了危险的陷阱,只有母亲的怀抱才最安全。

所谓"天有不测风云",所谓"月有阴晴圆缺,人有旦夕祸福",都是至理名言。天寒地暖,加衣脱衣,新陈代谢,吃喝拉撒,一切自然的东西都值得警惕。但失错的事照常会发生。

那个可怕的午夜,最初就应该察觉到它的奇异。它太静了,丢丢没有像往常一样吵闹,我们很快都沉浸于幸福的睡眠中。但出事的刹那我仿佛长了夜眼,看清了整个过程:丢丢靠着床边睡着,他出其不意地翻身,似乎在寻找妈妈的怀抱,而瞬间翻到木地板上。我在他落地的瞬间抱起了他。但他还是大哭了。我寻找着可能的伤口。我的心狂跳不已。我的想象已迅速地到达他出大事之后,我的悲痛欲绝。但什么也没有找到,并且一个包也没有。我心有余悸地哄着他,而他的母亲早已吓呆在一旁,直到他没多久再次入眠。谁知道那夜怎么让他靠床边睡着。以后,我们宁可不睡,也要让他占据着整个大床的中心。那天他五个月左右。

而更大的失错发生在他九个月时。他已更会翻身。一个中午,他躺在狭窄的竹床上玩耍,一刹那,他很干脆地仰面摔在水泥地坪上,砰然有声。我不知道那一刹那,我的手为何没有遮护着他。这一次失误,可能会影响他的一生。我当心他会从此失去笑的功能。当他哭声平息,我依次逗他已教给他的各种玩意,才稍稍放心。一切完好如初。他依然笑着，手舞足蹈。

至于伤风感冒拉肚子之类的小毛病，在突如其来的危险面前显得微不足道了。

人生的苦难已经形象地展现了。我的宝贝，他妈妈说，你真让我心疼死了！史铁生说得好：儿子的不幸，在母亲身上总是加倍的。

儿童世界

"我找到儿童为我引路/他一直欢唱/把我引入歧途/幽静的所在/小小的世界/一切都闪耀着光辉/空气充满蜜香/草在天空生长/太阳和星/仿佛老人和小孩/相爱相亲/月亮是他们的善心/房子建筑在云朵上/鸽子与猫居住其间/那得意扬扬的动物/山羊，仿佛一个首领/儿童把花献给它/道路像水一样流淌/我不知道进入其中/是怎样的一个儿童"

六年前，我胡涂的这首名"儿童"的诗，长期都羞于示人。现在得以献给我的儿子丢丢。我在这首诗中无非是叙述了一幅画，一幅儿童画，表达我纯粹的幻想。六年前，我的内心一定有这些儿童的想法，它终究是属于所有的儿童的。丢丢是在七八个月时逐渐进入一个世界的。以他的手和语言的发展能够表达他内心的想法为特征。他的手开始伸向他向往的东西；他的语言尽管只由"吧、吗、啊、哇、不"组成，但足以让人们明白他的需要。就这样，时光缓慢而艰难地前行着。当丢丢能够综合运用他的手、他的语言，以及他早已拥有的笑与哭的表情时，他就不能再被任何人忽视了。他自由了。他时刻都在提醒人们注意他的想法，注意他的每一个进步。但他表达的迫切与他表达的简单，他走动的欲望与他行走的蹒跚形成了巨大的反差。这给我们的生活带来了众多的悲喜剧。他要进入的世界就是我们每个人最早进入的儿童世界。

我们租住的房间前面常常是一帮小孩子玩耍的乐园。他们捉迷藏，玩积木，疯跑疯唱，无时无刻不在吸引着小丢丢。他在我们的怀抱中挣扎，手指向门外，头向前伸展，没有任何别的诱惑，能挡住来自门外的诱惑。"丢丢来了！"门外那帮能够跑来跑去、四处撒野的小哥哥、小姐姐都拥向他，把所有的玩具都推向他，把所有的"亲亲"献给他。此时的丢丢心花怒放。

儿童世界就是这样的一个特殊世界：模仿现实，幻想将来，谁知道他们有没有过去！我们是因为过去而日渐沉重起来的，并因此随着年龄的增长而不再需要模仿，也没有兴致幻想。当丢丢喊出第一声"爸、妈"时，当他第一次摇动他的小手"再见"时，当他第一次伸出小指头做"虫虫飞"时，他只不过在模仿对于我们而言再熟稔不过的事了。但为何我们和他都兴奋不已？当他坐在床上，自娱自乐，神情专注地把玩具扔过来扔过去时，他只不过表达着对新鲜事物的敏感与好奇，而对于我们都是多么令人神往的迷醉境界。

我不明白为什么简单又单调的事情会被一个或一群儿童反反复复地做着；我也不明白为什么那些简单朴实的童谣会被反反复复地传唱着。最重要的是我不明白为什么它又是如此令人心动，触击着情怀，使我的胸中像一块大冰彻底融化并且越来越温暖，让人要晕眩。

这是个需要认真思考的问题。

丢丢以这样活泼的姿态迎接着他周岁的到来，他将要抓住什么，这个世界公民？

1995 年 12 月 15 日丢丢周岁记

《不知之知》补遗（四篇）

抓 与 咬

套用《百年孤独》那个著名的开头，这篇小文的第一句应该是这样的：许多年后，咬着他写作业的铅笔头，一年级小学生丢丢将会回想起，他母亲用奶水哺育他的那个温暖的春日午后。无限的柔软与甜蜜会涌上他小小的心房，他盯住窗外依然灿烂的阳光，耳朵里也充满了阳光的哄哄声。然后，一声暴喝"把笔拿出来"，将彻底消灭他的回味。那声暴喝来自我——一个无休无止地纠正他咬手咬笔咬玩具等坏毛病的父亲。而他的母亲会记起喂奶时他带来的疼痛：丢丢出生伊始就长了两颗尖利的门牙，吃奶时就像一只小老虎一样凶，咬得他年轻的母亲两眼泪光闪动，有时会把他的嘴硬拉开，哪怕换来他贪婪地大声哭泣。

我们豢养的小猫小狗，它们的日常活动就是不停地抓与咬，我们的小丢丢也像所有的婴幼儿一样，是一只小猫小狗，他的小手和小嘴在睡眠之外是一刻也不停歇的。他本能地选择他能抓住的东西：笔、纸、手表、眼镜、发卡、小刀，各式各样的小盒子，各式各样的塑料玩具。然后通过手判别它们是否构成食物：一切柔软的东西都是可以放在嘴里的，一切坚硬的东西他都要用小手紧紧握住，用力与之搏斗，要把它们弄得软软的也成为嘴里的东西。

这样的抓与咬是防不胜防的，在我们看来，一切不能吃的柔软的东西都是他的毒药，一切坚硬的东西都是他的刀剑，我们生存的家居环境也成为他危险重重的原始森林。为了让他避免危险，我们只有"贡献"出我们的脸，把我们的鼻子、嘴唇、耳朵、下巴等给丢丢抓。丢丢抓住了那么柔软的有时还有一定热度的东西，刚一使劲，那些东西就挣脱了。这显然激起了他斗争的热情：一只小手紧紧地搂着我的脖子，另一只手便如猫捉老鼠一般追逐着我闪避的脸。最终他在我们的奉献中得逞了，在我们伪装的痛苦中找到了快感——长大后可怕的快感。

抱着他到一个小范围的世界里去开始他人生的第一次旅行，我的办公室，或者同事家。他的手把他的喜爱传达到那些少女身上，那些少女们鲜艳的一切都是他要抓住的对象。那时你是不能把他抱在身上的，他的亲热举动会让你春心荡漾，脸面潮红。如果他要坐公共汽车，他感谢那些好心让座的人们也用了他的抓，轻轻地抓，抓出人性中的善性来。

许多年后，在他能够行走奔跑之后，你都会意想不到地发现他的手里又多了一样东西：一根小木棍，一截细红绳，一只塑料瓶，尽管他已经知道了"脏"的概念，但我始终相信他尝过所有物体的味道。因为有一天，小学一年级学生丢丢把一段路边捡起的青色的植物放在嘴边舔了一下，而正好被我撞见，很不好意思地笑着跑开了。

这一次我没有呵斥他。

涂　鸦

世界安静下来了，因为他安静了。

这安静带来了美，但所有的美都没有他的涂鸦美。

现在丢丢不见了他的身影，他躲藏在某一间卧房里，趴在某一张床上涂鸦。

他的涂鸦美啊，那是一串串错误连缀起来的美，可谓美得一塌糊涂。

没有方圆，没有规矩，没有空间，没有时间，似是而非，似非而是，只有不可思议的事物、五彩缤纷的世界。

他画上的世界就是他想象的世界，他想象的世界不是我们现实的世界。最初，我以为他涂鸦的一切，都没有经过他小脑袋的选择，只是涂鸦而已；但在某一个傍晚，我看到丢丢，为一朵花的颜色手托下巴，神情专注，久久不动一笔，我有过一阵惊栗。哦，他已经在进行脑力劳动了。

在他的涂鸦史上，太阳总是存在的，那是一个人性化的太阳，有慈祥的面容，它的光芒很肥大，像向日葵叶子；树总是存在的，上面总有一个树洞，一只啄木鸟，啄木鸟的嘴远远大于它的身躯；那些肯定不是用来居住的房子有许多白色的窗子和一个奇异的房顶，有时房顶上还有房顶，房顶上还有房顶，这样房子就很高，长到天上去了，和蓝色的云在一起；而他的动物们都有三个，两大一小，小的总在中间，伸长了脖子看上面，上面两大动物面对面，挺含情脉脉的。

有一天，他画了一条长长的火车，火车上装了一个动物园，一个植物园，上面一只橘红色的鸟（真不知有没有这种颜色的鸟）。我问他，你要把它们拖到哪儿去啊？他说，到天上去啊，你没看到前面没路了？我笑了，呵呵，鸟是引路的天使啊。

看他这么爱画，就送他学画画吧，把他交给了附近的一个少儿绘画班。

一个月后的一天，我去看他的进步，我看到他的绘画作业永远在朝着"正确的方向"发展：他的太阳开始变得很圆，他的大树没有了树洞，他的房子像人住的了。我突然觉得悲凉。我听了一节他的绘画课，那个很负责的老师是一个老年妇女，她一节课上就在教导她的学生们注意比例，注意色彩。"这是不对的!""这就对了!"一节课，我就听着这两句话，而没有听到孩子们的笑声。

我把丢丢带回了家，我说你想怎么画就怎么画吧。于是丢丢给我画了一条美人鱼：弯弯曲曲的身子前面有一双美丽的大眼睛，她在海面上飞翔。

我爱丢丢的涂鸦。我爱涂鸦的丢丢。

我牵，牵我

那农民进城卖菜，带来他的儿子。那儿子十五六岁，很壮实的身体，秋意渐深时，也着一单衣，有力，有无穷的力，跟在他父亲的后面推菜车。不用担心他推不动。他浓眉大眼，挺拔的鼻梁，宽厚的嘴唇，古铜色皮肤。很少说话。坐在菜车前很寂寥的样子。父亲是忙忙碌碌的，理菜，过秤，收钱。有时大声呵斥那儿子。那儿子为之一动之后，仍坐在菜车前，像一座小山。

那里是个马路菜市。每天早晨，我牵着丢丢上幼稚园。我和丢丢都会看到那个农民的儿子。有时，这个马路菜市太拥挤，丢丢便被我抱着，闪避着车辆人群。他在这忙乱的场景中穿梭，体会着惊而不险带来的刺激。

菜市不远就到了他的幼稚园。幼稚园门前站满了家长们，他们依依不舍地不忍离去，透过窗玻璃看着他们的孩子吃早餐，还要躲避他们的孩子投过来的搜索的目光。有时我也会这样待在窗前，看丢丢吃早餐的样子：很"秀气"，很"端庄"，一点点地"品味"。那食物对他仿佛根本不能成为诱惑。我看急了，有一次就忍不住大声叫唤：丢丢，快吃！引来一大群家长和孩子诧异的目光。

吃完早餐后，稍事歇息，孩子们开始做早操，嗓声响亮，动作无力。家长们看完这就会各回各的，我不知道他们是否和我一样：心里并不很轻松。

那农民的儿子在我返回的途中开始"过早"（武汉话：吃早餐）。他吃着糯米包油条，一只手拿着，狼吞虎咽。另一只手抹着忙碌一早晨后的汗渍。

生活往往这样下去一成不变。变化的往往只是时间。那农民的儿子依然帮他的父亲推车卖菜，吃糯米包油条。我每天早晨依然牵着丢丢上幼稚园。有时顺便让丢丢认识什么是白菜，什么是萝卜。还要教会他麦当劳的薯条是马铃薯做的，马铃薯就是土豆，而西红柿就是番茄。

最后看到那个农民的儿子是在一个细雨霏霏的早晨。马路菜市突然被取缔了。他拉着菜车，他父亲一手护着钱袋，一手帮他推着，有些仓皇地离开。

一个同样卖菜的妇女挑着菜担子经过我和丢丢身边。我看见，她的后面跟着一个和丢丢一般大的小女孩，小脚步零零碎碎地，跟在那妇女的身后，有时快跟不上了，就小跑开来，有时跟急了，就牵着那妇女的菜担子。她躲避着人群和车辆的方式是视它们如无物。我看着她远去的身影，觉得她就是一只黑黑的灵巧的小动物。

因为乱糟糟的，我抱着丢丢。现在我很想把他放下来，让他牵着我，或者跟在我后面走走。

但我发现，我已经放不下来了。

乡村时光

他要到乡下去，做一个自然人。

他要头顶着蓝天，脚踩着大地，所见是树木庄稼，所闻是虫鸣鸟语。

一年春节后，我把他丢在了乡下老家，让他经过一年的乡村时光。

春天来了，他的皮肤开始感受着气温上升的快乐，在细雨中呐喊与奔跑。不久，阳光更加温暖，他看到大地纷纷变绿，花朵纷纷开放，小鸡小鸭小鸟啄破了壳，鱼儿也开始在水面上跳跃。他的嘴里开始有了月亮红（乡下对月季花的称呼）嫩绿花茎的清甜。他的手里有了一只只蝴蝶或蚱蜢。小沟里的水也涨起来了，在暮春，他的小脚丫踩着了一条小泥鳅。这样，他对于春天的整个回忆将随之变得光滑。

便随之进入了多姿多彩的夏天。

夏天火热的太阳很快便脱光了他的衣服，很快便把他白皙的皮肤变成古铜色。清晨，他将跟随着垂钓的人，安静而紧张地待在河边，为一条鱼的上岸而突然欢呼。午间，蝉的鸣声会把他吸引到大树边，唤醒他攀爬的欲望。傍晚，他放牧的小牛，不肯回家，同他一道欣赏着最美的乡村夏日的黄昏。彩霞铺满天，他会把一生的色彩看尽。夜色笼罩田野，他坐在门前的禾场上看星星，多少古老的传说铭刻于心。从此心灵的向往会让他忘怀刚刚到嘴的瓜果的香甜以及蚊虫叮咬的痒疼。

秋天是伴随着农民们的笑容到来的，他分明感到他们个个都是他的亲人，都会在经过他身边时满面笑容地逗弄他。一堆堆黄灿灿的谷子和白花花的棉朵堆进了屋子里，一堆堆稻草和棉秆堆在了屋前屋后。他又多了很多捉迷藏时躲藏的地方。田野一下子空了，他来到田野上，掏老鼠洞，如果不出意外，一只田鼠就会仓皇奔出，很快消失在无数的田坎里。有时，很幸运的，不远处，一只野兔受到了惊吓，跳跃着身子奔向远方，留给他多少秋天的迷茫。

寒冷对于他好像不起多少作用。整个乡村在漫长的冬季都显得那么静寂，而他依然热闹着，真正的甜在他尖利的细牙下被咬出。他挥舞着一根甘蔗，获得了温暖。然后有勇气扑向大片大片的雪地，在上面摸爬滚打。堆雪人，打雪仗，在一个很少人去的地方藏一个等待春天揭开的秘密。半夜，睡梦中，他听见了一声狗叫；长大后，他成了一个风雪夜归人，他分明还记得那声狗叫。

…………

以上的文字在每一句里都要加上"应该"两字的。

而现在我的记忆像家乡平原的雾气一样弥漫开来。然后随着太阳的升起，又像整个大地变得明朗：丢丢穿着笨拙的大棉袄，张扬着红扑扑的小脸蛋，红通通的小手，站在一大片萝卜地里，一个个白胖胖的萝卜长出地面，像一个小人国里的胖娃娃们，等待着他的检阅；远处是一排稀疏的水杉树，几片闲云，几所废弃的守青用过的茅草房子。

这是丢丢的一个真正的冬天，1995 年冬天，我的家乡江汉平原的一个普通的午前。这是我的记忆里能让我的生命时时沉静下来的一个景象。这是丢丢的童年里我以为的最美的一张相片。

如果有可能，我要让丢丢回到乡下度过整整一年。我要让他从春天开始，到夏天，到秋天，到冬天，认识大地，认识天空，认识植物和动物，用自己的眼睛、耳朵、鼻子、嘴唇、手、脚等等，而不仅仅用书本。

让他到乡下去，做个自然人。

小　跋

　　古人大致是不为出书而写作的。因之，凡名为"集"的书，内容形式大略皆不统一。其书即其人，读其书即读其人。一本集，自编的有，别人编的更多。诗，文，书札，短语，甚至公文，应酬文，可谓五花八门，可检略作者的一生。代表性的就是《陶渊明集》。

　　鉴于此，鄙人业余写作多年，也无一写作定例，也无一写作主题，兴之所至，随性而书，断断续续也积累了这些文字，便仿效古人将之结为《不知集》，以作一人生纪念。

　　以上为一简短说明，借以感谢诸亲朋好友和有缘读者。

沉　河

2022 年 12 月 4 日